会计文化探索丛书

财话『水浒』

杨良成 ◎ 著

立信会计出版社

图书在版编目(CIP)数据

财话"水浒"/杨良成著.--上海:立信会计出版社,2016.6
(会计文学丛书)
ISBN 978-7-5429-5067-3

Ⅰ.①财… Ⅱ.①杨… Ⅲ.①《水浒》研究 Ⅳ.①I207.412

中国版本图书馆 CIP 数据核字(2016)第 136682 号

策划编辑　　方士华　孙　勇
责任编辑　　方士华　于　欣
封面设计　　南房间

财话"水浒"
CAI HUA SHUI HU

出版发行	立信会计出版社			
地　　址	上海市中山西路 2230 号	邮政编码	200235	
电　　话	(021)64411389	传　　真	(021)64411325	
网　　址	www.lixinaph.com	电子邮箱	lxaph@sh163.net	
网上书店	www.shlx.net	电　　话	(021)64411071	
经　　销	各地新华书店			
印　　刷	上海天地海设计印刷有限公司			
开　　本	880 毫米×1 230 毫米	1/32		
印　　张	8	插　　页	1	
字　　数	219 千字			
版　　次	2016 年 6 月第 1 版			
印　　次	2016 年 6 月第 1 次			
印　　数	1—3 100			
书　　号	ISBN 978-7-5429-5067-3/I			
定　　价	20.00 元			

如有印订差错,请与本社联系调换

"水浒"与会计文化
(序)

　　会计文化学是一门交叉学科、边缘学科,也是一门冷门学科。在国内,无论是理论工作者还是实务工作者,研究会计文化学的少之又少,真可谓寥若晨星。作者却能将"水浒"与会计文化联系起来,让我很是诧异。

　　"水浒"写的是北宋时期的故事。北宋时期,我国的经济已经相当繁荣,经济的发展让以"旧管＋新收－开除＝实在"为主要内容的会计核算方法——"四柱清算法"得以成熟并广泛运用到会计实务中,也融入了人们的日常生活之中。"水浒"写北宋时期的故事,肯定要写那时的经济,当然更离不开当时的会计。这就将"水浒"与会计联系到了一起。

　　"水浒"故事中最豪爽、最鲁莽、最耿直的三个人物武松、鲁智深、李逵,是作者通过虚构的想象,大书特书的会计文化人物,分别演绎了一二十回的故事。这三人都是不屈之人,和会计的坚持原则、不做假账、不善变通等职业特性具有极高的相似性;同时,这三人的故事经过作者的精心剪辑、神奇构思,都与财务、会计或是审计联系了起来,起承转合之间也很自然地与会计文化联系起来了。

　　书中将梁山集团当作一个集团公司,写其内部控制,涉及企业内部控制中的控制环境、组织架构、风险评估与控制、信息的交流与沟通,甚至包括企业发展战略、企业核心文化、企业资金融通、企业的财务报表等等诸多内容,更是将"水浒"与企业文化、会计文化紧密地联系起来,让人不得不为作者丰富的想象拍案击节,不失为一种跨界思维的样板。

能够做到这一点,实属不易。它需要作者既要有过硬的财务、会计与审计的理论与实务功底,同时又需要作者能从原著中选取与财务、会计相关的细节来进行演绎,还要能和现实社会相联系,与现代会计文化相联系。因为写"水浒"中的会计文化,就是为了弘扬和传承中华会计文化中的正能量,为今天的会计文化服务。

2014年第七届会计文化节在浙江绍兴举办时,我曾与作者有过一面之交。在这之前,我仅知道他是已故会计大师许家林教授的学生。当时在会上交流时,方知作者以研究、书写、传播会计文化为己任。后来陆续得知机械工业出版社出版了他将会计文化引入会计实务的系列财务专著"纪小羊做会计"系列(《纪小羊和她的出纳工作》《纪小羊和她的会计工作》《纪小羊和她的财务管理》),该系列通过讲故事的形式,以通俗易懂的实例,讲述了主人公纪小羊从一个初入职场者逐步成长为合格的出纳、会计甚至是财务经理的故事。通过该系列丛书,可以看出作者致力于会计文化传播所下的工夫。《财话"水浒"》一书,是作者在会计文化研究方面的又一硕果。

具有人文会计精神的立信会计出版社嘱我为书作序,我在通读此书时,也在网上搜索了一下作者,方知他正在同时创作"水煮三国会计"系列和"《西游记》中的财会元素"系列,并在《财务与会计》《中国注册会计师》《中国总会计师》《中国会计报》《财会信报》等报纸杂志发表了大量会计文化作品。自然,这些都是和会计文化紧密相连的。我衷心祝愿作者创作出更多更优秀的、人民群众喜闻乐见的、贴近生活的、接地气的会计文化作品,来丰富人们特别是会计人的精神生活。

总之,这是一本值得一读的好书。

是为序。

马靖昊

财话"水浒"
（自序）

俗话说：少不看"水浒"，老不看"三国"。为什么少不看"水浒"呢？因为"水浒"写的是一群血气方刚的英雄，血气方刚的年轻人看了，也许会让他们更加冲动，所谓"冲动是魔鬼"。但我认为年轻人看"水浒"，要透过其表面的打与杀，看通、看透里面的经济实质与财务实质。也就是说，我们应换一个角度，用财务的眼光看"水浒"，用财务的思想思考"水浒"。

"水浒"故事妇孺皆知，耳熟能详，但从"水浒"中看出财务、会计与经济，彻底颠覆人们以往读"水浒"的思维惯例，创新性地开拓读者的视野与角度，引领读者在故事中自觉不自觉地转换思维方式，将其与当今社会与经济联系起来，是我创作《财话"水浒"》的目的之一。为了达到这一目的，文章在起承转合之间，力求巧妙自然，摆脱枯燥的财务、会计与经济灌输，达到既看"水浒"故事，又思考财务、会计与经济之目的。本书共有五章，下面一一介绍。

第一章：武松的会计江湖。本章演绎出武松出道前所处的会计江湖之现状。武松刚开始对会计江湖现状有所敬畏，后来历经劫难，终于醒悟，想要改变这一黑暗的会计环境现状，但最终迫于无奈而放弃。其间穿插了审计、会计以及会计环境等经济内容，甚至和当今的反腐进行了紧密的联系，起伏跌宕的故事，让人荡气回肠。

第二章：鲁智深的会计江湖。本章演绎了鲁智深的财务经济人生,写出了诸多新奇与经典:拳打镇关西中虚钱实契典身账、店小二的代收账,分析丝丝入缕,让人一目了然,从中可以看到北宋经济的诸多行业,故事中的小细节,反映了北宋的大经济、大环境;行走江湖路中销金帐里灯油账,亦庄亦谐,更是让人啼笑皆非;出家五台山与挂单相国寺中的寺庙会计与寺院经济,揭示了北宋时期的寺庙会计与寺院经济;鲁智深最后的圆寂,名义是一种超脱,实际是一种看破红尘后不得已的逃避。

第三章:李逵的会计江湖。本章主要是从经济方面,分析表面上打打杀杀的鲁莽之人李逵,内里却将人情世故看得比谁都清楚。戴宗对李逵的评价很中肯:"李逵虽是愚蠢,不省理法,也有些小好处:第一,鲠直,分毫不肯苟取于人;第二,不会阿谀于人,虽死,其忠不改;第三,并无淫欲邪心,贪财背义,敢勇当先。"其实就是这样的一些小好处,当今世上却有许多人做不到。

第四章:梁山集团的内控江湖。本章将水泊梁山看成一家集团公司,从企业的角度分析梁山的内部控制,选取新颖的角度,进行透彻的阐述,条分缕析,说的是梁山内控,其实无一不与现实生活紧密联系,发人深省,令人感悟。

第五章:梁山会计散记。本章涉及财务、会计与经济特点的人和事,每篇都能读出新故事,感悟新观点,引导新思索,以"水浒"故事及人物为经,以财经文化、经济理论为纬,贯穿着理性的思索,让人领略到了水泊梁山的别样风情。

本书得以出版,首先,我要感谢《财会信报》和该报的汪洪田总编以及郝新华老师。2014年,我和汪洪田老师共同在浙江绍兴会稽山参加了会计家园举办的第七届中国会计文化节活动,并在会议期间相互认识,我将书稿中的"武松的会计江湖"交给汪总编后,汪总编很感兴趣,随后与郝老师联系,在《财会信报》开始连载。这一系列连载后,在读者中引起了很大的反响,许多会计网络媒体也竞相进行了转载。随后,《财会信报》又开始连载"鲁智深的会计江湖"。这为《财话"水浒"》一书的推出奠定了基础。

其次,我也要感谢《中国会计报》和该报的赵慧老师。《中国会计报》在2015年推出我的会计文化系列文章"水煮三国会计"后,又推出了"李逵的会计江湖"系列,这一连载内容当然也纳入了《财话"水浒"》之中。《中国会计报》的连载与推荐,也为《财话"水浒"》的面世奠定了读者基础。

最后,我要感谢立信会计出版社和该社的方士华、孙勇老师。当下电子阅读日新月异,纸质书籍日渐式微;财务会计类书籍中,重理论与实务,文化趣味类读物市场前景并不明朗。但立信人的人文会计情怀和传播会计文化的责任感与使命感,让他们义无反顾地选择了《财话"水浒"》,使本书得见天颜,顺利地与读者见面。这无疑体现了立信出版人的勇气与担当,我相信读者朋友们绝不会让他们失望。

是为序。

杨良成

目 录

第一章　武松的会计江湖 …………………………………………… 1

1. 武松打虎景阳冈
    ——一次重大的风险审计 ………………………………… 3
2. 武松斗杀西门庆
    ——风流孽债的民间审计 ………………………………… 6
3. 武松智走十字坡
    ——孙二娘的会计舞弊 …………………………………… 9
4. 武松威镇安平寨
    ——不做假账的真好汉 …………………………………… 12
5. 武松醉打蒋门神
    ——一份公开透明的财务报表 …………………………… 15
6. 武松失迷孟州府
    ——会计假象迷惑的屈汉 ………………………………… 18
7. 武松血溅鸳鸯楼
    ——勇于担当的会计造反者 ……………………………… 21
8. 武松夜走蜈蚣岭
    ——会计河深不湿鞋 ……………………………………… 23
9. 武松醉打独火星
    ——冲动是会计的魔鬼 …………………………………… 26
10. 武松落草二龙山
    ——打造会计小环境 ……………………………………… 28
11. 武松聚义梁山泊
    ——独立的会计王国 ……………………………………… 31

12. 武松出家六和寺
  ——退出会计江湖 ………………………………… 34

第二章 鲁智深的会计江湖 …………………………… 37

1. 拳打镇关西之(1)
  ——金翠莲的典身账 ……………………………… 39
2. 拳打镇关西之(2)
  ——店小二的代收账 ……………………………… 42
3. 拳打镇关西之(3)
  ——镇关西的强盗账 ……………………………… 45
4. 拳打镇关西之(4)
  ——鲁提辖拳管闲账 ……………………………… 48
5. 出家五台山之(1)
  ——出家多少费用账 ……………………………… 51
6. 出家五台山之(2)
  ——多少香火收入账 ……………………………… 54
7. 出家五台山之(3)
  ——文殊多少重修账 ……………………………… 57
8. 出家五台山之(4)
  ——卷堂大散破产账 ……………………………… 60
9. 行走江湖路之(1)
  ——销金帐里灯油账 ……………………………… 63
10. 行走江湖路之(2)
  ——桃花山上明算账 ……………………………… 66
11. 行走江湖路之(3)
  ——贼去关门路费账 ……………………………… 69
12. 行走江湖路之(4)
  ——瓦罐寺中二本账 ……………………………… 72
13. 挂单相国寺之(1)
  ——寺庙升迁明细账 ……………………………… 75

14. 挂单相国寺之(2)
　　——菜园移交明暗账 ………………………………… 78
15. 挂单相国寺之(3)
　　——倒拔垂杨见真账 ………………………………… 81
16. 挂单相国寺之(4)
　　——野猪林中细算账 ………………………………… 84
17. 落草二龙山之(1)
　　——多少辛酸流亡账 ………………………………… 87
18. 落草二龙山之(2)
　　——二龙小微企业账 ………………………………… 90
19. 聚义梁山泊之(1)
　　——三山聚义联营账 ………………………………… 93
20. 聚义梁山泊之(2)
　　——同归水泊合并账 ………………………………… 96
21. 圆寂六和寺
　　——圆寂六和终结账 ………………………………… 99

第三章　李逵的会计江湖 ……………………………… 103

1. 江州遇宋江之(1)
　　——期初借款银十两 ………………………………… 105
2. 江州遇宋江之(2)
　　——赌直汉子也赖账 ………………………………… 108
3. 江州遇宋江之(3)
　　——渔牙主人来开张 ………………………………… 111
4. 江州遇宋江之(4)
　　——追加投资五十两 ………………………………… 114
5. 沂州接亲娘之(1)
　　——身价倍增三千钱 ………………………………… 117
6. 沂州接亲娘之(2)
　　——李鬼无本做买卖 ………………………………… 120

7. 沂州接亲娘之(3)
　　——兄弟情值五十两 …………………………………… 123
8. 沂州接亲娘(4)
　　——被擒为因贪赏银 …………………………………… 126
9. 闯祸在高唐之(1)
　　——条例不值一文钱 …………………………………… 129
10. 闯祸在高唐之(2)
　　——没有规矩无方圆 …………………………………… 132
11. 闯祸在高唐之(3)
　　——真人心中悬明账 …………………………………… 135
12. 闯祸在高唐之(4)
　　——枯井救人赎前祸 …………………………………… 138
13. 放火闹东京
　　——爱憎分明闹元宵 …………………………………… 141
14. 查案刘家庄
　　——负荆请罪真李逵 …………………………………… 144
15. 嬉闹真性情
　　——寿张县里乔坐衙 …………………………………… 147
16. 性命报知遇
　　——忠魂埋骨蓼儿洼 …………………………………… 150

第四章　梁山集团的内控江湖 ………………………………… 153

1. 梁山时雨似剪刀
　　——品《水浒传》,析内控之一:梁山集团的内部控制环境 …… 155
2. 梁山高楼起垒土
　　——品《水浒传》,析内控之二:梁山集团的内部治理结构 …… 159
3. 梁山水泊千万险
　　——品《水浒传》,析内控之三:梁山集团的风险机制 ……… 164
4. 梁山控制环环扣
　　——品《水浒传》,析内控之四:梁山集团的内部控制活动 … 168

5. 梁山谍门深似海
　　——品《水浒传》,析内控之五:梁山集团的信息与沟通 …… 171
6. 梁山督察隐玄机
　　——品《水浒传》,析内控之六:梁山集团的内部监督机制…… 175
7. 梁山全伙受招安
　　——品《水浒传》,析内控之七:梁山集团的发展战略 …… 178
8. 梁山水泊卧龙虎
　　——品《水浒传》,析内控之八:梁山集团的人力资源 …… 182
9. 替天行道梁山泊
　　——品《水浒传》,析内控之九:梁山集团的社会责任 …… 186
10. 梁山忠义竖大旗
　　——品《水浒传》,析内控之十:梁山集团的企业文化 …… 190
11. 梁山打劫不义财
　　——品《水浒传》,析内控之十一:梁山集团的资金活动 …… 194
12. 梁山卫国屡建功
　　——品《水浒传》,析内控之十二:梁山集团的财务报告 …… 198

第五章　梁山会计散记 …… 203

1. 看水浒故事,论梁山财务 …… 205
2. 梁山公司的会计改革 …… 209
3. 梁山公司的会计信息化 …… 213
4. 盘点梁山公司的资产 …… 216
5. 风险评估、规避与战略转移 …… 219
6. 看水浒杨志,论财务用人 …… 222
7. 品读蔡京的经济人生 …… 225
8. 丹书铁券,会是永远的护身符吗 …… 228
9. 孽债:西门庆和潘金莲在《水浒传》中的会计记录 …… 231
10. 混江龙李俊的会计创新历程 …… 234
11. 李逵,不做假账的梁山好汉 …… 237
12. 燕青,彰显个性的财务典范 …… 240

第一章

武松的会计江湖

1. 武松打虎景阳冈
——一次重大的风险审计

话说武松在"三碗不过冈"的酒家共吃了十五碗酒,手提哨棒便走之时,酒家赶出来说:"我是好意,你且回我家来,看抄白官司榜文。如今景阳冈上有只吊睛白额大虫,天晚了出来伤人,坏了三二十条大汉性命。官司如今杖责猎户擒捉发落。并教往来客人,结伙成队,于巳、午、未三个时辰过冈。我见你走都不问人,枉送了自家性命。"如若将武松景阳冈打虎看成是一次风险审计的话,酒家的话是在提示审计风险:一是风险有依据,官司出了榜文;二是风险巨大,坏了三二十条大汉性命;三是采取了防备和防范措施,杖责猎户擒捉,过往客人要成群结队而过;四是提示你不能铤而走险。

武松却不相信,根据以往的历史经验推断,没有丝毫风险。这条景阳冈,少说也走过了一二十遭,几时见说有大虫?而且自恃审计本领高强,便有大虫,我也不怕!酒家再三劝说,他还烦了,反将酒家一片好心,当做恶意。酒家无奈,只得由他大着步自过景阳冈来。来到冈子下,见一大树,刮去了皮,上写两行字。却也是提示审计风险,说冈上真有老虎。武松固执己见,依然以为是酒家诡诈,都是惊吓客人的伎俩,横拖着哨棒,一步步向风险迈进。

武松直到走到一个败落的山神庙前,见了庙门前贴着盖有官府印信的榜文,方知真的有虎,终于相信了酒家提示的审计风险。在没有做好充分审计准备的情况下,武松只是为了面子,怕酒家笑话他,抱着一种侥幸的心态,贸然深入险地。

武松走得累了,酒气发作,待要在大青石上睡时,突然刮起一阵狂风,只听得乱树背后扑地一声响,跳出一只吊睛白额大虫来。那大虫又饥又渴,和身望上一扑,从半空里撺将下来。此时此刻武松才真正意识到了审计风险,那酒都做冷汗出了。但已经悔之晚矣,只得在毫无审计准备的情况下仓促上阵应战。

好在武松本领过硬,及时修正审计风险,采取审计措施。那大虫拿人,一扑,一掀,一剪,都用完了,又回来时,武松慌乱之中却也将哨棒打断了,只得两只手就势将大虫顶花皮疙瘩地揪住,按将下来,望大虫面门上、眼睛里只顾乱踢,又提起铁锤般拳头,尽平生之力,只顾打。打到五七十拳时,那大虫动弹不得,武松怕它不死,又寻来打断的哨棒,再打一回,看看那大虫,气都没了。

武松打虎之后,手脚都苏软了。回想前情,这时倒清醒了,意识到了审计风险,也有了后怕,寻思倘或又跳出一两只大虫来时,怎斗得过它?也不要面子了,一步步捱下冈子来。走不到半里多路,只见枯草丛中钻出两只大虫来。武松大叫一声:"阿呀,我今番罢了!"定睛看时,却是两个人,把虎皮缝做衣裳,原来是两个猎户。和武松一比较,他们的风险意识极其强烈,做了很好的防范与伪装,而且手里各拿一条五股叉,看来做了充分的审计准备,是准备打硬仗的。

从武松打虎的风险审计过程之中,我们可以吸取以下教训。

第一,要正确评估审计风险,千万不能仅凭历史经验进行推断,要充分利用各种相关信息进行分析研究,否则就会如武松麻痹大意一样,深入险地而不知。第二,要配备经验丰富、结构合理的审计人员,并对审计人员的胜任能力进行评估。武松第一次明白审计风险后,对自己的胜任能力还是相信的,"便有大虫,我也不怕"。但当他打死了老虎之后,他开始认真地评估自己的胜任能力,倘若再跳出一两只老虎出来,他是必死无疑了。所以他采取了明哲保身的措施,先回去,明早再来理会。蒋介石也曾让蒋经国到上海去"打虎",行前他对蒋经国这个审计人员的能力是相信的,而且蒋经国是以"太子"的身份前往。结果却也只能打"苍蝇","打虎"之事最后也不了了之。这说明蒋经国还是不能胜任审计人员之职。就算是蒋介石自己,恐怕也难胜任,因为这审计涉及自身利益,他们自身就是"老虎",哪有自己打自己的。第三,要做好充分的审计准备,对每个细节都要考虑周全。武松并没有做审计准备,而猎户们因吃过大虫的亏,吸取了经验教训,认真进行了准备,连老虎皮缝做衣服的细节都想到了,还个个带着五股叉。

中国现在正在开展反腐审计,提倡"老虎""苍蝇"一起打。"苍蝇"好打,"老虎"不好打。之所以称有些人为"老虎",说明他们肯定是有相当的能耐的。"打虎"之前,我们肯定要评估审计风险。风险肯定有,而且风险巨大,就看有没有信心和决心了。然后要选派能胜任审计工作的审计人员,因为打铁还要自身硬。只有派武松这样的打虎英雄上场才能收效。还要充分做好"打虎"的准备工作,如现在的网络举报、实名举报的措施,这样才能真正收到"打虎"的成效。

2. 武松斗杀西门庆

——风流孽债的民间审计

常言道:"乐极生悲,否极泰来。"西门庆和潘金莲正"一丝不苟地"记录着他们风流快活的孽债之时,武松回来了。武松不仅是打虎英雄,还是一位查账审计的高手,风流孽债会计主体之一的西门庆和潘金莲正在楼上取乐,听得武松叫一声,惊得屁滚尿流,奔后门走了,另一会计主体潘金莲可走不了,只得穿上孝裙孝衫,哽哽咽咽地从楼上假哭着下来。

武松道:"嫂嫂且住,休哭!我哥哥几时死了?得甚么症候?吃谁的药?"这一连串发问,是武松审计的开始。他实施一系列的审计程序,了解审计信息,提出被审计单位需要提供的一系列审计资料,属于实证会计派的,要的是能开口说话的证据。武大郎已死,只能是会计静态的反映,武松还需要会计动态的资料和证据,需要能系统地反映武大郎去世的全部信息。潘金莲这一孽债假账不得不继续做下去。说武大郎猛可地害起心疼起来,求神问卜,什么药都吃过,医治不得,死了。西门庆和潘金莲这一风流孽债的组织者王婆,因贪图棺材钱、寿衣钱,不遗余力地帮西门庆和潘金莲穿针引线、牵线搭桥,自然也脱不了干系,也忙过来帮忙遮掩,说"天有不测风云,人有旦夕祸福"。一番遮掩相当于被审计单位声明书,想糊弄过去。武松苦于没有原始凭证,也不能将潘金莲和王婆怎样,只得夜里来给哥哥武大郎守灵。夜里梦见武大郎托梦给他,说他死得好冤。其实这是日有所思,夜有所梦,可见武松对武大郎之死心存疑虑,也可以说是他有审计的职业敏感性。于是他从会计主体之一的潘金莲开始,追查原始凭证。

武松在潘金莲处得知吃的是谁的药,拿了药贴,又问是谁买的棺材,是谁扛抬出去的,一一问清楚后,便开始循迹查访。武松直接找到何九叔,何九叔也知道"冤各有头,债各有主"。将两项原始凭证拿了出来,一是何九叔在火化武大时所偷武大郎两块酥黑的骨头,二是一锭西门大官人给他封口的十两银子,并将前因后果,整个事情详细地告诉了武松,让武松取得了第一手资料。武松同时还知道了另一个原始凭证的知情人,卖梨儿的郓哥。

从郓哥那里,武松知道了西门庆和潘金莲整个风流孽债的全过程,以及武大郎第一次审计失败、西门庆和潘金莲胆大妄为的舞弊行为,问清楚了风流孽债的组织者是王婆。然后将这两项原始凭证带到知县大人那里进行告发,提供审计报告初稿。不想知县贪图贿赂,在明显的疑点与铁证如山的人证和物证面前,还要百般推托。西门庆和潘金莲的风流孽债第二次审计失败,看来走政府审计的这条路暂时是行不通了。"东方不亮西方亮,黑了南方有北方。"武松无奈,只得大路不走走小路,另辟蹊径,走民间审计的道路,并追加了必要的审计程序。

话说潘金莲和西门庆通过舞弊贿赂,已知武松告状不准,放下心,不怕他,大着胆看他如何继续他的审计工作。武松以武大郎即将是亡七,要祭奠武大并感谢众邻舍街坊的名义,将潘金莲请了下来,将王婆也请了过来,这是被审计单位出场。他同时还请了下邻开银铺的姚二郎姚文卿、对门开纸马铺的赵四郎赵仲铭、卖冷酒店的胡正卿、王婆隔壁的张公,一起到审计现场来作鉴证人。其实他们除了鉴证人外,还相当于审计时抽查的审计样本同时兼任受邀知情的专业人士协助审计。

武松虚则实之,实则虚之,只提起刀来,在潘金莲脸上闪了两闪,潘金莲便开始一五一十地将他们的风流孽债进行了如实的交代,她说一句,胡正卿便写一句。这便是审计工作底稿。王婆看潘金莲招了,还如何抵赖得过,只得也从实招来。从头至尾,都让胡正卿写在纸上,然后让她们点指画了字,四家邻居书了名,也画了字。武松不仅取得了无懈可击的原始凭证,还完善了法律手续。但还差风流孽债的另一会计主体西门庆没有到位,于是他前往狮子楼,去取最后一个原始凭证。

武松于狮子楼杀了西门庆之后,并不代表他的审计就全盘结束了,他还没出审计报告,没有将审计结果公之于众,审计事项还没有最后处置。于是他将西门庆和潘金莲的人头祭奠了武大郎之后,对几个鉴证人说:"今去县里首告,休要管小人罪犯轻重,只替小人从实证一证。"然后拿了胡正卿写的供词,押着王婆,和众街坊一起到县衙来首告。

知县和府尹在确凿的审计证据面前,逐级复核,都认同了武松的审计结果,层层上报,最后在审计结果的处置上,还是比较公正的,将王婆凌迟处死,武松杖四十,刺配两千里外的孟州牢城。当厅听命,读了朝廷明降,武松带上七斤半铁叶团头护身枷,到东平府市心里,看王婆吃了一剐,方取路投孟州来。自此,武松关于西门庆和潘金莲风流孽债的审计才彻底结束,画上了完美的句号。

3. 武松智走十字坡

——孙二娘的会计舞弊

话说武松因杀了潘金莲和西门庆,被东平府脊杖四十,刺配两千里外。武松只得和两个押解公人,迤逦取路投孟州而来。这天便来到了会计江湖上有名的大树十字坡。

远远的土坡下约有十数间草屋,傍着溪边柳树上挑出个酒帘儿。这是会计主体十字坡的外部环境。武松问了樵夫,知道这便是有名的十字坡了。这相当于对会计主体十字坡的外围观察和调查。再到十字坡边看时,为头一株大树,四五个人抱不交,上面都是些枯藤缠着。看看抹过大树边,早望见一个酒店,门前窗槛边坐着一个妇人,露出绿纱衫儿来,头上黄烘烘地插着一头钗环,鬓边插着些野花。这就是代表会计主体的管理当局、十字坡的总经理孙二娘了。

武松一行与十字坡的经济事项无非是吃饭喝酒,付钱买单。孙二娘倚门迎接道:"客官,歇脚了去。本家有好酒好肉,要点心时,好大馒头!"武松一行坐下后,孙二娘切出两盘肉,去灶上取了笼馒头出来。武松取一个拍开看了,叫道:"酒家,这馒头是人肉的?是狗肉的?"这相当于对被审计单位的调查。孙二娘嬉嬉笑道:"清平世界,荡荡乾坤,哪里有人肉的馒头,狗肉的滋味?我家馒头,积祖是黄牛的。"这番表白相当于被审计单位声明书和管理当局声明书了。

武松并没有被孙二娘的一面之词所迷惑,继续说道:"我从来走在江湖上,多听得人说道,'大树十字坡,客人谁敢那里过?肥的切做馒头馅,瘦的却把去填河'。"这一番话,一是体现出了武松的职业敏感性,二是道出了十字坡在行业中不堪的口碑与信誉。

孙二娘掩饰道:"客官,那得这话?这是你自捏出来的。"在武松没有确凿的原始证据面前，孙二娘自然是要百般抵赖了。却不料武松观察细致入微，继续说道："我见这馒头馅肉有几根毛，一像人小便处的毛一般，以此疑忌。"这一系列的观察和提问，可以看出武松对被审计单位已经心存疑虑了。于是他又追加审计工作程序，故意撩拨孙二娘，好让她露出马脚来。孙二娘果然不出所料，除了满口应承外，还有意勾引武松。这让武松更加清醒地认识到十字坡的舞弊事实了。他在一看二问之后，还对审计证据和审计情况进行了分析，自家肚里寻思道："这妇人不怀好意了。"于是把蒙汗药酒泼在僻暗处，却假装连说好酒，等孙二娘出来拍手叫他倒时，把眼来虚闭紧了，扑地仰倒在凳边。

这时，十字坡的会计舞弊事实终于浮出水面，真相大白了。孙二娘笑道："由你奸似鬼，吃了老娘的洗脚水。"桌上提了武松的包裹，并公人的缠袋，捏一捏看，约莫里面是些金银。孙二娘欢喜道："今日得这三头行货，倒有好两日馒头卖，又得这若干东西。"这真是不打自招，还说自家馒头馅积祖是黄牛的呢。不料乐极生悲，自个赤膊来拖武松时，武松就势抱住她，把两只手一拘拘将拢来，当胸前搂住，却把两只腿望孙二娘下半截只一挟，压在她身上，孙二娘杀猪也似叫将起来。这下好了，牛肉卖不成，反做杀猪叫，还被人赃并获，在充分确凿的审计证据面前，孙二娘纵有千万张嘴也无法分辩了。

综观武松的整个查证过程，他先是评估了审计风险，了解了审计对象的外部环境，然后对被审计对象的行业信誉进行了调查，一看二问，对审计对象和管理当局进行了询问和了解，做到了心中有数，再通过细致入微的观察查找审计证据，并在此基础上进行分析，最后迫使审计单位在确凿的证据面前就范。

现实生活中像十字坡这样的舞弊公司屡见不鲜，为什么我们看得见鬼，就是捉不到鬼呢？例如，医药行业的行贿与腐败，人人皆知，却如狗啃刺猬一样，无从下手。这就需要我们学习武松的查证手法。要想人不知，除非己莫为。任何舞弊都会留下蛛丝马迹。葛兰素史克（中国）公司就是最好的明证。首先，这个行业存在舞弊的可能众所周知，就如武松所说"大树十字坡，客人谁敢那里过"一样，在审计时，我们首先要对其风险进行评估,这个行业存在重大风险。其次是不要被表面现象所迷惑,要透过现象看本质。孙二娘很配合审计,出具了无可挑剔的被审计单位声明书和管理当局声明书,而且将账做得天衣无缝。但武松却观察出了馒头馅里面有几根毛。葛兰素史克(中国)公司虽然账也做得天衣无缝,但它与旅游公司的异常往来,就如武松所观察出的毛一样,成了审计疑点,让审计人员可以顺藤摸瓜,查出真相。最后通过分析,武松得出孙二娘不怀好心,一如审计人员对葛兰素史克(中国)公司的关联旅游公司的不正常高额利润进行分析一样,照样可以得出葛兰素史克(中国)公司及其关联公司串通舞弊的铁的事实。

4. 武松威镇安平寨

——不做假账的真好汉

武松和押解公人离了十字坡，取路孟州而来。不几日到达孟州城中，交了东平府公文，孟州州府将他判归本城牢城营安平寨中，引出了之后的若干英雄故事。

武松自到营房之后，早有十数个一般的囚徒来看武松，好意劝他说："好汉，你新到这里，包裹里若有人情的书信，并可使用的银两，取在手头，少刻差拨来时，便可送与他。若吃杀威棒时，也打得轻。"武松道："感谢你们众位指教我。小人身边略有些东西。若是他好问我讨时，便送些与他；若是硬问我要时，一文也没。"众囚徒怕他吃亏，都劝他，不怕官，只怕管，又说，在人屋檐下，怎敢不低头。众囚徒明白无误地告诉武松，你要做假才行，要行贿才行，不然是要打杀威棒的。却不想武松是个不做假的汉子，强讨恶要他是绝对不会答应的，如若好问时，他主动送与，那是一个人情。

果然不一会差拨就来了，看武松没有主动给他行贿，便发怒了："你也是安眉带眼的人，直须要我开口说。你是景阳冈打虎的好汉，阳谷县做都头，只道你晓事，如何这等不达时务！你敢来我这里，猫儿也不吃你打了！"这是明目张胆地进行敲诈，还威胁道，不要以为你能在景阳冈打虎就了不起，我这里你连猫都打不了。武松不做假的倔犟上来了："你倒来发话，指望老爷送人情与你，半文也没。我精拳头有一双相送！金银也有些，留了自买酒吃，看你怎么奈何我？"他可真实诚，我不是没钱，有钱，自己买酒吃，就是不送给你，敢于跟当权的势力叫板。

话未说完，武松便被带到了点视厅前，管营喝叫除了行柳，兜拕起来，打一百杀威棒。武松这个不惯于做假的硬汉直截了当地说："都不要你众人闹动,要打便打,也不要兜拕,我若是躲闪一棒的,不是好汉,从先打过的都不算,从新再打起。我若叫一声,也不是好男子!"众人都笑他时,他又说:"要打便打毒些,不要人情棒儿,打我不快活。"

这无异于一份震撼人心的宣言,体现出的是武松崇尚事实、不做虚假的精神和气节。在当时人人做假,都想躲避可能要人性命的一百杀威棒时,武松却勇于担当,这是何等的勇敢。等到管营态度有了转变,想要主动宽恕他,问他路上可曾害甚病来时,他毫不遮掩地说:"我于路不曾害,酒也吃得,肉也吃得,饭也吃得,路也走得。"倘若换了别人,上面已经搭了梯子,给了台阶,你就快点下来吧。可武松他不同,如果是那样,那就不是真实的武松了。管营说他有害病之症状,且寄下一百杀威棒时,两旁的军汉低低对武松说:"你快说病,这是相公将就你。"换了别人,正是求之不得。武松却说:"不曾害,不曾害,打了倒干净!寄下倒是钩肠债,几时得了!"他的开诚布公、敢讲真话的真性情,至此体现得淋漓尽致。

武松最终没被打杀威棒,换来的却是好酒好肉好伺候,也没众囚徒说的要怎样处置他,看众囚徒一个个辛苦做工,自己却逍遥自在,心中大为不解,焦躁起来。伺候他的人方去将幕后的施恩请了出来。武松方才得知,自己的一百杀威棒是他免的。施恩将武松看成一只潜力股,自己有求于他。但施恩对这只潜力股也没多大把握,所以即使武松再三追问,施恩只是不说,心里想的是武松刺配两千多里,肯定路上劳顿,要等他身体将息好了,方才肯告诉他。

武松看施恩不肯说,知道他对自己还心存疑虑,他早已将天王堂前的一个大石礅看在眼里,怕有三五百斤重,于是便邀施恩一同到天王堂前去看那石礅,看他能否拔动。他先将石礅略摇一摇,大笑道:"小人真个娇惰了,那里拔得动!"施恩信以为真地说:"三五百斤石头,如何轻视得它!"武松这才使出真本事,把那个石礅只一抱,轻轻地抱将起来。双手把石礅只一撇,扑地打下地里一尺来深。众囚徒见了,尽皆骇然。武松再把右手去地里一提,提将起来,望空只一掷,掷起去离地一丈来高;武松双手只一接,接来轻轻地放在原旧安处。回过身来,面上不红,心头不跳,口里不喘。武松提供给施恩的可谓真实的会计信息与业务处理能力,原汁原味,有血有肉。

武松景阳冈打虎,阳谷县做都头,斗杀西门庆,施恩等都只是道听途说,并没有见过武松的真功夫。武松这番实力的展示,终于让他和众囚徒大开眼界,佩服得五体投地。武松对施恩说道:"你要教人干事,不要这等儿女象,颠倒恁地,不是干事的人了。便是一刀一割的勾当,武松也替你去干!若是有些谄佞的,非为人也!"这一番话,明白无误地告诉施恩,我们既要合作,两者之间的关系就要真实无欺,相互信任。施恩终于被武松的真诚所打动,向武松叙说了事情的真相。

会计在日常工作中也会经常遇到武松在安平寨中所遇到的问题。一是潜规则,都要给差拨送人情;二是社会舆论,如众囚徒和众军汉的劝解;三是领导的授意与指使,如管营放话让他说害病;四是猜忌遮掩,施恩始终对武松的功夫不信任,心存疑虑。武松之所以能威镇安平寨,靠的就是他不做假账。潜规则,对我没用;社会舆论,要我做假,我不听;领导的授意与安排,我不服从;心存猜忌,那我告诉你真相好了。在当今会计界提倡诚信、不做假账的今天,武松的故事值得我们深省,对我们大有裨益。

5. 武松醉打蒋门神

——一份公开透明的财务报表

话说武松在安平寨中显露真功夫,让施恩去了心中疑惑之后,施恩方将事情真相一一向武松道来。原来快活林里开的是"施恩公司",现在成了"蒋门神公司",公司易主,其实就是以大欺小,以黑吃黑,但靠的是实力。

武松作为"施恩公司"新聘的一名高管,其业绩可以从过去的历史报表中看到。景阳冈打虎是其第一份业绩,阳谷县做都头是其第二份业绩,斗杀西门庆是其第三份业绩,威镇安平寨不算其业绩,最多只能算其面试成绩。当然前面的三份业绩都是公开透明的,未公开的还有很多,比如武松在十字坡的经历。这一切都足以说明武松是名有实力的高管,能够胜任"施恩公司"的财务要求,就看他怎样再次展现实力,将"蒋门神公司"改换门庭了。

武松首先对蒋门神进行了调查、了解。武松听了施恩对蒋门神的介绍后笑道:"我只道他三头六臂,有哪吒的本事,我便怕他。原来只是一颗头,两条臂膊!既然没哪吒的模样,却如何怕他?"看来武松对处理这笔业务充满了信心,当日便要去了却此事。施恩因被蒋门神打怕了,格外小心,劝说武松道:"明日先使人去那里探听一遭,若是本人在家时,后日便去,若是那厮不在家时,却再理会。空自去打草惊蛇。"武松是个直性子,正叫着去便去,等甚么今日明日的,施恩的父亲、老管营,也就是"施恩公司"真正的幕后掌舵之人出来了。

老管营可不比小管营,他一说话就和施恩显示出了不同的档次。分明就是黑吃黑,他还要给公司脸上贴金,说什么非为贪财好利,实是壮观孟州,增添豪侠气象,却被蒋门神倚势豪强,公然抢夺而去。意思很明显,你武松做这笔业务,是匡扶正义,为民除害,无碍你的职业道德与正义形象。这更坚定了武松要打蒋门神这只"老虎"的决心。

武松当晚大醉,施恩父子怕他醉酒之后气力不足,有心要让他将息两日,养好气力,迎战蒋门神。武松只好自己发话了,你让我处理这笔业务,要给我充分的自主权,出得城去,要"无三不过望",但遇一个酒店,要吃三碗酒。这相当于武松提出的处理业务必备条件。也许真如武松所说,多一分酒,便多一分本事。也许武松是以酒壮胆,也许武松是以醉瞒人,让蒋门神大意轻敌。不管怎样,武松是实打实的"无三不过望",有了五七分酒,却装作十分醉的,直奔快活林而来。

武松抢过林子背后,假醉佯颠,斜着眼看了蒋门神一眼,心中已然有数,却不直接去打蒋门神,而是直奔他的酒店而来。店里的伙计酒保以及蒋门神娘子哪里是武松的对手,个个被打得屁滚尿流,乖乖地走了一个。武松知道他必然去报蒋门神,寻思自己迎将上去,大路上打倒他好看,教众人笑一笑。这就是在公开业务处理过程。

蒋门神不知武松底细,见了武松之后,又先轻敌,欺他醉了,哪比得武松做了充分的准备,一上来直接使出自己的成名绝技:玉环步,鸳鸯脚。这是武松平生的真才实学,非同小可。当即打得蒋门神在地下求饶。看那蒋门神时,只见被打得脸青嘴肿,脖子歪在半边,额角头流出鲜血来,神情极是狼狈。至此,可以说武松重夺快活林这笔业务已经处理完毕了,但武松还没有作出公开透明的财务报表,所以他让蒋门神去央请快活林所有的英雄豪杰,要蒋门神当众与施恩陪话,将抢夺施恩快活林的东西悉数归还施恩,而且不仅要离开快活林,还不能在孟州居住,否则武松见一次打一次!

蒋门神将快活林众豪杰都请到位后,武松开诚布公地报出了自己的名号,这叫明人不做暗事;然后阐明快活林原本是施恩的,蒋门神倚势豪强,公然抢夺,是不道德的,现在只不过是物归原主;最后说明虽然这与我武松并无干涉,我也不是这里的主人,也不是为了这里的钱财,但路见不平,拔刀相助,却是我的原则。

快活林里的众豪杰肯定知道"施恩公司"与"蒋门神公司"的来龙去

脉与原委,武松当众处理,公开透明,而且在他的会计报表后还有附注说明:于我无涉,我只不过是打抱不平,不是图的钱财,讲的是正义和公平;也不怕你报复,我就是景阳冈上打虎的武松,有本事的你尽管来找我算账。

其实,由于那时的会计环境缺乏法律因素,快活林里不管是"施恩公司"还是"蒋门神公司",出具的都是民间认可的会计报表,而不是官方认可的财务报表。所以武松出具的虽然是一份公开透明的财务报表,却也只是以暴制暴的民间报表,不像他杀了西门庆和潘金莲后,是由东平府出具的政府报告。

6. 武松失迷孟州府

——会计假象迷惑的屈汉

武松在快活林醉打蒋门神之后，施恩重新霸得快活林，对武松似爷娘一般敬重。然而好景不长，一日，施恩父亲的上司官张都监特差军汉，拿了钧帖，来请武松。施恩无奈，只得放武松前去，武松不知委曲，当即随同前往。

武松在张都监府中受到了隆重的礼遇：早晚都监相公不住地唤武松进后堂与酒与食，放他穿房入户，把做亲人一般看待；又叫裁缝与武松彻里彻外做秋衣；但是人有些公事来央浼武松的，武松对张都监说了，无有不依；外人俱送些金银、财帛、缎匹等件，武松买个柳藤箱子，把送的东西都锁在里面。武松原本是个精细之人，在安平寨中，施恩对他一番礼遇，他便要探究其根源，在张都监这里却疏忽了。须知没有无缘无故的爱，也没有无缘无故的恨，张都监与你素不相识，为什么要来请你，你在张都监府中未建寸功，凭什么无缘无故对你武松恩宠有加呢？俗话说无功不受禄，你怎么能心安理得地接受呢？武松明显是被张都监的假象所迷惑，失去了应有的警惕，没有保持清醒的头脑，为后面张都监设下陷阱，陷害武松埋下了伏笔。

张都监对武松的礼遇在中秋之夜达到了鼎盛。张都监在后堂深处鸳鸯楼下安排筵宴，庆赏中秋，叫唤武松也到里面饮酒，并叫取大银赏盅斟酒与武松吃，还唤心爱的养娘玉兰出来，唱苏东坡的《水调歌头》助兴，为武松把盏，更要将玉兰许配于他。武松被张都监所营造的一系列会计假象所迷惑，真还对张都监感恩戴德起来。

只可惜乐极生悲，当晚便出了事。三更时分，那个唱曲的玉兰慌慌张张地抢入后堂，说有一个贼人跑入后花园去了，武松想报张都监的知遇之恩,当然要奋勇当先,为其擒贼了。可没想到最后被擒到的贼,竟然是他武松自己。黑暗之中,撇出一条板凳,把武松一交绊翻,七八个军汉不由分说,早一索子将他绑了,武松蒙在鼓里,还要分辩,可从他房里搜出了柳藤箱子,里面却有赃物。人赃俱获,武松已是有口难辩了。张都监将人赃一起押到知府大堂,知府不由分说,吩咐手下,只顾加力拷打。武松无奈,只得屈打成招,被知府下到了大牢之中。武松这时方才醒悟,原来张都监前面所做的一切,都是为了迷惑他,让他去了防范之心,好设计圈套,然后栽赃陷害于他。但他还是有疑惑,自己与张都监往日无怨,近日无仇,他为什么要这样处心积虑地陷害自己呢?

施恩听得音讯,慌忙去告诉父亲老管营时,老管营心知肚明,却不说破。这是"蒋门神公司"的幕后主使张团练买通了张都监,为的还是快活林里的公司,只不过有武松这擎天一柱在,他们不好下手,如若先将武松制服了,余下的事就好办了。所以他们必然要害武松性命。武松按罪只是偷盗,罪不至死,而且还是在为"施恩公司"代为受过,我们不能不帮。于是让施恩去找当牢节级康节级,好想办法来救武松。

施恩从康节级那里听得实信,都是张团练暗中结交了张都监,设下这条计谋,现在又使蒋门神买通厅上知府及一应上下,施恩方知原委。施恩到牢中探监时,将这一切告诉武松,武松才知道原来自己在快活林趟的这趟水太深了,"施恩公司"与"蒋门神公司"都只是表面现象,施恩与蒋门神只不过是台前的小卒,真正在后面掌舵的是老管营和张团练,争去争来,为的还是钱财。自己只不过是两个公司争斗之中的一枚棋子,现在成了一个不能开口说话的冤汉。虽然有许多的会计假象在迷惑人,但即使再深的水,也总有水落石出、真相大白的时候,揭开张都监虚情假意的笑容,露出的是一张狰狞的面孔,武松总算清醒了。

等到武松被孟州知府当厅宣判脊杖二十,刺配恩州牢城,出来之时,见到施恩来为他送行。只见施恩又包着头,络着手臂。武松问他时,这才知道,蒋门神又到快活林中将施恩暴打了一顿,而且依葫芦画瓢,也要施恩央人陪话,复夺店面,交还家火什物。自己在快活林中以暴制暴,出具的民间会计报表,现在被蒋门神以彼之道,还施彼身,轻而易举地用另一份民间会计报表将其替代。

  武松被"施恩公司"所利用,为其打抱不平,从"蒋门神公司"手中夺回快活林,此为因。张团练勾结张都监,假意笼络武松,然后趁机设下圈套,制服武松,重新霸占快活林,此为果。所有经济事项,都有因果关系。一如有借必有贷,借贷必相等一样。我们千万不能像武松被会计假象所迷惑,不能被糖衣炮弹所击中,应该时刻保持高度的会计职业敏感性与警惕性,透过现象看本质,去粗取精,去伪存真,这样我们才能随时发现前进路上的地雷和陷阱,保护自身的安全,不蹈武松的覆辙。

7. 武松血溅鸳鸯楼

——勇于担当的会计造反者

武松在《水浒传》中第一次出场,是在"小旋风"柴大官人的庄上与宋江相遇,当时因为在清河县与人斗殴杀死了人,逃在柴大官人庄上。很明显,当时他不敢明目张胆地造反,因为他是畏惧会计正道的。

武松在景阳冈打虎后一举成名,在阳谷县做了武都头,一门心思用在公务上,满脑子都是做个好会计的念头。即使杀了潘金莲和西门庆之后,他也是义无反顾地选择了自首,根本就没想逃避责任或是去造反。在菜园子张青那里,张青劝他留下来时,他也坚持要去服役。这时在他心中,他还是相信会计正道的。

武松醉打蒋门神之后,不仅得到安平寨中大小管营的器重,甚至连老管营的上司张都监都派人来请,而且恩宠有加。在武松心里,也许认为凭他的业务能力,他这个会计高管完全可以大有作为。很快,他这种一厢情愿的想法便被无情的现实彻底粉碎了。他只不过是"施恩公司"与"蒋门神公司"利益争斗中的一枚棋子。这个世界本就没有会计的法律环境,有的只是以暴制暴、以黑吃黑、以大吃小。凭一己之力,想要改变这种会计环境,无异于痴人说梦。所谓的会计正道,都是一系列的利益链条。他已经看破了会计正道这一红尘,但他并不甘心,他要奋力抗争。这样就有了后面的大闹飞云浦、血溅鸳鸯楼。他扯起了一面会计造反的大旗,开始正式向腐朽的会计环境挑战。

话说武松被判刺配恩州牢城时,如若那两个押解公人,并不接受幕后主使的命令,想在半路上结果他,而是安然无恙地将武松押解到恩州牢城,也许武松并不会当即造反。而那两个押解公人从施恩来给武松送衣送吃开始,就没有好声气,押解途中又来了两个提朴刀的汉子,相互之间挤眉弄眼,打些暗号,明显是要结果了武松性命。武松这时不反,便没有性命了,他不得不反。

武松在飞云浦结果了三个,留了一个活口,一审讯,方知他是蒋门神的徒弟,被师父和张团练定计,要他们来帮两个公人结果武松性命,而且蒋门神和张团练还在张都监家后堂里的鸳鸯楼吃酒,专等他们四个回去回话呢。武松听了,怒从心头起,恶向胆边生。虽然武松杀了这四个替死鬼,但他知道,幕后真正的主使是蒋门神、张团练和张都监。有他们这些暗中作祟的恶鬼在,如何还会计一片洁净晴朗的天空? 要反就要反个彻底,要砸烂这万恶的会计环境,要彻底改变这法律缺失的会计环境。武松一番寻思之后,径直往孟州城而来。

武松快意恩仇,血溅鸳鸯楼。孟州知府根据下人的回报,鸳鸯楼共杀死男女一十五名,飞云浦中杀死四名,共计一十九人,其中当然包括陷害武松的元凶蒋门神、张团练、张都监。而这案子很简单,凶手生怕官府不知道,用血在鸳鸯楼的白粉壁上写下血淋淋的八个大字"杀人者打虎武松也!"这便是他向恶劣的会计环境挑战的旗帜和宣言。出了胸中这口恶气,武松出得城来,才道:"这口鸟气,今日方才出得痛快!"这个世界不是没有良好的会计环境吗? 好,我武松来打造一个。

我们会计界一直都在讲要营造会计诚信、公平、公正的从业环境:一是要加强会计法制的建设,加大处罚力度,这是硬环境,要做到有法可依,有法必依,执法必严,违法必究;二是要加强职业道德的培养,加强舆论引导与监督,全方位提高会计的综合素质,练好内功,这是软环境。我们要两手抓,两手都要硬。

虽然我们现在的会计环境比武松那个年代好多了,我们的法制是健全的,有了硬环境;也在大力提倡职业道德,努力营造软环境。但仍然有极少数的人在利益面前将这些置若罔闻,抛到了九霄云外,他们欺的是笑眯罗汉,怕的是鼓眼将军。看来我们一味地讲职业道德,提倡舆论引导与监督是远远不够的。好在我们现在有像钟馗打鬼似的执法者来执法,塑造会计的硬环境,要不也会出现类似武松似的造反者。

8. 武松夜走蜈蚣岭

——会计河深不湿鞋

武松血溅鸳鸯楼,杀了蒋门神、张团练和张都监后,只能亡命会计江湖。因为在那个法律缺失的大环境中,他触犯的是统治阶级代表者的利益,他想打破的是统治者既定的会计常规,统治者是不会容忍这样的会计造反者的,所以追拿武松成了当务之急,追拿公文遍行邻近州府。

武松在十字坡菜园子张青那里如坐针毡,他不想因此而连累张青夫妇。张青为此出谋划策,让他上二龙山入伙。武松从在《水浒传》中现身起,一直是个打工者或者高级门客。在柴大官人庄上,就是一个逃难的门客;在阳谷县做都头,是个为知县打工的打工者;在安平寨中,是个高级门客;在张都监府中,也是个高级门客。他从来没有自己的事业,也从来不是什么合伙人,更没当过什么老板。张青现在给他指的一条路,是当老板的一条路。可这条路,是和统治者作对的路,是造反的路。武松已经在鸳鸯楼中写下了砸碎统治者既定会计常规的造反宣言,对张青的建议自然是言听计从了。

为了躲避被统治者抓住的风险,武松在孙二娘谨慎性原则的建议下,采取了化装易容改变身份的策略。易容化装后,武松自己到镜子前一照,竟也哈哈大笑,连自己都快看不出来了。看来改头换面很容易迷惑人,也很容易蒙混过关。出发时,武松充满了自信,大大方方,大摇大摆。

武松当夜来到蜈蚣岭时,只听得前面林子里有人的笑声,武松的职业敏感性马上上来了。"又来作怪,这般一条净荡荡高岭,有甚么人笑语?"只见松树林中,傍山一座坟庵,约有十数间草房,推开着两扇小窗,一个先生，搂着一个妇人，在那窗前看月戏笑。在武松心中，他一直是坚守会计正道的，要不然他也不会斗杀西门庆、醉打蒋门神，更不会血溅鸳鸯楼了，而且他是一看到有这样的情况，就会马上去制止的人。现在又来了作怪的，他能放过吗？显然不会。蜈蚣岭上的飞天道人便倒了霉，再也不能飞天了。武松在蜈蚣岭上的圆月之下，第一次以会计公义的名义，用飞天道人的人头，来祭了他的行者弯刀。

　　武松杀了飞天道人之后，唤那婆娘出来，详细审问：这里是甚么去处？那先生是你甚么人？是否还有亲眷？那厮有多少财帛？那妇人一一回答。果然不出所料，那飞天道人不是什么好鸟，他在会计江湖上又除却了一个祸害。这时那妇人请武松吃肉喝酒，武松也不推辞，就大碗吃了一回。妇人将一包金银献与武松时，武松却不肯要："我不要你的，你自将去养身。"然后一把火烧了那坟庵。武松在蜈蚣岭上，第一次要战胜的是飞天道人，而现在要面对、要战胜的却是自我。他的圆月弯刀潇洒地杀掉飞天道人之后，他还不是真正的英雄，当他的圆月弯刀杀死自己心中的诱惑时，他才真正完成了华丽的转身。

　　武松杀了飞天道人之后，正是夜深之时。飞天道人将那妇人掳来，想必那妇人还是有几分姿色，而且那妇人还请武松吃肉喝酒。正所谓酒是色媒人，何况夜深时分，又是孤男寡女。可武松行的端、立的正，根本没动一点歪心思。妇人将金银来献时，武松也未贪财，而是让那妇人将去养身。面对财色的双重诱惑，武松岿然不动，真是会计沧海，物欲横流，方显英雄本色。武松的职业道德在此可见一斑。

　　我们会计人经常和金钱打交道，而且经常面临着各种各样的诱惑，正是常在河边走，那我们究竟有没有湿鞋呢？有的人在利益面前强讨恶要，跟安平寨中的差拨一样；有的人为了利益大打出手，跟快活林中的蒋门神一样；有的人在美色面前拔不动脚，跟西门庆一样；有的人是利益的幕后策划主使者，跟张团练、张都监一样；有的为了一点蝇头小利，不惜为虎作伥，出卖良心，跟王婆一样。但武松就是武松，蜈蚣岭上，他一不贪财，二不贪色，走在深河边，就是不湿鞋。

　　人有脸，树有皮，会计职业讲声誉。当我们一脚踏进会计这个门槛，充当守门员时，面对凌厉的诱惑攻势，你能否如武松一样，坚守职业大门，不让他们攻破你的十指关呢？我们能否时刻准备着像武松一样威武而不屈，富贵而不淫，辛苦而不馁，面对诱惑而不移呢？面对各种各样的诱惑，我们能否保持一颗平常心，时刻接受对我们理智、品格的检验呢？

没有被美色和金钱所俘虏的武松，走在深河边，就是不湿鞋的武松，高擎着会计江湖的品格大旗，一路从蜈蚣岭上向我们走来，引领着我们，向更深、更远的会计江湖行进。

9. 武松醉打独火星

——冲动是会计的魔鬼

话说武松扛着一面会计江湖的品格大旗，一路从蜈蚣岭上走了下来，这一日来到一个村落小酒肆中。因是冬月间天气，好生严寒。武松到店中坐定后，吩咐酒家卖些酒肉与他。酒家如实禀告：有些柴茅白酒，肉却没有了。武松也不计较，让酒家且把些酒来挡寒。酒家大碗价筛酒与武松，将一碟熟菜，与武松过口。吃酒期间，武松对店家无肉的真实性表示怀疑，一而再，再而三地询问，又不是不给钱，我又不白吃你的。可店家一再声明，只有白酒，其他没有。

正在一个询问一个声明之时，店家来了另一拨客人。店家马上笑容可掬地迎接他们，这可和对待武松的态度不同，因这拨客人是常客、熟客、本地客，一下子就让武松看透了人间的冷暖。你这店家也是的，怎么能一样的客作两样对待，这哪里是会计讲究的公开、公平和公正？分明是狗眼看人低，欺生嘛！武松先自心里不快活了。

等那大汉问店家道："我吩咐你的，安排也未？"，店家答道："鸡与肉都已煮熟，只等大郎来。"说完好酒好肉，一一给那大汉端了上来。武松闻到大汉好酒的香味，看到丰盛的美食，想起自己一而再、再而三地问店家，有肉卖没有时，店家一再坚持说没有。可现在明明白白地端了上来，难不成这是天上掉下来的？再看看自己面前的一碟熟食，自然气不打一处来。明明有酒有肉，却说没有，这如何符合会计记录与反映的客观性、真实性与准确性？明显是欺诈，是内幕交易，是狗眼看人低！

武松在店家端出了好酒好肉时，心想你这时抵赖不过了，事实均在眼前，看你如何遮掩，一个劲地要酒要肉。你再欺生，再做假账，总不至于揣着明白装糊涂吧。可店家解释说好酒好肉本就不是我的资产，是客人从自己家里拿来的,只不过借我的店子坐地吃酒。也就是说,好酒好肉原本是寄存在店家这里的,只不过借店家的地方来消费而已。

武松早被眼前的情景气急了,一个天上,一个地下,这差别也太大了。他也不细查缘由,更不深究根底,按捺不住,跳起身来,叉开五指,望店主人脸上只一掌,把店主人打个踉跄,直撞过一边而去。对席的大汉,见了大怒。看那店主人时,打得半边脸都肿了,半日挣扎不起。这大汉也是后来上了梁山的好汉,名唤独火星孔亮。也是有两三板斧的,心想强龙不压地头蛇,打狗也还要看主人,你倒好,不问青红皂白,不管三七二十一,行凶到我的地盘上来了,不知道我的地盘我做主吗?可这一回他算错了,这回他的地盘他也做不了主,被武松一顿暴打,丢到门外的溪水里去了。

武松吃饱喝足,大醉而去。踉踉跄跄,跌进溪水之中,正自挣扎不起。恰好独火星孔亮搬来了救兵——他的哥哥毛头星孔明,众人一齐下手,横拖倒拽,把武松捉上溪来,剥了衣服,夺了戒刀、包裹,揪过来绑在树上,取一束藤条,要来细细地打他。却才打得三五下,庄里走出一个人来,详问情由,仔细查看,这才发现是武松,救了他。要不,说不定他会被孔氏兄弟就地打死。这救他的人便是在孔家庄躲避官府捉拿的山东及时雨宋江。

会计是门精细的活,做什么事都要三思而后行。有因必有果,有借必有贷。处理任何经济事项都要运用逻辑分析,千万不能像武松一样头脑发热,须知冲动是魔鬼,即使是明白的时候,也有看走眼的情况,何况是在酒醉之中。武松冲动,还只是害了自己,被打了一顿,要是我们会计被表面现象所迷惑,不加分析,一味冲动,到时害的可就不光是自己了,可能还要连累企业、政府、债权人以及社会公众,造成无法挽回的经济损失。

而宋江就是理智的长者,和冲动的武松形成了鲜明的对比。孔氏兄弟打人时,他先是细细询问,然后是仔细察看,看了武松背上的杖疮时便道:"作怪,这模样想是决断不多时的疤痕。"转过身来,将手把武松头发揪起来,定睛看了,方才认出武松,将他救了下来。如若我们会计在处理经济事项时,有宋江这份认真负责的态度,及时发现问题,方能及时处理问题,也才能救下冲动的武松,挽回不必要的经济损失。

10. 武松落草二龙山

——打造会计小环境

话说武松一时冲动,醉打独火星孔亮后,被孔氏兄弟抓住,绑住痛打,幸得及时雨宋江老成细致,认出是其结义兄弟武松,这才将他搭救下来。细问根由,方才知道二人自从在柴大官人庄上分别之后,江湖上传得沸沸扬扬之事:景阳冈打虎,阳谷县都头,斗杀西门庆,威镇安平寨,醉打蒋门神,血溅鸳鸯楼,一桩桩、一件件,亲口从武松嘴里说出,竟然都是真的。宋江心知武松是个血性汉子,二人从孔家庄分别,一个要前往二龙山落草,一个要去清风寨避难,作为兄长,他耐心地劝说武松:"兄弟,你只顾自己前程万里,早早的到了彼处。入伙之后,少戒酒性。如得朝廷招安,你便可撺掇鲁智深、杨志投降了。日后但是去边上,一刀一枪,博得个封妻荫子,久后青史上留一个好名,也不枉了为人一世,我自百无一能,虽有忠心,不能得进步。兄弟,你如此英雄,决定做得大事业,可以记心。听愚兄之言,图个日后相见。"

宋江这番话,可谓推心置腹。他充分肯定了武松的才能:如此英雄,定做得大事业。但他担忧有二,一是武松酒后冲动,要他少戒酒性;二是免得他误入歧途,如得朝廷招安,便可撺掇鲁智深、杨志投降,走上正道。然后他给武松指出了理想的出路:名正言顺去边上,一刀一枪,博得个封妻荫子,青史留名。最后他告诫:听愚兄之言,图个日后相见。也就是说,你不戒酒性,克制冲动,不走正道,一味蛮干下去,也许枉送了性命,我们连相见都不可能了。

宋江这番苦口婆心,武松到底有多少听进心里去了呢?他自景阳冈打虎,行走会计江湖以来,刚开始也相信会计正道。在阳谷县做都头时,认真负责,如没有西门庆与潘金莲的风流孽债,不为亲哥哥武大郎报仇,也不会走上反叛所谓的会计正道之途。即使反叛了,他也相信还是有正道,所以他投案自首。后来威镇安平寨,醉打蒋门神后,得到施恩父子的青睐,又得张都监重用,真还以为有会计正道。直到张都监、蒋门神等人用计将其陷害,欲置其于死地时,方才如梦初醒:原来自己所处的这个生存环境里面,根本就没有正道的生存环境,所以他毅然决然地开始了反叛,再也不像在阳谷县杀了人还去投案自首了,哪怕是亡命江湖。而且在会计江湖之中,他再也见不得违背正道之事,在蜈蚣岭上的圆月之下,以会计公义的名义,用飞天道人的人头,祭了他的行者弯刀。试想一个亡命江湖之人,想的多半是保重自己性命,哪还有心思去管其他的闲事,躲都来不及,可武松不管不顾,偏偏还要以会计正道的名义强出头。这些都是他的大哥宋江所顾虑的,而且这个兄弟好酒,酒后更易冲动,醉打独火星孔亮就是明证。这番话,宋江大约也知道武松没有听进去,三岔路口,武行者下了四拜。宋江洒泪,不忍分别,又吩咐武松道:"兄弟,休忘了我的言语,少戒酒性。保重,保重!"宋江以一个行业长者的身份对其一而再、再而三地规劝,竟然有些婆婆妈妈了,全然没有男子汉的英雄气概。武松此时,只当宋江是一片好心,却没有真正领悟宋江的良苦用心。

　　武松落草二龙山后,应该说得到了他想得到的一切,真正称心如意了。鲁智深、杨志和自己都是难兄难弟,都深恨外面的会计江湖没有公道与正义,咱们自己在二龙山占山为王,自己打造一个公平正义的小环境,在这里没有贪赃枉法,没有钩心斗角,有的是大碗喝酒,大块吃肉,大秤分金银,快意恩仇,何等逍遥自在。

　　但是统治者是不会让这样的反叛团体名正言顺地存在的。二龙山在青州的管辖范围之内,官军也曾进行围剿,只因二龙山上的三个头领鲁智深、杨志、武松一个个本领高强,都有万夫不当之勇,下面还有四个小头领:金眼彪施恩,操刀鬼曹正,菜园子张青,母夜叉孙二娘,兵强马壮,累次拒敌官军,在呼延灼去围剿桃花山时,已杀了三五个捕盗官。看来即使武松在二龙山落草,自己一厢情愿想要相安无事,也是不可能的。呼延灼围剿桃花山,二龙山与其唇齿相依,不会不知道唇亡齿寒的道理，想要置身事外是不可能的，所以这才有了三山聚义打青州，众虎同心归水泊。武松也随着大伙到梁山聚义去了。梁山泊当头的是他的大哥宋江，一心劝他走正道的宋江，现在他自己也在梁山落草为寇了，还是梁山之首，看来会计江湖真的没什么正道可言。

11. 武松聚义梁山泊

——独立的会计王国

呼延灼乃名门之后，围剿梁山之时，大摆连环马，先赢了宋江，不想宋江请来了金枪手徐宁，用钩镰枪破了连环马，呼延灼只落得逃亡青州。在青州本指望势如破竹，拿了桃花山的草寇时，怎知又逢着二龙山的鲁智深、杨志、武松这般对手前来救援。一番较量，见过对方功夫之后，不由感叹自己命薄。这还不说，梁山还起大队人马，前来参战，最终收服了呼延灼。桃花山、二龙山、白虎山，三个山寨的首领也尽数收拾了人马钱粮，一起归顺了梁山泊。自然武松也从一个小打小闹的二龙山聚义到了藏龙卧虎的梁山泊中。在二龙山，他和鲁智深、杨志打造的只是会计的小环境，而梁山泊则是一个武装割据、相对独立的会计王国。

武松在梁山这个独立的会计王国中如鱼得水，如虎添翼。宋江为梁山量身打造的会计文化也深得武松的拥护。宋江竖的旗帜是"替天行道"，也就是说，天子的会计大环境被小人阻塞了，贪赃枉法，陷害忠良都是这些小人干的，宋江大哥替天子行道，就是要将阻塞的道打通，这和自己心中所倡议所追求的会计正道不谋而合。宋江高挂的是"忠义"之匾，这也深得武松欢喜，他行走会计江湖，讲究的就是一个"义"字。而且梁山集团人才济济，藏龙卧虎，形成了团队力量，众人共同打造一个大环境，早已不是自己以前单枪匹马可以相提并论的。我一个人也许只能打一只虎，两只虎我便能力有限了，可现在是团队的力量，管你几只虎，你便是来一群虎又怎样？梁山集团照样打，不是两赢童贯、三败高俅了吗？梁山泊中，武松正如龙潜大海，虎归深山，终于得遂平生之愿。

但是武松在梁山集团之中,也时时有不遂心之事。在他心中,他巴不得梁山集团能够千古不变,长盛不衰。可这是不现实的,正如他在二龙山和鲁智深、杨志所打造的会计小环境一样,这些都是违背统治者利益的,是为当时真正的会计大环境所不容的。即使宋江打出了"替天行道"的旗帜,代表会计大环境的朝廷还是要对其进行打压和围剿的。梁山之主宋江一直在为这班人的最终出路苦思冥想,"招安"成了他最明智的选择。也就是梁山最终还是要回归那个武松极其不愿意面对的会计大环境之中。宋江的这番苦心,武松得知得最早,在孔家庄分别之时,宋江曾经推心置腹地劝诫过武松,当时武松看在宋江是为他好,又是兄长的面子之上,什么话也没说。当宋江再次在梁山集团提及"招安"之时,血性子的武松再也忍不住了,叫道:"今日也要招安,明日也要招安去,冷了众兄弟们的心!"其实梁山集团之中,特别是从官军中投诚过来的,未必不想招安。武松说的冷了众兄弟的心,只能代表他这一类,一心只想有个公平正义的会计环境,而又不被外面的大会计环境所容的会计反叛者。武松知道一旦招安之后,他们便会被缚住手脚,不是你想打虎就能打虎的,即使老虎要吃你时,你也未必能打,只能眼睁睁地看着老虎来吃你,空有一身打虎的本领,而无法作为。所以他也不管大哥宋江的面子了,公然提出反对。

梁山之主宋江深知这个独立的会计王国是不会永远存续下去的,他制定的招安战略,不仅要得到外界大会计环境的理解与响应,还需要得到内部集团的理解与支持。所以他给武松做工作道:"兄弟,你也是晓事的人,我主张招安,要改邪归正,为国家臣子,如何便冷了众人的心?"武松深受宋江之恩,不好反驳,鲁智深替他说道:"只今满朝文武,多是奸邪,蒙蔽圣聪,就比俺的直裰染做皂了,洗杀怎得干净?招安不济事,便拜辞了,明日一个个各去寻趁罢。"

鲁智深的这番话,形象深刻,他将外界的大会计环境,比作他的直裰,染做皂了,黑黑的,洗杀怎得干净?这也是武松为什么从内心深处不想招安,极力抵制招安的真实原因,因为他和鲁智深一样,亲自在会计江湖行走过,深知其中的厉害祸患。现在好不容易有了梁山这个相对独立的会计王国,可以脱离那个黑黑的外界大会计环境,自己怎么能轻言放弃呢?自己又怎么舍得放弃呢?只可惜他们百般抗争也于事无补,梁山集团最终在宋江的带领之下,全伙接受了招安。武松心中的幻想最终破灭,梁山这个独立的会计王国也最终烟消云散,被那个黑黑的外界大会计环境所吞并了。

12. 武松出家六和寺

——退出会计江湖

虽然武松极不情愿回归到那个黑黑的外界大会计环境之中,但这并不是他一个人能说了算的。他能够在梁山这个独立的会计王国中自由地生存也不是他一个人的力量,得益于整个梁山集团。正是因为团队的力量,才让即使有一身打虎本领在整个江湖却人微言轻、孤掌难鸣的他,在这个独立的会计王国生存了一段时间,也为武松提供了他人生中最为开心舒畅的一段经历。可好景不长在,好花不常开。梁山泊全伙受招安后,武松经过全力抗争的努力都白费了,招安之后,他又回到了原点。他不得不再次面对黑暗的现实。

按宋江原先的策划,招安后,大伙到边上,一刀一枪,博个封妻荫子,日后青史留名。可这只能是梁山集团一厢情愿的美好设想。招安后,虽然朝廷也曾让他们去破大辽,他们也确实到了边上,一刀一枪,血战沙场,可并没换回所谓的封妻荫子,青史留名。换回来的是他们不停地南征北战,去讨伐的对象竟然是和他们以前一样占山为王进行武装割据、营造独立王国的会计反叛者。自己不仅没有去改变这个黑暗污浊的会计大环境,反而还同流合污、助纣为虐,这让武松的心中充满了纠结。

一路征战下来,武松看众兄弟死的死,伤的伤,离的离,散的散,心中早已透凉。最后一战方腊时,他又折失了左臂,更让他心灰意冷。陪同鲁智深在六和寺外听潮时,"平生不修善果,只爱杀人放火,钱塘江上潮信来,今日方知我是我"的鲁智深顿悟坐化,也彻底让武松清醒地认识到自己一生所追求的公平正义,到此也应该有个结局了。

所以宋江去看望武松时,武松对宋江说道:"小弟今已残疾,不愿赴京朝觐。尽将身边金银赏赐,都纳此六和寺中,陪堂公用,已作清闲道人,十分好了。哥哥造册,休写小弟进京。"宋江怎能不知武松心思,自己在柴大官人庄上第一次与武松相识之时,武松不做假账的直率便袒露无遗。当时武松因害疟疾,挡不住寒冷,正在向火,宋江一脚正踏在火锨上,炭火都掀在了武松脸上,武松把宋江劈胸揪住,要打他时,柴进的庄客说这个客官是柴大官人最相待的客官,要武松不可莽撞。武松道:"'客官''客官'!我初来时,也是'客官',也曾相待的厚。如今却听庄客搬口,便疏慢了我,正是'人无千日好,花无百日红'。"续后在孔家庄相遇,自己曾苦口婆心地劝说他,不要当会计的反叛者,到边上去一刀一枪,博个封妻荫子,也好青史留名。现在他随着自己南征北战,口里没说,其实心里是很郁闷的,这些都不是他所想要的,他真正想要的,自己也给不了。所以宋江只得无奈地说:"任从你心!"也算还了武松一个自由,没有再去强求于他。

而此时的武松之所以退隐会计江湖,并不单单是折了左臂,试想他断臂之初,看左臂将断,还是自己咬牙壮士断臂的,难道真的就因断了一条左臂便从此功夫全废吗?显然这是不可能的。他退隐会计江湖,是因为他看破了会计江湖的滚滚红尘,从鲁智深对会计江湖用他直裰之黑,无法洗净,并最终听潮而寂之时,不仅鲁智深领悟到了其中的深意,武松也领悟到了其中的深意。如此庞大漆黑的会计江湖,岂是能以一己之力改变的,那简直无异于痴人说梦。但这断了的左臂,正好成了他退隐会计江湖的一个理由,我惹不起,还躲不起吗?你总不至于去强迫一个断了左臂,功夫全失的残疾人吧,何况这个残疾人还是退隐江湖,已经出家不问世事的道人呢?

自此武松全然没有了景阳冈打虎时的英雄气概,也没有了斗杀西门庆、血溅鸳鸯楼时的快意恩仇,更没有了蜈蚣岭上诛杀飞天道人时的雄心壮志,威镇安平寨、醉打蒋门神时的血气方刚。二龙山上的会计小环境也好,梁山泊中的会计独立王国也罢,曾经在英雄武松的心中掀起过如钱塘潮一般惊涛骇浪的往事,如今都成了过眼云烟,亦如钱塘江大潮一样,潮水过后,一切风平浪静。

而迷恋于此的宋江、卢俊义、吴用、花荣等一同起事的梁山好汉,并未勘破这一切,黑暗的会计江湖怎么会容忍他们这些曾经的反叛者,肯定要将他们置之于死地而后快。所以先是卢俊义被害身亡,跟着宋江被赐毒酒,宋江还将另一个反叛者李逵拉了进来,让他一同喝下毒酒。吴用和花荣听了宋江等被害的消息,到蓼儿洼中,双双自缢。他们没想到,在六和寺出家的武松,后至八十善终,与他们的悲惨结局形成了鲜明的对比。

第二章

鲁智深的会计江湖

1. 拳打镇关西之(1)
——金翠莲的典身账

鲁智深在《水浒传》中第一次出场,是九纹龙史进去找他的师傅王进时,在一个茶馆里面遇见的他。此时鲁智深并未出家当和尚,其职业是一名军官,职务是提辖。

好端端的,鲁提辖为什么要拳打镇关西呢?原因是他请史进与李忠吃酒时,两个人在隔壁哭哭啼啼的,他觉得烦。将店小二唤来一问,是对卖唱的父女。为什么啼哭,原来镇关西虚钱实契,三千贯要了金老女儿的身子,钱却没给,现在被镇关西的大老婆打出来了,却追要那虚的三千贯典身钱。这里面就涉及了金翠莲的典身账。

我们先来看典身账的会计主体。一方是镇关西,所谓的郑大官人——郑屠,这个我们后面进行分析。现在分析另一主体,金翠莲。

金翠莲与她父亲原是东京人氏,一家人到渭州来投奔亲眷,不想亲眷搬南京去了,母亲客店中染病身亡。父女二人流落在此。郑大官人看上了金翠莲,要买来做小,便有了这典身账的来由。

从"虚钱实契"这四个字分析,典身账形成前,应该有个买卖合同(契)。从书中分析,女人当时是商品,可以直接买卖,而且可以有明确的价款。实契,就是白纸黑字,签了合同。虚钱,便是卖的一方没有收到钱,买的一方合同价款未支付,实际未履行合同中的付款义务。但合同上却写清楚了,标的是三千贯。双方都签字画押了,表面上已经形成了事实合同。

从金老父女二人说了这"虚钱实契"后,鲁提辖以及李忠、史进都没继续追问什么是"虚钱实契"来分析,当时大家都知道什么是"虚钱实契",也理解"虚钱实契"的真实内涵,说明这种情况在当时的社会即使不说很普遍,至少是存在的。

既然是"虚钱实契",金老父女没有得到一文钱,为什么不反抗呢?原因大约有这几个方面:一是当初签合同时,有证人、保人的,"强媒硬保",而金老父女本是外乡人,东京人氏,在渭州认识什么人?人生地不熟,证人、保人都是郑大官人的熟人,自然向着郑大官人说话,谁会帮你一个不认识的外乡人呢?二是郑大官人有钱有势,金老父女即使明知这是虚假合同,典型的经济欺诈事项,却也是投诉无门,只得自认倒霉。

从金老父女卖唱,讨些钱来慢慢还郑大官人的典身账来看,金老父女都是忠厚本分的老实人。这已经等同于金老父女认了这"虚钱实契"的典身账,郑大官人形成了应收款,金老父女形成了应付款,一个在收,一个在付,而且应该还约定了还款的期限与金额,也就是分期还款,多长期限还多少钱。如果没有期限,金老父女也不会因为卖唱生意不好,没有讨到几个钱,怕到期还不了钱,违了钱限而受辱。没有这无处诉说的伤心事,也不会啼哭引起鲁提辖的注意。

虽然这是金老和他女儿的一面之词,是否为实情,还有待调查验证。书中并未写鲁提辖与镇关西对证,到底付没付三千贯典身钱,付了多少?也未明写中间人或是证人是谁。镇关西在书中一直是暗写,明写的是鲁提辖与金老父女。要是付了三千贯,那三千贯钱到哪去了?为什么不将这三千贯还了郑大官人,还要受这鸟气?书中全没交代,都是留给读者自己去分析的。如若是现在,我们可以追踪付款的交易记录,如银行流水,存款、取款或是转账的记录。但宋代是没有这个记录的。

从书中鲁提辖救人,金老父女离开时分析,金老父女应该没有收到三千贯典身钱。从金老得了鲁提辖的银子后,便还了房宿钱,算了柴米钱来看,他是个爽快人,不是赖账的人。而且金老感谢鲁提辖说,您是重生父母,再长爹娘。这是最朴素的感谢话。同时金老还说,只怕店主人不会放自己和小女走。后面书中写鲁提辖逃亡江湖时,金老看到了鲁提辖,好生感激,请了鲁提辖到家中,小女请鲁提辖上座了,插烛也似的拜了六拜!这是大礼!从事件的一系列发生、发展过程分析,金老父女应该没有收到三千贯的典身钱。所以这"虚钱实契"的典身账本身就是一笔假账。

店小二来追金老儿时,鲁提辖问:欠你的店钱?不欠,昨天已经算了。那还欠你什么钱?应收、应付都结清了,却还有一个委托收款的事项,郑大官人委托店小二收那三千贯的典身钱。鲁提辖接了下来,说:郑屠的典身钱,洒家自来还他。意思这典身钱找他鲁达要,他鲁达来还,他鲁达来付,你这个店小二就不要多管闲事了。店小二再要说时,鲁提辖算账的手段与速度全出来了:揸开五指,去店小二脸上只一掌,打得店小二口中吐血,再复一拳,打掉当门两颗门牙。看你还要不要典身账!

店小二一溜烟,躲店里面去了。没有人再来追讨金翠莲的典身账了,金老父女终于可以在鲁提辖的帮助下,安全地离开渭州这一伤心地了。而鲁提辖的账却还未了,店小二受了郑大官人的委托,有委托收款的职责,肯定要向郑大官人汇报的,鲁提辖最终怎么解决这笔典身账账务呢?请看鲁智深的会计江湖之拳打镇关西(2)——店小二的代收账。

2. 拳打镇关西之(2)

——店小二的代收账

话说鲁提辖一早在潘家酒楼放了金老父女,将店小二打得口中吐血,打下当门两颗牙齿,却还想着,这店小二也许还惦记着郑大官人要他代收的典身账,现在被自己将典身账的债务人金老父女都放走了,店小二肯定要去告诉郑大官人。我就坐在这里,看你怎么去汇报。于是他向店里掇了条凳子,坐了两个时辰。约莫金老父女去得远了,才去找镇关西算账。

金翠莲的典身账是冤枉的,这挨打的店小二也是冤枉的。在鲁提辖拳打镇关西中,店小二出场的频率很高,在金翠莲与郑大官人的典身账中,起着较为关键的委托收款作用。

书中店小二没有名字。这也难怪,店小二是古时候驿站、茶馆、酒楼、旅馆等服务场所侍应生的代称。店主人或店老板,肯定是店老大了。店小二自然就是下面的打工人员了。不过从书中看,这店小二的职位比酒保的职位又还高一等。但不管怎么说,店小二都是一个给店主人打工的,打一份工,领一份工钱,养家糊口。

书中店小二除了当侍应生外,应该还兼着店里面的会计一职。这从"鲁达问店小二,金老欠你房钱?店小二回答说,房钱昨夜都算还了"中可以看出。但他这会计也就只是一个记账的,没有赊欠的权利。鲁提辖当天在酒楼喝了酒后,并未算账给钱,就走了。只是走时做了一个交代:"主人家,酒钱洒家明日送来还你。"主人家连声应道:"提辖只顾自去,但吃不妨,只怕提辖不来赊。"也就是说,赊欠的权利在主人家,店小二根本就没权利出来答话。

可是这个给店主人打工的店小二,怎么就和金翠莲的典身账扯上了关系呢？原来郑大官人吩咐店主人要典身钱，店主人就将这差事交给了店小二。应该说店小二便多打了一份工，帮着郑大官人收典身钱，同时还看管着金老父女，以防他两个跑了。只是书中并未说他是否可以多得一份打工的工钱。如果没有另外的工钱，那他被打就更冤枉了。

书中也没说店主人和店小二知不知道金翠莲典身账是冤枉的，只是暗写了郑大官人委托店主人家收款，如果收不到款，金老父女跑了，郑大官人还要找店主人算账的。也就是说，这委托收款，还有一点强迫的意思。可以看出金老说郑大官人有钱有势，强媒硬保，自己不敢与他争执，是情理之中的事情了。郑大官人强迫店主人，店主人强迫谁？肯定是店小二了。出来拦金老父女，不让走的，是店小二，挨打的也是店小二，店主人躲在里面，哪里敢出来拦他们。

书中未说三千贯典身钱，已经收了多少，还欠多少。但应该有账。从情理分析，是分期还款，而且应该是店小二记账。金老父女卖唱，每天得了钱，都将多半还了典身账。店主人或店小二受委托，代收的这笔账，其实就是金翠莲的典身账。只是书中未明确说明，是否存在代收账后的服务费，也就是代收服务费。但是代收责任却是很明确的，没有收到或是金老跑了，郑大官人要找店主人和店小二的。收不到就要赔。有了这么重大的责任，自然店主人和店小二都不敢马虎了，金老父女走，肯定要出来拦了。金老走后，肯定也要给郑大官人汇报了。

店小二被打之后，还要辛苦，跑去给郑大官人汇报。用手帕包了头，到郑大官人的肉铺前来，看鲁提辖坐在肉案门边，不敢拢来，只得远远的立住，在房檐下望。被鲁提辖打怕了，自然不敢拢去，但还是敬业的，代收账的责任重大，不敢不报，打得吐血掉牙也没办法，还要继续打工。店小二实在冤枉。

好在店小二的苦日子终于到头了。鲁提辖说，郑屠的钱，洒家自还他，鲁提辖还真的到郑屠的肉铺来了，而且还真的跟郑屠算起了金翠莲的典身账。也就是说，鲁提辖出头了，免除了店主人和店小二代收典身账的麻烦事。而且鲁提辖三拳打死了当事人镇关西，从此再也可以不管这笔本来就是冤枉的代收账了。

到底鲁提辖是如何与镇关西清算金翠莲这笔典身账，也就是店主人和店小二的代收账的，请看鲁智深的会计江湖之拳打镇关西(3)——镇关西的强盗账。

3. 拳打镇关西之(3)

——镇关西的强盗账

话说鲁提辖一早在潘家酒楼放了金老父女,打了店小二,让金老父女走远后,径到状元桥来,找金翠莲典身账的另一会计主体,典身账的另一当事人——镇关西,也就是郑大官人——郑屠,认真清算典身账。

且说郑屠开着两间门面,两副肉案,悬挂着三五片猪肉。郑屠正在门前柜身内坐定,看那十来个刀手卖肉。从这门面、肉案、十来个刀手可以看出,郑屠的生意做得很大。特别是十来个刀手,可以看出,郑屠的雇工之多,这些人都是要开工钱的。生意不大,生意不好,哪来的钱养活闲人?所以金翠莲的父亲金老说郑屠有钱有势,一点也不虚假了。

但郑屠是怎样发家的呢?鲁提辖知道原委。刚开始听说郑大官人、镇关西时,还以为是什么人物,后来听说是卖肉的郑屠时,说他"投托着俺小种经略相公门下做个肉铺户"。"投托"二字,到底是经略相公给他门面,让他经营,还是租给他门面,让他经营,抑或是他自己买的门面,租的其他人的门面都不得而知。但有一点是可以肯定的,经略相公给予了他关照。是给他打过招呼,还是关照他的生意,抑或借给他本钱都有可能。一是郑屠"投"了经略相公,二是经略相公"托"了郑屠。这就有点官商勾结的意味了。从郑屠对鲁提辖的恭敬看,至少经略相公府是个大客户,而且是个信誉极高的大客户。经略相公不仅托了郑屠,而且是大大地托举了郑屠。不然十斤精肉、十斤肥肉、十斤寸金软骨,价钱都未询问,便直接切做臊子。而且不要打工的切,须是当老板的郑屠亲自切。原来他的钱势是这样得来的。鲁提辖对镇关西的身份进行了还原。一个卖肉的屠户,却平白无故欺负人,做了一系列的强盗账,实在让鲁提辖气不过,亲自上门来找他算账。

镇关西的强盗账,一是金翠莲的典身账。镇关西强媒硬保,虚钱实契,三千贯文书,要了金翠莲身子,却一分钱未给别人。不及三月,将别人打将出来,反要三千贯典身钱。天下不说没有这样的公理,也没有这样的账理。未出钱要了别人的身子,已经是强盗行径,相反还要三千贯子虚乌有的典身钱,真亏镇关西说得出口。

镇关西的强盗账,二是店主人与店小二的代收账。店主人与店小二的代收账,其实也就是金翠莲的典身账。镇关西要这典身的强盗账,自己还不出面,委托店主人与店小二。从表面上看,委托收款,实际上呢,委托收款一点也没尊重店主人与店小二的意愿,完全是强制委托收款。如果收不到款,金老父女跑了,镇关西还要找店主人和店小二算账的。也就是说,金老父女如果跑了,这笔典身账由店主人和店小二支付。天下哪有这样的强盗账?

镇关西还有其他什么强盗账,我们不得而知。他到底投托经略相公还做了哪些见不得人的勾当,书中没有明说,只能靠读者自己去猜测了。

凌濛初在《二刻拍案惊奇》中写过这样四句话:"钱财本有定数,莫要欺心胡做!试看古往今来,只是一本账簿。"镇关西便是在欺心胡做。其实却是个欺软怕硬的角色。从鲁提辖到肉铺买肉开始,便可以看出。

先是见了鲁提辖,慌忙出来迎接,请鲁提辖坐。鲁提辖要十斤精肉,不要下手打杂的切,须镇关西亲自切来,镇关西也是二话不说,整整自切了半个时辰。鲁提辖再要十斤肥肉时,镇关西也只是问了一下用途,鲁提辖只一句不耐烦的话,便让镇关西又老老实实地忙活了起来,二十斤肉,整弄了一早晨。到这时,镇关西还不敢烦,只是说:"着人与提辖拿了,送将府里去。"态度多么恭敬。

俗话说恶人自有恶人磨。这和会计中的有借必有贷,借贷必相等一样。你磨了别人,自有人来磨你。你做了强盗账,自有管强盗账和见了强盗账打抱不平的。管强盗账的,应该有法律,打抱不平的,有民间的社会舆论,等等。镇关西做下的这些强盗账,今天总算有人上门来找他进行清算了。

到底鲁提辖是怎样和镇关西清算他的强盗账的,请看鲁智深的会计江湖之拳打镇关西(4)——鲁提辖拳管闲账。

4. 拳打镇关西之(4)

——鲁提辖拳管闲账

宋朝时，会计已经深入人心，融入了人们的日常生活之中。有些家喻户晓、妇孺皆知的俗语，如"谁要你管这闲账？"，是用"管闲账"来代替"管闲事"。鲁提辖拳打镇关西，就是典型的"管闲账"，也就是"管闲事"。

其实金翠莲的典身账也好，店小二的代收账也罢，根本就与鲁提辖没有半点关系，就是镇关西收他的强盗账，也没收到你鲁提辖名下，你完全可以事不关己，高高挂起。可为什么鲁提辖偏就要出头来管这闲账呢？

如果说硬要扯上关系，便如《大风歌》里面所唱的一样：路见不平一声吼，该出手时就出手，风风火火闯九州！这是社会舆论的力量在起作用，人们的道德观念在起作用。人人心中一杆秤，人人心中都有一本良心账。鲁提辖便是这讲良心账中的杰出代表。

当时在酒楼之中，鲁提辖听了金老父女的原委后，知道镇关西就是卖肉的郑屠时，回头看着李忠、史进道："你两个且在这里，等洒家去打死了那厮便来。"酒也不喝了，如此性急。史进、李忠抱住，两个三回五次方劝得他住。他这闲账是管上了。

接下来，他便让金老父女回东京。对金老说道："老儿，你来！洒家与你些盘缠，明日便回东京去如何？"管上了闲账不说，自己还要给人家盘缠，也就是路费。金老担忧店主人不放时，鲁提辖也是大包大揽，"这个不妨事，俺自有道理。"自己身上的钱不多，刚认识史进与李忠，便开口向别人借钱，看李忠给的少，还嫌弃不要，只要了史进的十两银子，连同自己的五两，一共十五两银子，给了金老，权作盘缠。自己贴钱管上了这闲账不说,还管得彻底,对金老儿说,俺明日清早来,发付你两个起身,看哪个店主人敢留你!

当晚鲁提辖回到住处,晚饭也不吃,气愤愤地睡了。看看鲁提辖这个闲账管得多宽,竟然气得饭都吃不下,睡都是气愤愤的,爱憎多么分明! 第二天清早,鲁提辖说到做到,真就来发付金老两个起身。可怜店小二,被镇关西强迫着代收金翠莲的典身账,收不到还要赔的,只得出来阻拦,被鲁提辖打得口中吐血,打下当门两个牙齿,不得不放金老父女走了。鲁提辖还怕他去拦截,向店里掇条凳子,坐了两个时辰,约莫金老父女走得远了,方才起身。径到状元桥来。镇关西的肉铺就在状元桥,鲁提辖是来状元桥找镇关西算账的。

按常理,鲁提辖为金老父女出头,算这笔典身账,应该将金老父女、镇关西,以及当初签典身契时的强媒硬保,也就是证人,一同找来,三头六面,当面对证,是否虚钱实契。如果当初没有付典身钱,便应该由镇关西将典身契还给金老父女。这笔账便算了结了。连经略相公都知道这鲁提辖虽好武艺,却性格粗鲁。自然鲁提辖是没耐心来这样与镇关西算账了。他有他算账的方法。

鲁提辖到了镇关西的肉铺子,先是十斤精肉,都要切做臊子,不要见半点肥的在上头,而且还要镇关西亲自切;后又是要十斤肥的,不要见些精的在上面,也要切做臊子。镇关西弄了一早晨,鲁提辖后面还要十斤寸金软骨,好像特地来消遣镇关西似的。其实鲁提辖虽然粗鲁,却也精细,这样一来,金老父女肯定走得远了,店主人与店小二要来告之,镇关西晓得也晚了。待镇关西发作,抢了剔骨尖刀到街上时,鲁提辖这时才表明了自己此行的目的:"洒家始投老种经略相公,做到关西路廉访使,也不枉了叫做镇关西。你是个卖肉的操刀屠户,狗一般的人,也叫做镇关西! 你如何强骗了金翠莲?"俺就是来管这个账的,就是来找你算这个账的! 而且他说自己曾经是廉访使,这和现在的纪委、监察等扯得上关系,大约有类似的职责,只是那时是对皇帝个人负责,现在是对国家、对社会、对大众负责。

鲁提辖算账,简单直接,一不用算盘,二不用纸笔,只用拳头就行。

虽是简单的三拳，认真算来，大有名堂。第一拳，打在鼻子上，打得鲜血迸流，鼻子歪在半边，却似开了一个油酱铺，咸的、酸的、辣的，一发都滚了出来。这说明当时肯定有做油酱的手工业，也有卖油酱的商铺。第二拳，打得眼棱缝裂，乌珠迸出，也似开了个彩帛铺的，红的、黑的、绛的，都绽将出来。这说明当时已有做水彩和印染的手工匠人了，而且也有卖彩帛的商铺。第三拳，太阳上正着，却似开了一个全堂水陆的道场，磬儿、钹儿、铙儿，一齐响。这说明当时金属品的制作水平已经相当高了，金属音乐制品的品种齐全，种类丰富，买卖兴隆。就是这简单的三拳，打出了若干个职业与多种商业形态出来，可见当时北宋的经济达到了一个什么样的水平，而且会计职业的水平也应该很高，不然不会将这若干行业若干商业形态的经济事项记录得如此详尽。

其实这些鲁提辖都不关心。他只关心自己用拳头与镇关西算账，看他还敢不敢要金翠莲的典身账。可惜镇关西太不经打，只三拳，便打得只有出的气，没了入的气。鲁提辖这才着了慌。没想到自己拳管闲账，管出了人命案来。只好三十六计，走为上计。到底后事如何，请看鲁智深的会计江湖之出家五台山(1)——出家多少费用账。

5. 出家五台山之(1)

——出家多少费用账

话说鲁提辖因初入会计江湖,拳管闲账,三拳打死了镇关西,心如明镜似的:洒家可要吃官司,又没人送饭。不如三十六计,走为上计。鲁提辖要江湖逃亡的理由很简单,他要吃官司,按现在的话说是坐牢,这期间没有人给他送饭吃,所以要及早撤开。这一逃,逃到了五台山中,进入了寺庙江湖,接触到了寺庙会计。我们先来看鲁智深出家当和尚,究竟要出多少钱,也就是出家的费用账如何来计算。

鲁智深出家前的逃亡过程,我们不一一细说了,总之是官府追得急,逼得没办法了,金翠莲的现任相公——赵员外给鲁智深想了一条路,出家。"离此间三十里有座山,唤做五台山。山上有个文殊院,原是文殊菩萨道场。寺里有五七百僧人,为头智真长老,是我弟兄。我祖上曾舍钱在寺里,是本寺的施主檀越。我曾许下剃度一僧在寺里,已买下一道五花度牒在此,只不曾有个心腹之人,了这条愿心。如是提辖肯时,一应费用,都是赵某备办,委实肯落发做和尚么?"这是当时逃避法律制裁的一条最简捷的途径。鲁智深寻思无路可走,情愿做个和尚。于是赵员外连夜收拾衣服盘缠,缎匹礼物,次早起来,叫庄客挑了,望五台山来。

从前面这段话中看出,鲁智深和赵员外未上五台山前,赵员外便已经花费了一定的资金在五台山的寺庙中。有两笔费用。一是祖上舍钱在寺中,是寺里的施主檀越。二是已花钱买下一道五花度牒。大约相当于现在的 VIP 客户,预先办了一个金卡,交了一定的费用。也就是说出家人的度牒是要花钱买的。不是你想出家就能出家的。同时,赵员外还说了一句话:"如是提辖肯时,一应费用,都是赵某备办。"也就是说,你肯出家,还要另外出钱,有许多费用;这些费用,你就不用操心了,我赵员外来备办。

到了五台山上,未说正事,先送了见面礼。书中写赵员外让庄客将轿子安顿了,一齐搬将盒子入方丈来,摆在面前。长老道:"何故又将礼物来? 寺中多有相渎檀越处。"赵员外道:"些小薄礼,何足称谢!"道人、行童收拾去了。

前面这些,都不是出家的正规费用。后面才是正正规规的出家费用,有账单。寺里同意出家后,长老叫备斋食,请赵员外等方丈会斋。斋罢,监寺打了单账。也就是说,还有账。按账办理。赵员外取出银两,教人买办物料;一面在寺里做僧鞋、僧衣、僧帽、袈裟、拜具。这是准备好了出家的行头。

下面是仪式。长老选了吉日良时,鸣钟击鼓,会集大众。整整齐齐,五六百僧人,尽披袈裟,合掌作礼,分作两班。赵员外取出银锭、表礼、信香,向法座前礼拜了。出了僧鞋、僧衣、僧帽、袈裟等行头钱,再出仪式钱。这都是正规的,应该出的费用。先剃度、后赐法名,再摩顶受记。其他仪式都不说了,只讲赐名。首座呈将度牒,上法座前,请长老赐法名。长老拿着空头度牒而说偈曰:"灵光一点,价值千金,佛法广大,赐名智深。"长老赐名已罢,把度牒转将下来,书记僧填写了度牒,付与鲁智深收受。从此鲁提辖便有了法名——鲁智深。正如长老赐名时所说,灵光一点,价值千金。鲁智深出家,取了这个名,真的价值千金。也许付出的还不只千金。

受记已罢,赵员外请众僧到云堂里坐下,焚香设斋供献。大小职事僧人,各有上贺礼物。仪式举行完后,赵员外还请众僧吃饭,吃饭中还有上贺礼物、供献等等。也就是说,该烧的香都已经烧了,该拜的佛都已经拜了,该出的钱都已经出到位了,鲁智深出家这事才算完成,都寺方引鲁智深认识了众师兄师弟,又引去僧堂背后丛林里选佛场坐地。也就是鲁智深的禅房禅床,他以后住的地方。

坊间有段时间流传一个段子,说:生,生不起;死,死不起。生不起,说的是小孩出生的费用昂贵,进医院费用高,生了小孩抚养费高;死不起，说的是老人去世的费用也高，特别是墓地的要价高。看来这出家，也出不起。如不是富贵人家，或有大户人家赞助捐赠，寻常人家还真出不起家。不信，你就算算鲁智深出家的这笔费用，该有多少？岂是一般人家所能承受得起的！所以赵员外要走时，一再叮嘱鲁智深，从此不比往日，不可托大。话外的意思是：我这为你出趟家，委实不易！鲁智深如此性急的人，都对赵员外说："不索哥哥说，洒家都依了。"鲁智深知道赵员外既用了心，又用了钱，还是为自己好，能不答应吗？所以都依了。按他这粗鲁性格，能依谁？还不是看在出家也出不起的份上，依了赵员外。

到底鲁智深出家在五台山后，会有怎样的生活呢？请看鲁智深的会计江湖之出家五台山（2）——多少香火收入账。

6. 出家五台山之(2)

——多少香火收入账

话说鲁智深听从赵员外的建议,出家五台山,当了和尚,全没礼数:既不坐禅,也不念经,每晚都是放翻身体,横罗十字,呼呼大睡,拉屎撒尿,长老护短,无人敢说。

就这样,已经够难为鲁智深了。你想鲁智深原是个什么样的人物?原是个用拳头算账的人物,动不动就等洒家去打死那厮再来,如此性急之人,不是官府追逼得紧,为了逃避法律责任,他才不会出家来当什么和尚。但既当了和尚,没办法,只得依了三归五戒,守这清规戒律。

鲁智深却如何是个守得住本分的人?不上一年,便两次大闹五台山,打坏了金刚、打折了亭子,甚至打得僧众要"卷堂大散",没奈何,长老方打发他到东京的大相国寺去挂单,赵员外重修文殊院。虽然书中未明写五台山的寺庙中到底有多少香火钱,但从鲁智深两次吃酒闹事中,我们可以窥出冰山一角,知道个大概。

按常理来说,宋朝时期的寺庙,应有多种收入。当时出入是官厅会计的常用语及符号,收支是民间会计的常用语及符号。寺庙算不得官厅,应该属于民间形式,所以会计的常用语及符号应该是收支。其中最重要的收入肯定是香火钱了。但到底有多少香火钱?书中未说,我们不得而知,但从寺庙的开销来看,应该不少,不然寺庙的账做不平。没有收入的钱,哪来钱做开销呢?所以算开销的账,也就是算香火钱。

我们先算寺庙里的人。有人就有开销。书中写五台山僧人的数量,为五六百僧人。这是一个庞大的消费群体,每天光生活费用就是一笔不小的开支。鲁智深初闹五台山时,门子拦他在寺外,监寺叫起老郎、火工、直厅、轿夫三二十人,各执棍棒,来斗智深。鲁智深二闹五台山时,点起的老郎、火工道人、直厅等约有一二百人。应该说,监寺叫起的只是这些人中的一部分,肯定不是全部。想来人也不少,这么多人的吃穿住用,柴米油盐酱醋茶,花销肯定不少。而且从这些人的分工来看,好像老郎、火工、直厅、轿夫等都是要开工钱的,他们应该都是在帮着寺庙做事,靠着寺庙讨生活。为了让寺庙的香火兴旺,什么重修庙宇,再塑金身等固定资产投资肯定花销更大。

香火钱应该是寺庙的主营业务收入,但这主营业务收入不固定,多少随施主们的意,强讨不来。也许今天收的香火钱多,也许明天收的香火钱少。也许这个施主的香火钱少,那个施主的香火钱多。香火收入除了银子,也就是我们现在所说的现金外,还有许多实物,所以香火钱的收入还应该分有类似于油入、粟入、谷入、米入、缎匹入等明细,入就是收入的意思。是按收入的实物进行了明细分类。虽然香火钱不固定,但从长期来看,也应该有一个区间,大致在多少之间。随着寺庙经济的发展,除了香火钱外,寺庙还有其他的收入。

如鲁智深第一次大闹五台山时,便是在半山亭子吃了一个汉子的一桶酒。鲁智深要买他的酒吃时,汉子不肯:"我这酒挑上去,只卖与寺内火工道人、直厅、轿夫、老郎们做生活的吃。本寺长老已有法旨:但卖与和尚们吃了,我们都被长老责罚,追了本钱,赶出屋去。我们现关着本寺的本钱,现住着本寺的屋宇,如何敢卖与你吃?"从这话里分析,第一,这汉子住的是寺庙的房屋,交不交房租呢? 第二,这汉子做生意的本钱是寺庙的,付不付利息钱呢? 毕竟这只是一个挑酒卖的汉子,没有多少说服力,也从中看不出有多少收入来。

鲁智深第二次大闹五台山时,便可以看出寺庙的收入来了。鲁智深走下山来,看到一个市井,约有五六百人家,也有卖肉的,也有卖菜的,也有酒店、面店,等于就是一个集市。鲁智深去买酒吃时,卖酒的主人家说:"师父少罪,小人住的房屋,也是寺里的,本钱也是寺里的。长老已有法旨:但是小人们卖酒与寺里僧人吃了,便要追了小人们本钱,又赶出屋。因此,只得休怪!"与第一次那汉子说的一模一样。鲁智深跑了几家,家家都是一样的说法,就连杏花深处,市梢尽头,也是一个道理。可见寺庙的收入有多大了：五六百人家的房屋都是寺庙里的，固定资产便有多少，算起房屋租金来，该有多少；这五六百人家，都做着这样或那样的生意，本钱都是寺里的，该要多少本钱，算起利息收入来，又该有多少！

鲁智深后来被长老发付到大相国寺挂单，大相国寺让鲁智深去管菜园。那个菜园也有收入。不知五台山的寺庙中有没有菜地的收入，或是其他什么土地的收入，也就是田产收入或是田租收入，书中没有明写。但是房租收入和利钱收入，肯定是五台山寺庙的两大收入了。而且这两大收入完全是香火钱以外的收入。应该说先有了香火钱的收入，香火钱的收入多了，才用于修建房屋，修建房屋后才出租，才有租金收入；也是先有了香火钱的收入，香火钱的收入多了，用于开销后，还有多余的，可以放利了，便给汉子们做本钱，收利钱。

鲁智深哪里会想这么多，只要酒吃得快活。两次酒后大闹了五台山，打坏了金刚，打折了亭子。到底赵员外要怎样赔偿，请看鲁智深的会计江湖之出家五台山(3)——文殊多少重修账。

7. 出家五台山之(3)

——文殊多少重修账

话说鲁提辖因拳管闲账,三拳打死了镇关西后,来到五台山,不知赵员外花费了多少银两,方有了智深之名,得以出家当了和尚。可鲁智深怎经得住三归五戒的约束,哪里守得住清规戒律,不到一年时间,两次大闹五台山,打坏了金刚,打折了亭子,闹得僧众都要"卷堂大散",没奈何,长老打发鲁智深到东京大相国寺中去挂单,送了这一瘟神。鲁智深走得倒是干净,擦屁股的却是赵员外,要来重修文殊院。

从寺院方面分析,鲁智深这一来一去,虽只短短的一年时间左右,却给寺院带来了重大影响,最关键是对寺院无形资产的影响,也就是寺院口碑的影响。以前五台山都是千人传万人诵,什么活佛住的地方。不管其真假如何,总之是好名声在外。如今鲁智深两次大闹五台山,正是好事不出门,坏事传千里,肯定对寺院的名声有一定的影响。所以虽然长老护短,只护得了一时,却护不了一世,最终挡不住僧众的"卷堂大散",还是要将其打发出去。这是从大的方面进行的宏观分析。

从细节上分析,寺院的财产在鲁智深这一来一去之间,并未减少。民间俗语说"毁庙宇破金身——不留神",鲁智深两次大闹五台山,从严格意义上讲,他也是一个不留神导致的,其实都是酒惹的祸。但寺院肯定不会做亏本的买卖,管你是有意的还是无意的,反正你损坏了财物,照价赔偿理所当然。何况本没有事儿,也要你出几分香火钱的寺院呢?这有了事,岂能轻易放过?古时有首民谣这样唱道:木鱼敲,经儿念,磨儿转,因果报应常循环。寺院的债儿农家欠,农家的钱谷入寺院。还有僧众劝人向善布施果报的。说什么"尔想来世大福大贵,其妙法在于广施货财。今世若布施十倍于我佛,来生当受亿倍之报也!"

没有事，都要让你多出一点布施钱，有了事，还能放过你？理由简单得很，不是我不放过你，是我佛不放过你，是菩萨不放过你，你心里也不安。总觉得这个事是自己不对，亏欠什么都可以，不能亏欠了神灵，不能亏欠了菩萨。天，还需要什么理由？还有什么比这更冠冕堂皇的理由。所以寺院被鲁智深打折的亭子也好，打坏的金身也罢，赵员外肯定要来一一修缮，相当于提前给寺院进行了一次大的免费维修，还是寺院不需要出一分钱，相反维修人员倒赔了一肚子的小心。

从赵员外方面分析，当初为了报鲁智深救金翠莲的恩，他拿出了收藏的五花度牒，花了多少出家款，说了多少好话，送了多少好礼，才让鲁智深在五台山出家。临下山时，千叮咛万嘱咐，今时不比往日，等等。实指望鲁智深能在此安身立命，却不想鲁智深在寺院中不念佛家经书，倒是常念他的口头禅，动不动就是等洒家去打死了他来，竟然还在寺院里公然骂人秃驴等等，最后两次大闹五台山，还打折了亭子，打坏了金刚，闹得僧众要"卷堂大散"，长老只好打发他这瘟神走了。鲁智深走就走吧，对赵员外来说，钱都是小事，打折的亭子重修，打坏的金刚重塑。最关键的是面子，也就是信誉。赵员外面上好生不然，因为鲁智深是他介绍进来的，自然他再要介绍什么人到五台山出家，众人一想前面他介绍来的鲁智深，谁还敢答应？

虽然赵员外重修了亭子，重塑了金刚，但不管赵员外花多少善款，已经很难补救鲁智深在众僧心中所造成的伤害，赵员外的无形资产在寺院中大打折扣，正所谓爱屋及乌，厌恶和尚恨及袈裟，因了鲁智深的关系，赵员外的形象在众僧眼中，从此也好不到哪里去了。本来这和赵员外没有什么关系，可是从会计的角度分析，他和鲁智深就是关联方，这是关联方关系。所以赵员外受牵连是必然的了。

这倒让我想起了《西游记》中的孙悟空。捅破了天的孙悟空，大闹天宫后，被抓住了。庆功宴上，吃的是什么，喝的是什么？龙肝凤胆，玉液琼浆。宣扬佛法的我佛不是不杀生的吗？不是有三归五戒吗？可是抓住一个调皮捣蛋的孙悟空后，竟然招致生灵涂炭。赵员外受牵连，多多少少还和鲁智深有关系，是关联方，但那龙凤之类，何曾与孙悟空有关联关系呢,竟然也受到牵连?

　　智真长老在给鲁智深赐名时说:"灵光一点,价值千金,佛法广大,赐名智深。"我想鲁智深的智慧再深,也无法探究其中的奥秘,至于赵员外出了多少重修文殊的善款,那好计算,也是小事,关键是隐藏在重修文殊里面的故事和内涵,即使灵光万点,佛法广大,也不一定能够详察。

　　但有一点是可以肯定的,那就是导致鲁智深被赶走的直接原因是"卷堂大散"。鲁智深不知道"卷堂大散"的厉害,就让我们一起来看看鲁智深的会计江湖之出家五台山(4)——卷堂大散破产账。

8. 出家五台山之（4）

——卷堂大散破产账

话说鲁智深第二次大闹五台山，闹得凶时，满堂僧众大喊起来，都去柜中取了衣钵要走。此乱唤做"卷堂大散"。鲁智深不知其厉害祸福，究竟"卷堂大散"的后果有多严重，我们来——分析。

一个寺院的兴衰成败，与其口碑有极大的关系。善男信女们信奉的都是佛法广大的寺院里面有得道的高僧，极其灵验，所以香火鼎盛。如果没有了和尚，不管是高僧还是俗僧，那不成了一座空的寺院？还有谁来敬香礼佛？也就是说寺院要破产了。这就是"卷堂大散"最严重的后果。

书中在后面也曾写道了瓦罐寺，那便是一个相当于破产的寺院。虽然鲁智深去时，还有几个老和尚在寺院之中，但那都是走不动的，才留下来，几天没吃的不说，好不容易有一点小米粥都是化斋来的，根本就没有香客上门来敬香礼佛了，表面上还没破产，但从实质重于形式的角度分析，此寺院实质已经破产。

瓦罐寺的由兴至衰，对五台山的文殊院来说，有很好的参考价值。瓦罐寺原也是很兴盛的，从鲁智深入得寺来，便投知客寮，又来到香积厨下，再到监斋使者面前，等等，便可知其是一座已有年代的古寺。既是古寺，想必以前香火兴盛，才能支撑。其破败便是两个强贼占了寺院。一个是生铁佛崔道成，一个是飞天夜叉丘小乙。寺院原是十方常住，被云游和尚崔道成，引道人丘小乙来此主持，把常住有的没的都毁坏了，把众僧都赶出去了。因此寺院才落得如此破败。这是瓦罐寺中那几个走不动的老僧人的如实陈述。试想如果鲁智深在五台山一意枉为，众僧人都走了，其破落情况不是一样？再好的文殊院不也要落得破产的下场。所以智真长老打发鲁智深走虽是迫不得已,但也是明智之举。

至于瓦罐寺的兴衰,在崔道成口中还有另外一种说法,"在先敝寺十分好个去处,田庄又广,僧众极多,只被廊下那几个老和尚吃酒撒泼,将钱养女,长老禁约他们不得,又把长老排告了出去。因此把寺来都废了,僧众尽皆走散,田土已都卖了。"从崔道成的话语之中,我们也可以看出,瓦罐寺原是兴盛的,现在破落的一个最主要的原因,也是僧众都散了。这和老僧人说的崔道成将众僧赶走一样,结果是众僧都走了,只不过走的形式不同而已,导致的结论是寺院破败了。

我们再来看文殊院的智真长老为了防止寺院的破产,采取了什么样的措施和手段。很显然,首先是要打发鲁智深走。这相当于送瘟神。智真长老与首座商议:"收拾了些银两赍发他,教他别处去,可先说与赵员外知道。"打发他走不说,还要送他银两。虽然这钱不要智真长老和首座自己出,是从寺院的公账上出的,但出发点是一样的,舍财免灾。赵员外回书"智深任从发遣"。这就从内从外都沟通好了,可以打发鲁智深走了。

打发鲁智深走时,也是一打一摸。打,长老道:"你前番一次大醉,闹了僧堂,便是误犯。今次又大醉,打坏了金刚,坍了亭子,卷堂闹了选佛场,你这罪孽非轻;又把众禅客打伤了。"这是严厉呵斥。

"我这里出家,是个清静去处,你这等做,甚是不好。看你赵檀越面皮,与你这封书,投一个去处安身。我这里决然安你不得了。"这是摸了。长老还给他安排了去处。这有点类似于现在的某官员在此处犯了事,群众意见大,领导将其异地安排一样。还叫侍者领皂布直裰,一双僧鞋,十两白银,与了智深。又是给他书信,让他去大相国寺挂单,又是送他僧衣、僧鞋,还送盘缠银两,这哪里是处罚,分明是异地升迁了!智真长老要将瘟神送走,难道他不知道,瘟神到了他处,不是一样又要为害他处吗?俗语说江山易改,本性难移。用会计语言来描述,便是会计有其一贯性原则。

鲁智深到大相国寺挂单时,智真长老的师弟智清长老看了师兄的书信后说:师兄好没分晓,原是军官打死了人落发为僧的,在你那二次大闹,难着你了,安他不得,却推来与我!我这里就安得了他!清长老也怕鲁智深不守清规戒律,要是在大相国寺如五台山一般大闹,这里的僧人也要卷堂大散,那不是捉了虱子到身上来咬吗?可推又推不脱,师兄介绍来的,这是有横向联系的,有关联关系的。好在有酸枣门外的菜园让鲁智深去安了身,不然智清长老还真不好处理师兄打发来的烫手山芋。

到底鲁智深如何去东京大相国寺挂单,到东京去的路上,又遇到了哪些人哪些事管了哪些闲账,请看鲁智深的会计江湖之行走江湖路(1)——销金帐里灯油账。

9. 行走江湖路之(1)

——销金帐里灯油账

话说鲁智深两次大闹五台山,在那里安身不得,被智真长老打发到东京大相国寺去挂单。用现在的话说,是岗位调整,异地任职。鲁智深便奔东京而来,踏上了江湖之路。他这好管闲账的性格,让他在江湖路上的桃花庄上又管了一次闲账。

鲁智深一晚错过宿头,走到桃花庄去借宿时,听刘太公为小女招夫烦恼。本来男大须婚,女大必嫁,这是人伦大事,没有什么烦恼,反而应该高兴才是,但是刘太公这门亲事不是两厢情愿,桃花山上的山大王看上了他的女儿,强要娶他女儿,刘太公因此烦恼。鲁智深好管闲账的劲头又上来了。

鲁智深对刘太公道:"小僧有个道理,叫他回心转意,不要娶你女儿如何?"刘太公还有疑惑时,鲁智深又说:"洒家在五台山智真长老处学得说因缘,便是铁石人,也劝得他转。今晚可教你女儿别处藏了,俺就在你女儿房内说因缘劝他,便回心转意。"看鲁智深这般大包大揽,还真以为他有通天的本领,能口若悬河,舌灿莲花,动之以情,晓之以理,让山大王将下聘娶亲不合理、不合法的口头契约进行解除。这笔账好算,山大王撒下二十两金子,一匹红锦为定礼,解除契约后,归还定礼就完事了,两清了,账平了。

刘太公信以为真,先将女儿寄送到邻舍庄里,再送鲁智深到女儿闺房之中,好让鲁智深给山大王说因缘。鲁智深进了闺房,把销金帐子下了,脱得赤条条的,跳上床去坐了,等山大王来。

那大王推开房门,见里面黑洞洞的。大王道:"你看我那丈人,是个做家的人,房里也不点碗灯,由我那夫人黑地里坐地。明日叫小喽啰山寨里扛一桶好油来与他点。"鲁智深坐在帐子里都听得,忍住笑,不做一声。这段话是这回书中最经典的部分。这里面至少说明了几个问题。

首先,不要看灯油账是小账,小账也是账,节约的人家就是这样做的,而且还会看成是会持家的人。严监生临死前伸着二根手指头,既不是想念两位亲人,也不是什么二两银子,而是见到了灯碗里的二根灯芯,直到赵氏挑掉一茎,他才一命呜呼。在山大王眼中,刘太公比守财奴还守财奴,守财奴还点一根茎的灯,他连一根茎的灯都不点,简直守财到了极致。

其次,这是从山大王口中说出来的,可以看成是第三者的陈述,其实并不是会计主体自己的陈述,会计主体是不是这样节约呢?我们不得而知。如果会计主体不是这样的,这就有点以小人之心度君子之腹了。如果会计主体是这样的,那这财务预测与分析便正确无误。书中没有交代刘太公家中的日常生活,但从刘太公招待鲁智深这一僧人,以及招待山大王一行来看,人家还是比较慷慨大方的。所以财务的更要注重耳听为虚,眼见为实,不能人云亦云。鲁智深在销金帐里听了山大王的话,便忍住笑。这说明他听了这话,也不相信。

再次,山大王看似慷慨,"明日叫小喽啰山寨里扛一桶好油来与他点"。其实是慷他人之慨,不管多少好油,都不是他山寨里自产的,全是打劫他人得来的。还好意思在刘太公这里表慷慨现大方说捐赠。这就像丁书苗贪了许多钱,却还到处寻找机会做好事,出善款一样,无非是图个好名声。其实这用来图好名声的钱就是来路不正的钱,肯定也图不来什么好名声。这个账,也许当局者迷,但旁观者肯定是清的,鲁智深在销金帐里,就是清楚的,所以忍住笑,由他说,不作一声。

销金帐里,鲁智深这灯油账也听得差不多了,山大王摸上床来。鲁智深在五台山上根本就不念什么佛经,倒是常念他的口头禅,动不动就是等洒家去打死了他来,要不就是你这秃驴等等,哪里会说因缘。要说因缘,也不是口说因缘,而是拳说因缘。山大王自然就倒霉了,这笔账真不划算,老婆没讨着,还挨了一顿打。众人灯下看时,只见一个胖大和尚,赤条条不着一丝,骑翻大王在床前打。众喽啰好不容易救他出来,连马都来欺负他,原来自己逃跑时,不曾解了缰绳。

　　山大王逃时,大骂:"刘太公老驴休慌,不怕你飞了。"这是话中有话,我们有账算不烂,君子报仇,十年不晚,你跑得了和尚跑不了庙,看我怎么来跟你算这笔账!到底山大王如何与刘太公算账,鲁智深又是如何化解的呢,请看鲁智深的会计江湖之行走江湖路(2)——桃花山上明算账。

10. 行走江湖路之(2)

——桃花山上明算账

话说鲁智深好管闲账的性格,让他在江湖路上的桃花庄又管了一次闲账。在销金帐里听山大王算了一下灯油账,然后他拳说因缘,打得山大王鼻青脸肿,逃回了山寨。山大王临走时,威胁刘太公,不怕你飞了。意思再明显不过,俺回山寨搬救兵来,好生清算一下你打了我而且赖婚的这笔账。

可怜刘太公如何敢与山寨为敌,早已吓得六神无主。听得鲁智深原是军官出身,让庄客提了他的禅杖提不动而他却如拈灯草似的时,便怕鲁智深走了,山大王来清算旧账。鲁智深是个讲诚信的人,敢作敢当,"甚么闲话,俺死也不走。"这态度多么坚决!刘太公的心终于安到了肚子里面。刚开始请鲁智深说因缘的"小九九"此时发生了彻底的改变,那个"小算盘"是打不成了,现在不和山大王做对头,不成为对方科目都不行了。

原来到桃花庄上成亲的是桃花山上的二大王周通,周通回山后,请大头领出来,为自己报仇算账。哪知大头领见了鲁智深,只是问了姓甚名谁,便来拜鲁智深。鲁智深只道赚他,托地跳退数步,把禅杖收住,定睛看时,却是李忠。鲁智深拳打镇关西前,在酒楼曾经请他和史进吃过酒,是个熟人。从这段话看出,鲁智深虽然鲁莽,但却注重细节,财务算账也是如此,不被表面现象所迷惑。

刘太公看鲁智深与山寨的大头领是兄弟时,心里越慌了。鲁智深却是大大方方请他出来,一起说话,将自己拳打镇关西,赵员外赔钱送他到五台山出家,他两次大闹僧堂,长老打发他到东京大相国寺挂单,所有内账、外账,也不顾及什么家丑、面子,全无隐瞒,如实道来。李忠看他如此实诚,也说了自己上山落草的经历。鲁智深听完后,道:"既然兄弟在此,刘太公这头亲事,再也休提。他只有这个女儿,要养终身。不争被你把了去,教他老人家失所。"前面一回书中,鲁智深说因缘,要劝山大王回心转意,却是拳说因缘。现在倒是真的来进行沟通了,还是摆事实,讲道理。这对动辄就"打死了那厮再来"的鲁智深来说,已经大改了风范。李忠早就见识过,还没答应,刘太公大喜,将出原定的金子缎匹。也就是说要现退以前强行下的定金。想把账了了。李忠这边还没答应,鲁智深又道:"李家兄弟,你与他收了去,这件事都在你身上。"当初下定是强行的,现在返定也成了强行的。真是有借必有贷,借贷必相等,一报还一报。

　　李忠道:"这个不妨事,且请哥哥去小寨住几时,刘太公也走一遭。"到山寨就怕你了?正好去与你的二大王说清楚,免得我走了以后,再找刘太公的麻烦,当面锣对面鼓,三头六面把账算清楚。到了山寨后,李忠将鲁智深向周通一介绍,周通早就听说了他拳管闲账,打死镇关西的事,现在才见到真神,早已服了。

　　三个坐定,刘太公立在面前,鲁智深开始明算账了:"周家兄弟,你来听俺说,刘太公这头亲事,你却不知。他只有这个女儿,养老送终,奉祀香火,都在她身上。你若娶了,教他老人家失所,他心里怕不情愿。你依着洒家,把他弃了,别选一个好的。原定的金子缎匹将在这里。你心下如何?"

　　原先鲁智深大包大揽说要跟周通说因缘,让他回心转意,却是饱打了他一顿,现在倒真有点劝说的意思在里头了。动之以情,晓之以理。当面取消口头契约,当面清算强行下的定金,别选一个好的,还有或有机遇。并要周通当面表态。

　　周通道:"并听大哥言语,兄弟再不敢登门。"这里周通已经当面表态,但明算账的鲁智深还不饶过,鲁智深又道:"大丈夫做事,却休要翻悔!"这是明确表示,你嘴上说了不算数,还要有所行动。周通折箭为誓。在古代,这就是赌咒发誓了,是最能表明心态的行动了,其功用有时还高过签字画押。鲁智深这才放过了他。

刘太公拜谢了，纳还金子缎匹，自下山回庄去了。也就是说下的定金归还了，口头契约也取消了，明算账时，还有公证人鲁智深在场，当事人一方周通还发了誓，自然这笔账也就平了。刘太公还有什么不放心的？

李忠、周通留鲁智深在山寨，椎牛宰马，安排筵席，管待数日。鲁智深却是要到东京大相国寺去挂单的，他是如何离开桃花山的呢？桃花山的李忠和周通又给他送了多少盘缠路费，请看鲁智深的会计江湖之行走江湖路(3)——贼去关门路费账。

11. 行走江湖路之(3)
——贼去关门路费账

话说鲁智深在桃花山上与李忠和周通算账后,刘太公退了周通的金子缎匹,取消了口头契约,当着公证人鲁智深的面,还让周通起誓,平了账。了了这笔闲账后,鲁智深被两位头领留在山寨管待,鲁智深却是要到大相国寺去挂单的,见他两个不是慷慨之人,做事悭吝,只要下山。李周两个苦留,鲁智深便揣着明白装糊涂,只推道:"俺如今既出了家,如何肯落草?"李忠、周通道:"哥哥既然不肯落草,要去时,我等明日下山,但得多少,尽送与哥哥作路费。"

这就涉及鲁智深的路费账了。表面一听,李忠、周通很慷慨,尽送与哥哥作路费。你听,全部送给你,还有什么说的?够义气吧!前提却是我等明日下山,但得多少。也就是说,我们明天去打劫,打劫得了多少,就送多少给你作路费。要是明天空手回来,不是一文钱路费都没有?这或有收益到底有多少,谁能说个准?

第二天,山寨里一面杀羊宰猪,且做送路筵席,将金银酒器,设放在桌上。山下正好来了十数个人,两辆车子,是李忠和周通的买卖来了。他两个点起众喽啰,下山劫财好为鲁智深送行,留下一两个服侍鲁智深饮酒。

鲁智深乍看是个鲁莽之人,内里心思缜密,善于对经济事项进行分析,然后再进行账务处理。他寻思道:"这两个人好生悭吝,现放着许多金银,却不送与俺,直等要去打劫得别人的送洒家。这个不是把官路当人情,只苦别人!洒家且教这厮吃俺一惊。"

首先,李忠、周通两个并不是穷得送不起朋友路费钱的人,从桌面上摆放的金银酒器来看,就知道他两个现放着许多金银。但有银子却不给鲁智深作路费,是为什么呢?悭吝。也就是有路费钱,固定资产有,流动资金也有,就是不给你,舍不得。

其次,不给也说不过去,朋友面子上不好过。怎么办呢?不拿自己的钱做人情,拿别人的钱做人情总可以吧。也是瞌睡遇到了软枕头,这十来个客人,两辆车子便倒了霉,正好撞到了李、周二人的枪口上。看来或有收益要变成现实收益了。虽然这未实现的现实收益,两个人都说了,送与他作路费。但鲁智深却不想要。你送,我不要。

最后,鲁智深很清楚,为了这笔路费账,李、周二人将官路当人情,只苦了别人。心里想明后,就采取了行动。你不给,我自己取。打翻两个小喽啰,一块儿捆了,取出自己包裹,拿了桌上金银酒器,都踏扁了,拴在包裹内。自己有的,你不送,舍不得。好!你打劫来的,送我,我不要。要什么?我自己拿!

鲁智深自己清算了李、周二人要给他的路费账后,知道这是单边清算,没有得到对方认可,是不能与对方见面的,于是从后山走了。李、周二人打劫回来,却发现家里竟然也被打劫了。李忠还要去赶时,周通倒有自知之明:"贼去了关门,哪里去赶?便赶得着时,也问他取不成。倘有些不然起来,我和你也敌他不过,后来倒难厮见了,不如罢手"。也就是说,他知道这笔账是舍账,讨不回来,再去追讨,只会增加追讨成本,而且基本不会有追讨收益。

周通对李忠道:"我们且自把车子上包裹打开,将金银缎匹分作三分,我和你各捉一分,一分赏了众小喽啰。"刚才还在说贼去了关门,现在自己来分赃,就不说是贼了。不过从周通在桃花山上将打劫的财物进行分配的情况来看,倒也公开、公平。这相当于取得了收益后,进行收益分配。两个头领各分了一份,众小喽啰分了一份。缺陷是没有公共积累,全部吃完分完。

李忠虽是大头领,却也知道是他引鲁智深上山来的,不然也不会让鲁智深卷走金银酒器,自己当作路费盘缠而去,所以他为了弥补这一事件对周通造成的损失,道:"是我不合引他上山,折了你许多东西,我的这一分都与了你。"也就是说,那些金银酒器,是周通的个人物品,私有财产,不是形成的公共积累。同时也说明一点,原本由李忠和周通二人共同给鲁智深出的路费账,现在是周通一个人出了。而且出的不是心甘情愿,有点冤枉。李忠与周通下山,打劫财物,也是出了力的,取得的收益,分一份,也是理所当然。他拿分的财物给周通进行弥补,也有过失赔偿的意思在里面。

李忠本是周通留在山寨的,早不见面晚见面,低头不见抬头见,还抬举他当了大头领,怎肯要李忠的,便道:"哥哥,我同你同死同生,休恁地计较。"意思是他和李忠还要团结联合才行,贼去关门的路费账由他周通一个人出了算了,一个山上的俩兄弟,就不要分得太清,过分计较。

自个拿了路费账的鲁智深前往大相国寺去挂单,又会遇到什么麻烦账?请看鲁智深的会计江湖之行走江湖路(4)——瓦罐寺中二本账。

12. 行走江湖路之（4）

——瓦罐寺中二本账

话说鲁智深自个在桃花山上拿了周通的金银酒器，权作了自己的路费，一路行来，却见一个破落寺院，被风吹得铃铎响。看那山门时，上有一面旧朱红牌额，内有四个金字，都昏了，写着"瓦罐之寺"。又行不得四五十步，过座石桥，再看时，一座古寺，已有年代。入得山门里，仔细看来，虽是大刹，好生崩损。到底一座已有年代的古寺大刹，如何变得如此破败的呢？这里面的两派人士，各有各的说法，公说公有理，婆说婆有理，分别给了鲁智深截然不同的两套报表两本账，我们来看鲁智深是如何一一分析的。

先看老和尚一派的报表与账。报表上反映的都是瓦罐寺破败了，原因是什么？老和尚说："我这里是个是非去处。只因是十方常住，被一个云游和尚，引着一个道人，来此住持，把常住有的没的都毁坏了。他两个无所不为，把众僧赶出去了。我几个老的走不动，只得在这里过，因此没饭吃。"饭都没得吃，还说鲁智深是活佛去处来的僧，合当斋他，只是他们并无一粒斋粮，自己都已饿了三日。

从老和尚这段话分析，首先，这里成了是非去处。也就是这个地方有麻烦。为什么？一僧一道两人霸占了寺院。其次，寺院破败，就是他两个胡作非为，把众僧都赶走了，没有了僧人，寺院如何兴旺？不破败才怪。最后，为什么几个老和尚没被赶走呢？他们老了，实在走不动，只得在这里过。

鲁智深听了老和尚陈述的账是怎么反应的呢？吃惯了大鱼大肉的人，在这里已经大大降低了要求，"粥也胡乱请洒家吃半碗"，听说老和尚三天没吃饭了，并不相信，"胡说，这等一个大去处，不信没斋粮"。听说是一僧一道霸占了寺院胡作非为,又道:"量他一个和尚,一个道人,做得甚事,却不去官府告他?"鲁智深审得很认真,听说那一僧一道好生了得,衙门又远,官军也禁他不得,都是杀人放火的人时,方才问了两人的名号。一个是生铁佛崔道成,一个是飞天夜叉丘小乙。

再看崔道成一派的报表与账。报表上反映的寺院废了,鲁智深提着禅杖道:"你两个如何把寺来废了?""你说!你说!"显然报表是一目了然。原因是什么?那和尚(崔道成)说道:"在先敝寺十分好个去处,田庄又广,僧众极多,只被廊下那几个老和尚吃酒撒泼,将钱养女,长老禁约他们不得,又把长老排告了出去。因此把寺来都废了,僧众尽皆走散,田土已都卖了。小僧却和这个道人,新来住持此间,正欲要整理山门,修盖殿宇。"

从崔道成这段话中分析,寺院废了的责任全在那几个老和尚了。他们罪过有四:吃酒撒泼,将钱养女,排告长老,变卖田庄。既然责任推得一干二净,为什么寺院废了,你们还在这里?又有原因,我们新来住持此间,正准备整理山门,修盖殿宇,还是想让寺院重新兴旺起来的。

鲁智深听了崔道成报的账是如何反映的呢?先是盘问。那和尚突然见到鲁智深时,吃了一惊,请鲁智深"同吃一盏。"时,鲁智深却只是盘问。听崔道成说了寺院破败缘由之后,鲁智深再问:"这妇人是谁,却在这里吃酒?"那和尚道:"师兄容禀:这个娘子,他是前村王有金的女儿。在先他的父亲是本寺檀越,如今消乏了家私,近日好生狼狈,家间人口都没了,丈夫又患病,因来敝寺借米。小僧看施主檀越面,取酒相待,别无他意,师兄休听那几个老畜生说。"崔道成这假账做得滴水不漏,天衣无缝,而且接待审计的态度还好。鲁智深听了这番陈述,又见他如此小心,只道是那几个老和尚做的假账,因此再回香积厨来。

鲁智深再问老和尚时,那几个老和尚提供了查假账的线索和思路:我们几个粥都没得吃,一点粥,还怕你吃了,他们却是有酒有肉;他初见你有兵器在手,他赤手空拳,不敢与你相争,所以用假账敷衍你,用假话骗你;何况还有一个人证,他们现今就养着一个妇人在那里。任何经济事项,都有来龙去脉,任何假账,即使做得天衣无缝,也有蛛丝马迹可寻。现在老和尚提供的线索就是重大疑点，不由鲁智深不信。他第二次到崔道成处进行审计时，崔道成便拿出了真账，露出了他们的真面目。

不说查明了真相的鲁智深和史进共同杀掉了一僧一道，那老和尚也都自尽了，只说鲁智深最后一把火烧掉了瓦罐寺。瓦罐寺就是一个壳。在这个壳下，如果是老和尚们主持，也许真能重整山门，再焕新彩，重旺香火；如果是崔丘僧道来主持，真成了藏污纳垢之地，肯定会破败无疑。其实这个壳是无辜的，最关键是借壳运作的人。现在也有借壳上市的企业，到底他们的命运如何，也要看借壳之人如何在壳下运作。有段时间少林寺方丈事件炒得沸沸扬扬的，其实少林寺也是一个壳，少林寺这个壳是无辜的，最关键也是要看运作这个壳的人，是如何运作的。

不说壳了，鲁智深已经一把火烧了。接下来请看鲁智深的会计江湖之挂单相国寺(1)——寺庙升迁明细账。

13. 挂单相国寺之(1)
——寺庙升迁明细账

话说鲁智深因大闹五台山,被智真长老打发到大相国寺来挂单。大相国寺在东京,东京是当时的都城。鲁智深来到东京,入得城来,但见百业兴旺,都市繁华。再到大相国寺,入得山门看时,端的好一座大刹!

鲁智深入得寺来,投了知客,拜了智真长老的师弟智清长老,递了智真长老的书信,说了来意,讨个职事僧做,然后便等住持智清长老安排。

智清长老看了师兄智真长老的书信,心中好生不快。打死了人的军官在你那落发为僧,两次大闹佛堂,你那里安他不得,就推到我这里来,什么道理?连知客都说他全不似出家人模样,好在都寺出了一个主意:酸枣门外退居廨宇后那片菜园,时常被营内军健们并门外那二十来个破落户侵害,纵放羊马,好生啰唣。一个老和尚在那里住持,那里敢管他?何不教智深去那里住持,倒敢管的下。这才解了智清长老之忧。

智清长老安排鲁智深时,将大菜园都交给鲁智深管理:"每日教种地人纳十担菜蔬,余者都属你用度。"也就是说,对公的,每日要交纳十担菜蔬;对私的,十担以外,全是你个人的收入。看似一个很有油水的差事。鲁智深先没管这看似有油水,实质是本烂账的菜园,而是嫌职位低了。"本师智真长老着小僧投大刹,讨个职事僧做,却不教俺做个都寺、监寺,如何教洒家去管菜园?"

这时,首座、知客便一起给鲁智深算起了账。什么账?寺庙升迁明细账。不是谁都能做都寺、监寺的。

首座先说了,你是新来的,没有功劳,如何做得了高级职事?就是管菜园，也是大职事人员了！

知客再说，管塔、管饭、管茶、管厕所、管菜园的，都是末等职事，但当头的，就是里面的头事人员了，简称塔头、饭头、茶头、菜头等。这里面也有等级，假如你管一年菜园，好便升你做个塔头。然后是中等职事的主事人员，管藏的，唤做藏主；管殿的，唤做殿主；管阁的，唤做阁主；管化缘的，唤做化主；管浴堂的，唤做浴主。假如你塔头管了一年，好升你做个浴主。再才是上等职事。都寺、监寺、提点、院主，这个都是掌管常住财物。你一个新来的，未立寸功，如何便能够做得上等职事！

从这里可以看出，大相国寺是个大寺，不然哪来这么多的等级和规矩，同时寺中等级森严，要想逾越比登天还难，还有一点，寺庙经济相当发达，光是菜园的头，就有私人用度，这还是末等职事，何况中等职事与上等职事？

鲁智深先是嫌职位低了，他在五台山，何曾做过正经僧人，所以这些规则全不熟悉，听了知客与首座的解释，好像给个菜头，已是看了智真长老的佛面，一来就是菜头这样的大职事人员，想想也有出身时，也就是也有升迁的可能与途径时，便应下了菜头一职。

从知客和首座的话中分析，末等职事人员，要升成上等职事人员，简直比登天还难。末等职事里面，净头与菜头是最差的，好便升一下，也是什么饭头、茶头之类的，最好的是塔头，从菜头升到塔头，就不知要多少年。

中等职事里面最差的是浴主，从末等职事最好的塔头升到中等职事里面最差的浴主一年；从浴主到化主，一年；从化主到阁主，又一年；从阁主到殿主，再一年……也许猴年马月才会升成中等职事里面最好的，何况上等职事。

从总账上看，晋升分三个大档次，末等职事、中等职事、上等职事。从明细分类账上看，末等职事中又分塔头、饭头、茶头、净头、菜头等明细，中等职事与上等职事也都有相应的明细。如果再细一点，明细账里再分二级科目那就更让鲁智深烦恼了，比如菜园领事这一级，除了菜头外，还有数个种地的道人。鲁智深若从种地的道人开始往上升，只怕等到来世都不够了。

鲁智深哪里会算这笔细账,只想会有出身,大相国寺没有欺负他,是按制度和规矩来的,便依了。一如我们学财会的毕业出来,一般先从出纳开始,好的升成记账会计,有经验了再升成主管会计或是会计主管,再好了才升成财务经理,最后成长为财务总监,这也是一个升职的过程。从出纳到财务总监,这个过程何其漫长,但也确实是有出身的时候,一如大相国寺的晋升明细账,有成长的途径。

须知鲁智深是个在五台山犯了错误的人,异地任职还升成了菜头,在智清长老这里,已经看了佛面,违背了一般原则。到底鲁智深如何管好菜园这摊烂账,请看鲁智深的会计江湖之挂单相国寺(2)——菜园交接明暗账。

14. 挂单相国寺之(2)

——菜园移交明暗账

话说鲁智深挂单相国寺，被智清长老安排到酸枣门外的菜园之中去当一个菜头。鲁智深刚开始嫌职位低了，经知客、首座等一番晋升的总账、明细账算下来，总算觉得是公平对待自己的，自己也有出身和升迁的机会，于是便应了下来。接下来便是移交。鲁智深却不知道，这菜园的移交也有明暗两本账，还要经过两次移交。

先说明账的移交。智清长老看鲁智深应了菜头一职，随即写了榜文，先使人去菜园里退居廨宇内，挂起库司榜文，明日交割。也就是说，这移交还有公告。

次早，智清长老升法座，押了法帖，委鲁智深管菜园。这相当于下了文件，或是颁发了委任状。智深到座前，领了法帖……和两个送入院的和尚，直来酸枣门外廨宇里来住持。不光有委任状，上任还有上司派的送行人员，其实也是交接鉴证人员。

却说鲁智深来到廨宇内，安顿了包裹行李等，那数个种地道人，都来参拜了，但有一应锁钥，尽行交割。那两个和尚，同旧住持老和尚相别了，尽回寺去。这个移交过程很简单，数个种地道人，是鲁智深的手下，归他管辖，不然也不会封他为菜头了。既然是个头，仓库什么的，肯定还有钥匙，严格来说，应该还有什么种菜的器具之类的低值易耗品，都尽行交割了。新住持来了，老住持肯定要走，这是肯定的，一园哪能容下两个菜头。

上面说的是明账的移交。还有暗账的移交。其实大相国寺本就不想让鲁智深在寺内挂单，却是智清长老碍于师兄智真长老的佛面，安排他到这个去处来的。如若是个好的去处，按知客和首座给鲁智深算的寺院升迁总账、明细账,哪里还能等到鲁智深来,不早被别人抢去了?可见这菜园明里还有什么私下用度,暗里是个是非之地。都寺心中明白,时常被营内军健们并门外二十来个破落户侵害,纵放羊马,好生啰唣。智清长老及知客、首座等也是一清二楚。要看鲁智深的难堪,所以提前一天,就在廨宇内门上挂上了榜文,上说:"大相国寺仰委管菜园僧人鲁智深前来住持,自明日为始掌管,并不许闲杂人等入园搅扰。"乍一看,这是帮鲁智深维护秩序的,实质就是告诉他们,你们这里换了新管事的,可不要说我们没事先通知你们,他明天就要来,要给他个下马威什么的,你们就早点去准备吧。

管菜园,明里很风光,是本有油水的账。暗里却是本烂账。菜园左近有二三十个破落户泼皮,泛常在园内偷盗菜蔬,靠着养身。看了榜文,知道鲁智深要来,商量趁他新来,打他一顿,将他擃到粪窖之中,戏耍于他。这哪里是个好去处?长老们的心思很清楚,智深敢不敢管?如若管,管不管得下来? 如若管不下来,不是大相国寺不容你,是破落户不容你,不干大相国寺的事,你自己走路得了,不是我赶你走的。

鲁智深初来乍到,哪里知道隐藏在明账下面的暗账。虽然不明就里,但见这伙人不三不四,嘴里是说来与他作贺,却又不肯近前来,早起了怀疑。等张三、李四来抢他脚时,早一脚一个,都踢到粪窖里面去了。这真是聪明反被聪明误,张三、李四原想将鲁智深弄到粪窖中去的,现在到那里去的却成了他们自己。后头二三十个破落户惊得目瞪口呆,都待要走时,也被鲁智深喝住,让他们去将张三、李四扶了上来,又让他们洗过了,才到廨宇内说话。

这时才是暗账的移交。鲁智深让他们一一交代时,张三、李四等一齐跪下道:"小人祖居在这里,都只靠赌博讨钱为生。这片菜园是俺们衣饭碗,大相国寺里几番使钱,要奈何我们不得。师父却是那里来的长老,恁的了得! 相国寺里不曾见有师父,今日我等情愿服侍。"

如果将相国寺比作一个大企业,这二三十个泼皮,就是企业附近挖企业墙角的,揩企业油水的,靠着企业为生的。有段时间不是钢厂附近就有偷钢的,煤厂附近就有盗煤的。企业想不想整治?也想,相国寺几番使钱,奈何他们不得。其实要想真整治,还没有整治不下来的,就是想不想管,敢不敢管的问题,动不动真格管的问题,有没有能力管的问题。泼皮们祖居在此,相国寺中的僧人他们都认识,派一个来管,他们早通风报信,要么收买,要么给个下马威。可这鲁智深是新来的,收买没有熟人门路,给个下马威,没有威胁到鲁智深,倒让他们自己吃了一大通苦头。

  鲁智深挂单相国寺,当个菜头,管个菜园,不管是明账移交,还是暗账移交,都顺利地交接了下来,站稳了脚跟。接下来他如何管理菜园,请看鲁智深的会计江湖之挂单相国寺(3)——倒拔垂杨见真账。

15. 挂单相国寺之(3)

——倒拔垂杨见真账

话说鲁智深不知深浅,挂单相国寺,当个菜头,移交时都要经过明账和暗账的移交。好在他艺高人胆大,顺利地交接了下来。接下来就是对菜园的管理了。其实鲁智深管理菜园很简单,将那二三十个破落户管住了,也就将菜园管好了,这是抓主要矛盾。俗话说强龙难压地头蛇,要那二三十个破落户服气,在他人看来不容易,在鲁智深看来,却是轻而易举。他只一招,便让那破落户们匾匾的伏。

先是移交当天,他将张三、李四踢到粪窖之后,给了这二三十个破落户一个下马威。接着破落户们问鲁智深的来历时,鲁智深也不怕他们,如实相告:"洒家是关西延安府老种经略相公帐前提辖官,只为杀的人多,因此情愿出家,五台山来到这里。洒家俗姓鲁,法名智深。休说你这三二十个人直甚么,便是千军万马队中,俺敢直杀的入去出来。"外人听来,这有点威胁恐吓的意思,说不定还是在吹嘘,因为口说不为凭,举手才见高低。谁知道你陈述的这套账是真是假,反正没看到真凭实据。只是被你抢了个先,将众泼皮的头先踢到了粪窖之中,让他们失去了先机。众泼皮喏喏连声。并未就此服了鲁智深。

第二天,众泼皮凑些钱物,买了十瓶酒,牵了一个猪来请鲁智深。此番是真为鲁智深作贺了。他们一伙人靠着菜园过生活,明抢不成,便来暗贿。同时也有服软的意思在里头,你鲁菜头,吃酒吃得高兴了,饶过我等,赏我们一碗饭吃,放我们一马。正所谓没有无缘无故的爱,也没有无缘无故的恨。请你鲁头吃酒,就是有缘由的。

鲁智深道:"甚么道理叫你众人坏钞?"鲁智深人长得鲁莽,心思却一点不鲁莽,看似客套,实质询问。

众人道:"我们有福,今日得师父在这里与我等众人做主。"泼皮们也回答得婉转,明里客套,实质是说我们还是要吃菜园这碗饭的,但得师父与我等做主,不要坏了我们的衣食饭碗,这就是我们的福气了。

这样边吃酒边谈事,让鲁智深拿出真账的机会就来了。菜园中绿杨树上有一个老鸦巢,他们吃酒之时,巢里的老鸦聒得烦躁,扰了众人兴致。众人说要去搬梯子,把老鸦巢拆了,李四说要盘上树去,比搬梯子简单得多。这相当于对一笔经济业务,众人提出了不同的会计处理方法,但目标都是一致的,就是将老鸦巢取了。鲁智深这时出手了,他的会计处理方法更直截了当。

智深相了一相,走到树前,把直裰脱了,用右手向下,把身倒缴着,却把左手拔住上截,把腰只一趁,将那株绿杨树带根拔起。

起先将张三、李四踢到粪窖,众泼皮还以为鲁智深先有防备,抢了先机,并未见有什么真本事。后来鲁智深说他当了什么军官,千军万马,直杀的入去出来,那也只是一面之词,并无真凭实据。现在就不同了,口说无凭,出手为证,鲁智深这一下,可是真功夫,这颗绿杨树在此有多久,众人比鲁智深有数,这老鸦巢在此多久,众人也比鲁智深清楚。一切都是做不来假的。这是真账。

众泼皮见了,一齐拜倒在地,只叫:"师父非是凡人,正是真罗汉身体,无千斤气力,如何拔得起?"都说真人面前不说假话。众人这是在真账面前不说假话了。

智深道:"打甚鸟紧?明日都看洒家演武,使器械。"意思是说,倒拔垂杨,小菜一碟啦,我的真功夫还在后面呢,想看,明天来看,洒家来演武,使器械。

从明日为始,这二三十个破落户见智深匾匾的伏,每日将酒来请鲁智深,看他演武使拳。能不伏吗?倒拔垂杨这样的真账拿出来,都还只是寻常功夫,算不得什么显赫的功夫。众泼皮伏了,鲁智深也没为难他们。相国寺每日要十担菜蔬,只要众泼皮不来捣乱,根本没有问题。解决了相国寺规定的任务后,其他就好办了。智清长老说了,其他都是鲁智深的私人用度。鲁智深对钱财本不在意,自然也让众泼皮有碗饭吃,而且这饭吃得和谐。

过了数日,智深寻思道:"每日吃他们酒食多矣,洒家今日也安排些还席。"也就是说,鲁智深不仅让他们在菜园附近有了饭吃,还和他们有了人情账。鲁智深是个重情重义之人,众泼皮经常请他吃酒,欠了人家的人情,这个账要还。所以鲁智深寻思"还席",叫道人去城中买了几般果子,沽了两三担酒,杀翻一口猪,一腔羊。鲁智深还账,也还得实在。单从他叫人买的果子,以及酒和猪羊来看,就是真还账的,不是做表面文章。

鲁智深倒拔垂杨,是真账中的硬账,为自己立足相国寺,奠定了硬环境;请众泼皮吃酒,还人情账,是真账中的软账,为自己在菜园中站稳脚跟营造了软环境。这硬软两账一出,鲁智深自然可以牢牢地在相国寺挂单了。欲知挂单相国寺后事如何,请看鲁智深的会计江湖之挂单相国寺(4)——野猪林中细算账。

16. 挂单相国寺之(4)

——野猪林中细算账

话说鲁智深挂单相国寺,在菜园中收了那二三十个破落户,每日吃酒演武,好不快活。这一日因演武时有人叫好,引出了八十万禁军教头林冲出来。

如果说鲁智深的功夫是账的话,众泼皮的评价,不是专业人士的评价,最多只能算是民间评价。而林冲的评价,就上了一个档次,应该是专业人士中的资深人士的评价。所以众泼皮道:"这位教师喝彩,必然是好。"

两人叙起话来,竟然还有期初余额。原来鲁智深年幼时曾到东京,认得"令尊林提辖",也就是说鲁智深认识林冲他爹。这样,两人便结义成了兄弟。

林冲这个兄弟,却是个苦命的兄弟。他因娘子漂亮,被高太尉的儿子高衙内看上,引出一系列故事,让这个兄弟误入白虎节堂,屈打成招,脊杖二十,刺配沧州。

林冲刺配沧州,押解公人董超、薛霸二人受了高太尉的钱财,要在野猪林中结果林冲。一路上先是热水烫了林冲的脚,再用新草鞋磨烂烫坏的脚,后又将林冲捆绑起来,这才一一将其中的缘由说与林冲听完后,薛霸双手举起棍来,望林冲脑袋上便劈下来。

说时迟,那时快,薛霸的棍恰举起来,只见松树背后雷鸣也似一声,那条铁禅杖飞将来,把这水火棍一隔,丢去九霄云外。跳出一个胖大和尚来,喝道:"洒家在林子里听你多时!"

这便是鲁智深大闹野猪林的故事。我们且来看一看,他在野猪林中是如何与董超、薛霸二人细算账的。

鲁智深和林冲结义之后,基本形影不离。他先报与林冲自己的思念之账,"兄弟,俺自从和你买刀那日相会之后,洒家忧得你苦。"此是一。

"自从你受官司,俺又无处去救你。"此是二。不是我不想救你,是无处去救。

"打听得你断配沧州,洒家在开封府前又寻不见。"此为三。如此详细的明细账,足见鲁智深重情重义的兄弟之情。

"却听得人说,监在使臣房内,又见酒保来请二个公人说道:'店里一位官人寻说话。'以此洒家疑心,放你不下。"这是说明自己跟踪而来的原因。"恐这厮们路上害你,俺特地跟将来。"董、薛二人这才知道,他们想在路上将林冲做掉这笔账,从一开始,便被严密的关注了。

下面开始与董、薛二公人算明细账了。"见这两个撮鸟带你入店里去,洒家也在那里歇。夜间听得那厮两个做神做鬼,把滚汤赚了你脚。那时俺便要杀这两个撮鸟,却被店里客人多,恐防救了。"也就是说,在客店里,鲁智深是忍耐了的,要不按他以前动不动等洒家去打死了他来的性格,这两个公人只怕早就成了鬼了。

"洒家见这厮们不怀好心,越放你不下。"这是明细账又翻过了一页,相当于过次页,或是承上页,继续记录下面的经济业务。

"你五更出门,洒家先投奔这林子里来,等杀了这两个撮鸟。"二个公人在这里,即使不起心害林冲,鲁智深也要在这里杀了他两个的。

"他到来这里害你,正好杀这两个厮。"明细账一一算与董、薛二人,你两个做了多少坏事,明细过程都被他一一指了出来,证据确凿,不怕你不认账。

好在林冲为他两个求情。"洒家不看兄弟面时,把你两个都剁成肉酱!"鲁智深这时虽然饶过了董、薛二人,但这前面的明细账,他要董、薛二人一一补还。于是搀扶林冲,成了他两人的事情,他一路陪伴,让二个公人好酒好肉侍候林冲。鲁智深一路上要行便行,要歇便歇,那两个公人哪里敢不听?好便骂,不好便打。二个公人不敢高声,只怕和尚发作。

直到近沧州只有七十里路程，一路去都有人家，再无僻静处，鲁智深都打听得实了，不怕二个公人害了林冲，这才与林冲分别。他一路护送林冲的明细账也才画上了圆满的句号。

　　那二个公人路上一直在猜测这个莽和尚是谁，回去好跟高太尉交差，路上不曾害了林冲，是有原因的。这得拿出真凭实据。好在鲁智深不怕他，二个公人也猜到他可能就是大相国寺的鲁智深，只是不敢肯定。直到林冲说："相国寺一株柳树，连根也拔将出来。"两个公人才知道确实是鲁智深。

　　自然有了鲁智深的一路护送，林冲平安到达了沧州。可惜鲁智深只护送得一时，护送不了一世。高太尉要害林冲，这一路上没达到目的，在下一路上，还会继续害他的。而且鲁智深还会受到牵连。我们不说林冲火烧草料场，雪夜上梁山，只说鲁智深因在野猪林救了林冲，一路护送到沧州，两个公人没有完成高太尉安排的任务，回去肯定会如实禀告。自然鲁智深想继续在相国寺挂单，是不可能的了。到底鲁智深离开相国寺后，如何生存，请看鲁智深的会计江湖之落草二龙山（1）——多少辛酸流亡账。

17. 落草二龙山之(1)

——多少辛酸流亡账

话说鲁智深因在野猪林中救了林冲,得罪了高太尉,那两个押解公人董超、薛霸回去一汇报,鲁智深哪里还能在相国寺中挂单,只能流亡江湖。

第一个知道他江湖流亡账的,却是青面兽杨志。杨志因在黄泥冈失了生辰纲,和鲁智深一样,也在江湖流亡。"人在江湖飘,哪能不挨刀"。想起原来梁山王伦曾经挽留自己,建议自己上山入伙,自己推却了,现在去投奔,好没志气。正是天下之大,何以为家。还好遇到了林冲的弟子操刀鬼曹正,给他献了一条计策,到附近的二龙山落草。

杨志依照曹正的指引,来到二龙山下,遇到鲁智深。二人大斗一场后,方知对方身份。当时没有证监会公开的报表,有的只是民间的口口相传,相当于民间报表。二人都从民间报表中对对方有一定的了解。杨志问起鲁智深怎么不在大相国寺挂单时,鲁智深才向杨志诉说起了自己的江湖流亡账。

"洒家在大相国寺管菜园,遇着那豹子头林冲,被高太尉要陷害他性命。俺却路见不平,直送他到沧州,救了他一命。不想那二个防送公人回来,对高俅那厮说道:'正要在野猪林里结果了林冲,却被大相国寺鲁智深救了。那和尚直送到沧州,因此害他不得。'这直娘贼恨杀洒家,吩咐寺里不许俺挂搭。"看来宋朝此时,高俅权力熏天,根本没有笼子来关,连寺庙的事都可以插手,还有什么事不能染指的?这是流亡江湖之前因。

"又差人来捉洒家。却得一伙泼皮通报,不是着了那厮的手。"不许挂单也还罢了,还要来捉他,不逃都不行了。被逼逃亡。要是没有人通风报信,说不定就已经被捉了,这还是幸运的,能够逃亡出来已是大相国寺菩萨面前烧了高香。

"俺一把火烧了那菜园里廨宇,逃走在江湖上。"逃走时多少出了一口气,一把火烧了菜园里廨宇,但还是改变不了逃亡于江湖的命运。

"东又不着,西又不着。"逃亡的明细记录,这个进行式好凄惶。还有更凄惶的在后面。

"来到孟州十字坡,险些儿被个酒店妇人害了性命,把洒家着蒙汗药麻翻了。得她的丈夫归来得早,见了洒家这般模样,又看了俺的禅杖、戒刀吃惊,连忙把解药救俺醒来。"险些没命了,都在鬼门关上走了一遭。

"那人夫妻俩个,亦是江湖上好汉有名的,都叫他做菜园子张青,其妻母夜叉孙二娘,甚是好义气。住了四五日,打听得这里二龙山宝珠寺可以安身,洒家特地来奔那邓龙入伙,叵耐那厮不肯安着洒家在这山上。"好在是张青夫妻不曾害他,还和他结义,并款待他,为他打听,寻找出路。这个流亡进行式真是一波三折。

说到这里,流亡账还没有完。"和俺厮并,又敌洒家不过,只把这山下三座关,牢牢地拴住。又没别路上去,那撮鸟由你叫骂,只是不下来厮杀,气得洒家正苦在这里没个委结。"山上的虽然打不过你,但就是不放你上去,纵有通天的本领,也没奈何,没有别的上山之路,叫骂,任由你,不理睬!生气,也由你!现在到了正在进行式。正在生气,你杨志来了。

这番流亡账讲下来,真是既辛酸又凄惶。想那鲁智深原本是军官,任提辖之职,本领高强,连八十万禁军教头林冲这样的资深人士都给予了很高的评价,可见他专业能力极高。同时,思想道德素质也高。重情重义,一听林冲受害,千方百计去救他;一听金翠莲被镇关西"虚钱实契"骗了,当场就要去打死了那厮再来;一听刘太公说山大王要强娶亲,便出头来说姻缘。这种思想品德好,专业素质高的优秀人才,却落得这样东躲西藏,四处逃亡,真令闻者伤心,听者落泪。

杨志也好不到哪里去,他如今和鲁智深一样,也是流亡江湖,自然也有一本辛酸账。杨志诉说了卖刀杀死牛二的事,并解生辰纲失陷一节,又说了经曹正指点来此一事。虽然明细经历与过程不一样,但最终都聚集到了二龙山这个小会计主体下,正为不能进这个会计主体而发愁。

"既然闭了关隘,俺们休在这里,如何得他下来?不若且去曹正家商议。"看来这流亡账还要继续,而且现在流亡的不仅仅是鲁智深一个人了,还有了杨志,可以形成一个流亡小分队。到底他们的流亡账要记到几时才是个头?请看鲁智深的会计江湖之落草二龙山(2)——二龙小微企业账。

18. 落草二龙山之(2)

——二龙小微企业账

话说鲁智深和杨志在二龙山下,各自诉说了自己的辛酸流亡账后,还是没有办法进入二龙山公司这一会计主体,只得回曹正家中,商议办法。

到了曹正家中,才知道二龙山虽然是个小微企业,但却有其特殊性。曹正道:"若是端的闭了关时,休说道你二位,便有一万军马,也上去不得。"但也不是没有办法突破,曹正接着说道:"似此只可智取,不可力求。"

鲁智深这时便作了补充,相当于会计报表附注:"叵耐那撮鸟,初投他时,只在关外相见。因不留俺,厮并起来,那厮小肚上,被俺一脚点翻了。却待要结果了性命,被他那里人多,救了上山去,闭了这鸟关。由你自在下面骂,只是不肯下来厮杀。"

杨志也发表了意见:"既然好去处,俺和你如何不用心去打!"杨志也认为二龙山看是一个小微企业,但是个好去处,一定要想办法得到它。

鲁智深道:"便是没做个道理上去,奈何不得他!"正是英雄所见略同。鲁智深与杨志二人看中二龙山这一小微企业,一是因为他们现在急需安身之处,好结束他们的江湖流亡账;二是虽然这是一个小微企业,但这一会计主体却也有其特殊性,最主要是无形资产价值高,三是关险,易守难攻,一万军马也上去不得。

这时操刀鬼曹正献了计策。他的这一计策,还是根据经济事项发生有其来龙去脉以及蛛丝马迹来的。既有前因鲁智深和邓龙厮并,将邓龙小肚一脚点翻,邓龙肯定怀恨在心,只是没办法报仇,这是邓龙的心态,如果满足他这一心态,形成鲁智深被擒之后果,肯定会让邓龙高兴,押解上山,邓龙必然大开关隘,这时便好上山了。

只是鲁智深被擒还要有个缘由,既然他连邓大王都能点翻,岂是能随便拿住的?邓龙肯定也有谨慎性原则,要有充分的理由,合理的解释,一如重要性事项在会计报表附注中都要重点说明一样,曹正一行要解释鲁智深的被拿完全是情理之中。

果然鲁智深一行依计行使,到山下时,二个小头目上关来问道:"你等何处人?来我这里做甚么?那里捉得这个和尚来?"虽然只是简短的一句话,却连问了三个问题,可见二龙山虽然是个小微企业,但企业员工却保持着极高的职业谨慎性。

曹正答道:"小人等是这山下近村庄家,开着一个小酒店。这个胖和尚,不时来我店中吃酒。吃得大醉,不肯还钱,口里说道:'要去梁山泊叫千百个人来打此二龙山,和你这近村坊都洗荡了!'因此小人只得又将好酒请他,灌得醉了,一条索子绑缚这厮,来献与大王,表我等村邻孝顺之心,免得村中后患。"

这一番解释,天衣无缝。打,这等人肯定是打不过鲁智深的。但村民也不会无缘无故地捉了他。原来他吃霸王餐,吃了不给钱不说,还威胁说要来打二龙山,这就与山寨相关联了,他要来洗荡二龙山和这近村坊,村民也是为了自己的利益着想。最后还是灌醉了他,才将他捉了。不由山上不信。果然两个小头目听了,欢天喜地,上山来报与邓龙,邓龙听了也是大喜,立马叫解上山来,好消他心头之恨。邓龙早在心中给鲁智深记了一笔账,这笔旧账今天终于可以清算了。

杨志、曹正紧押鲁智深解上山来。看那三座关时,端的险峻:两下里山环绕将来,包住这座寺。山峰生得雄壮,中间只得一条路上关来。三重关上,摆着檑木炮石,硬弩强弓,苦竹枪密密地攒攒着。这时便借杨志与曹正之眼,将二龙山雄壮险峻描绘了出来。这相当于对二龙山的无形资产做详细的介绍。

当然鲁智深等人只要上了山,没有拿不下二龙山的,何况上山前还做好了周密的策划,严密的部署,经济事项的发展如期进行,一举夺下二龙山。鲁智深并杨志做了山寨之主,也就是二龙山这个小微企业重新换了股东,换了老板。他们执掌这一会计主体后,一面去点仓廒,整顿房舍,再去看那寺后有多少物件。也就是说换了老板后,首先是进行资产清理:点仓廒,肯定不管是货币资金,还是仓库物资、低值易耗品都要进行清点;整顿房舍,是清点房屋等固定资产了,看那寺后有多少物件,等等。从这来看,鲁智深也好,杨志也好,这二人好不容易自己当了老板,哪怕是个小微企业的老板,对自己的资产还是比较关心的,认真进行清查盘点,弄清了家底,也终于结束了他们的江湖流亡账,终于有了自己的安身之处,有了自己的一份事业。

从此鲁智深在二龙山上当着山大王,过着大碗喝酒,大块吃肉,大秤分金银的快活日子。可鲁智深后来又是如何上了梁山的呢,请看鲁智深的会计江湖之聚义梁山泊(1)——三山聚义联营账。

19. 聚义梁山泊之（1）

——三山聚义联营账

话说鲁智深和杨志在二龙山上，当着山大王，过着大碗喝酒，大块吃肉，大秤分金银的快活日子。可鲁智深后来又是如何上了梁山的呢，这还得从三山聚义打青州开始说起。

青州地面，除了鲁智深和杨志的二龙山这一小微企业外，还有李忠与周通在桃花山开设的小微企业，以及孔明、孔亮在白虎山开设的小微企业。这三家小微企业，都是和朝廷对抗的，以前都是各自为政，互不往来。以表面上看，没有关联性，从实质重于形式来看，他们有一定的关联性，那便是都不服从朝廷的管理，而且与朝廷作对，属于同一类型。唇亡齿寒的道理，三家都懂。只是在呼延灼到来之前，他们各做各的买卖，各记各的账，没有意识到这点而已。

呼延灼一来，成了这三家小微企业联营的导火索。本来不关二龙山的事。先是桃花山盗了呼延灼御赐的马，呼延灼借青州兵攻打桃花山。桃花山抵挡不住呼延灼的进攻，向二龙山求救。后是白虎山的孔明、孔亮打青州，被呼延灼生擒了孔明，白虎山也来二龙山求救。

先说桃花山的求救。桃花山李忠与周通打不过呼延灼，二人商议时，李忠道："我闻二龙山宝珠寺花和尚鲁智深在彼，多有人伴，更兼有个甚么青面兽杨志，又新有行者武松，都有万夫不当之勇。不如写一封书，使小喽啰去那里求救。若解得危难，拚得投托他大寨，月终纳他些进奉也好。"这是桃花山公司表明了自己的态度，现在求救，看起来是联营，如若解了危难，桃花山公司以后便是二龙山公司的附属，也可以看成分公司或是子公司，每月都要纳他些进奉，也就是在桃花山公司的收益分配中，要给母公司或是总公司二龙山公司上缴一定的利润。

鲁智深与桃花山也有期初余额,先是拳说姻缘,听了销金帐里的灯油账后,打了周通一顿;后来贼去关门路费账中,又在桃花山卷走了周通的金银酒器。周通对鲁智深还有点忌惮,怕鲁智深记当初之事,不肯来救援,倒是李忠了解鲁智深的禀性,是个直性的好人,派人求救,必然亲引军来救应。

桃花山公司送信的小喽啰也会说话:"青州慕容知府,近日收得个征进梁山泊失利的双鞭呼延灼。如今慕容知府先教扫荡俺这里桃花山、二龙山、白虎山几座山寨,却借军与他收捕梁山泊复仇。俺的头领,今欲启请大头领将军下山相救,明朝无事时,情愿来纳进奉。"为什么说这小喽啰会说话?他表达了两层意思。第一,呼延灼来此,虽然现在是打桃花山,但并不表示他是单单只打桃花山一座山寨,而是要扫荡桃花山、二龙山、白虎山几座山寨的,哪家公司都逃不脱,意思是我们三家公司,现在是命运共同体,只有互联互通,团结一致,共同抵抗,才有出路。第二,二龙山公司救了桃花山公司,不是白救的,有利益:明朝无事了时,情愿来纳进奉。

杨志也会做好人,知道鲁智深会去救援,于是不等鲁智深发话,便道:"俺们各守山寨,保护山头,本不去救应的是。洒家一者怕坏了江湖上豪杰;二者恐那厮得了桃花山,便小觑了洒家这里。可留下张青、孙二娘、施恩、曹正看守寨栅,俺三个亲自走一遭。"

杨志这番话有多层含义。一是本不该去救,我们各开各的公司,各守各的山寨,井水不犯河水,没有利益冲突与往来;二是山寨在江湖上讲究的就是一个口碑与信誉,这相当于公司在市场上的口碑与信誉,怕坏了江湖豪杰是一层,如果坏了,是二龙山公司不去救的,对二龙山公司也有影响,见死不救,在江湖上也不好听,影响了二龙山公司的信誉,也就是让二龙山公司的无形资产大打了折扣;三是呼得了桃花山,便小觑了二龙山,自然是小觑了三座山寨这一同类项,在青州慕容知府那里,此三座山寨,就是同一会计科目,而且都是要清理的会计科目,唇亡齿寒的道理杨志也很清楚;四是做了安排,虽然去救援,但也要有人守山寨;五是此去救援,俺三个亲自走一遭,自是非同小可,这三个个个都有万夫不当之勇,可见其重视程度,简直将呼当作大老虎来打。

再说白虎山的求救。白虎山孔明、孔亮为救其叔孔宾,攻打青州,不想被呼延灼生擒了孔明,孔亮逃跑之时,正好遇见武松。武松与孔亮也曾有过业务往来,武松醉打过独火星孔亮,后来得宋江调解结识。孔亮说了详情并请武松救援之后,武松引孔亮拜见鲁智深和杨志后,便汇报了自己的想法:"那时我与宋江在他庄上相会,多有相扰。今日俺们可以义气为重,聚集三山人马,攻打青州,杀了慕容知府,擒获呼延灼,各取府库钱粮,以供山寨之用,如何?"武松前面所说,无非是旧的人情账,江湖的义气账,只有"聚集三山人马,攻打青州",说到了点子上,这是成立联营公司,目标很明确:攻打青州。杀了慕容知府,擒获呼延灼也与会计账无关,倒是"各取府库钱粮,以供山寨之用",涉及了联营公司的利益分配,虽然没有说谁分多少的问题,但那已是细节了,可以在取得利润后再行讨论。

鲁智深也赞成成立联营公司,道:"洒家也是这般思想。便使人去桃花山报知,叫李忠、周通引孩儿们来,俺三处一同去打青州。"这便是三山聚义,真正成立联营公司。

三山聚义成立联营公司,真打得下青州吗? 这还是一个问号。杨志建议:若要打青州,须用大队军马。两种方案同行:一是俺这里三家小微企业联营,二是请外援,请梁山泊的宋江带大队人马来。众好汉一致赞成。

到底是三家小微企业联营打下了青州,还是请梁山外援来打下了青州,请看鲁智深的会计江湖之聚义梁山泊(2)——同归水泊合并账。

20. 聚义梁山泊之(2)
——同归水泊合并账

话说鲁智深听从了武松的建议,准备让二龙山公司、桃花山公司与白虎山公司三家小微企业一起联营,成立一家联营公司,一起攻打青州。这时杨志出面了,他一方面赞成先成立联营公司,同时建议请梁山外援来,共同攻打青州。如若是成立联营公司,这个联营公司便大了。

梁山宋江果然引大队人马下山:其中头领二十名,人马三千,分作五军前进。到底是大公司,排场都不同。在三家小微企业的小联营中,鲁智深还可以当个头,做个主。现在宋江一来,鲁智深知道在这个大联营公司中,自己是当不了头的,自然大联营公司的临时负责人非宋江莫属了。

次日,宋江问:"青州一节,近日胜败如何?"这是在询问联营公司的业务情况了。

杨志道:"自从孔亮去了,前后也交锋三五次,各无输赢。如今青州只凭呼延灼一个。若是拿得了此人,觑此城子,如汤泼雪。"杨志介绍了外援未来之前,小联营公司的业绩,前后交锋三五次,各无输赢。看来也没有什么业绩。

不说宋江领导的大联营公司如何打破青州,收服呼延灼,斩首慕容知府一家老幼,只看大联营公司取得利润后,是如何进行利润分配的。

打破青州后,"宋江急急传令:休教残害百姓,且收仓库钱粮。把慕容知府一家老幼,尽皆斩首,抄扎家私,分俵众军。天明,计点在城百姓被火烧之家,给散粮米救济。把府库金帛,仓廒米粮,装载五六百车;又得了二百余匹好马,就青州府里做了个庆喜筵席,请三山头领同归大寨。"打破青州后的第一件事,便是收仓库钱粮,查看登记营业收入。至于慕容家私,分俵众军,相当于激励作用中的单次奖励。计点在城百姓被火烧之家,给散粮米救济,这是大联营公司的社会责任了。把府库金帛,仓廒米粮,装载五六百车,是准备运送回梁山泊,做梁山公司公共积累的,根本没和大联营公司中的三家小微企业协商,这还不说,就青州府里做个庆喜筵席,请三山头领同归大寨。虽然是邀请,实际有点合并的意思。

三家小微企业在这次大联营中,看到了梁山大公司的实力,也看到了与梁山大公司的差距。以前三家小微企业联营,与青州交锋三五次,各无输赢。也就是说,自己的小联营公司,太小了,根本没有什么业绩,看看梁山公司一来,就是什么业绩?以前想都不敢想的打青州,这样大的业务,梁山公司就敢做,以前小公司在这里,只能做些小买卖,倒是官军数次来围剿,从来未对官府主动出击过,就是白虎山公司主动出击,也是为了救其叔叔,根本不是为了公司的发展壮大而去攻打的。

书中未写三山头领是如何协商表态合并进入梁山公司的。只用报表反映了合并的过程与结果。"李忠、周通使人回桃花山,尽数收拾人马钱粮下山,放火烧毁寨栅。鲁智深也使施恩、曹正回二龙山,与张青、孙二娘收拾人马钱粮,也烧了宝珠寺寨栅。数日之间,三山人马都皆完备。"从这可以看出,梁山公司对三家企业的合并,干净彻底。不仅合并了三家企业的有形资产:钱粮,而且合并了三家企业的无形资产:人马,最干净彻底的表现是将三家公司彻底注销,连寨栅都烧了。

梁山公司对此次合并三家小企业的业绩是如何反映的呢?众好汉到聚义厅上列位坐定后,大摆筵席庆贺新到山寨头领:呼延灼、鲁智深、杨志、武松、施恩、曹正、张青、孙二娘、李忠、周通、孔明、孔亮共十二位新上山头领。金帛、米粮等在梁山公司根本不屑一提,梁山公司合并三家小企业,最大的收获是收获的人才,这十二位头领,都是梁山公司宝贵的人力资源,是梁山公司的无形资产,是新股东。连鲁智深这样思想品德好,业务素质高的人才,在十二位头领中,都只能排位第二,可见这次合并,给梁山公司增添的实力。

梁山公司人才济济,鲁智深的结义兄弟林冲也在公司之中,同为股东。鲁智深野猪林中与董超、薛霸细算账时,何曾想到今日会与林冲在梁山相会。一心安分守己的林冲,哪里会想到鲁智深安全地将他护送到沧州后,他还会遇到火烧草料场这样的冤枉账,被逼无奈的他,只能雪夜上梁山。而在相国寺无法挂单的鲁智深,也没想到自己会有流亡江湖"东又不着,西又不着"的辛酸流亡账,好不容易在二龙山这一小微企业落草,却又被逼三山聚义组建联营公司,最终和林冲一样,殊途同归,兄弟俩都合并到了梁山公司。

鲁智深被合并到梁山公司后的结局会是怎样的呢?请看鲁智深的会计江湖之圆寂六和寺——圆寂六和终结账。

21. 圆寂六和寺

——圆寂六和终结账

话说鲁智深被合并到梁山公司，做了一名股东，从此跟随梁山公司出生入死，无论是招安前后，都是屡立战功。虽然梁山公司前期是民营企业，在招安为国营企业前，鲁智深作为股东，屡次发表了自己的意见与看法："只今满朝文武，多是奸邪，蒙蔽圣聪，就比俺的直裰染做皂了，洗杀怎得干净？招安不济事，便拜辞了，明日一个个各去寻趁罢。"他的意思，若要招安，便将公司解散算了。但在宋江的劝说下，他最终没有坚持自己个人的意见，还是服从了公司的宏观战略。招安为国营企业后，跟随梁山公司南征北战，东征西讨，立下了汗马功劳，这一日来到了浙江杭州六和寺。

当鲁智深听得寺外钱塘江潮响以为是战鼓响，提了禅杖准备厮杀，六和寺中的僧人告诉他，这是钱塘江潮信时，想起智真长老曾经嘱咐与他的四句偈言，最后两句是"听潮而圆，见信而寂"。他原本不知道什么是圆寂，听六和寺中的僧人告诉他，圆寂就是死时，他方才大彻大悟，自己写了一份总结："平生不修善果，只爱杀人放火。忽地顿开金绳，这里扯断玉锁。咦！钱塘江上潮信来，今日方知我是我。"然后沐浴圆寂。

这是鲁智深会计江湖的终结账。从渭州府结识九纹龙史进开始，其明细记录如下：

    金翠莲的典身账；
    店小二的代收账；
    镇关西的强盗账；
    鲁提辖拳管闲账；
    出家多少费用账；

多少香火收入账；

文殊多少重修账；

卷堂大散破产账；

销金帐里灯油账；

桃花山上明算账；

贼去关门路费账；

瓦罐寺中两本账；

寺庙升迁明细账；

菜园移交明暗账；

倒拔垂杨见真账；

野猪林中细算账；

多少辛酸流亡账；

二龙小微企业账；

三山聚义联营账；

同归水泊合并账。

共是二十回明细账。从这明细账中，可以看出在良善的会计江湖，鲁智深并不是不修善果之人，也不爱杀人放火；只不过从相反的角度分析，在恶劣的会计江湖，犹如他的直裰，皂一般染得黑了，怎么洗杀得白？这样的江湖，是容不得鲁智深的，所以认为他是不修善果的人，在他们看来，他是只爱杀人放火的。却不知鲁智深正是为了反抗这样恶劣的会计江湖，想改造这样的会计环境，才不修善果，才杀人放火！到了六和寺中，钱塘江潮如同千军万马，奔涌而来，告诉他：你这努力是白费的，还没领悟吗？快快撒手吧！

所以鲁智深总结道："开金绳，扯玉锁。"一声惊呼，咦！最后也终于在钱塘江上潮信来时，功德圆满，大彻大悟，"今日方知我是我"。在那个劣币驱逐良币的时代，还有什么比圆寂更快的撒手措施呢？还有什么比圆寂更能说明领悟的透彻呢？无他了。

梁山众人谁真正读懂了鲁智深的会计江湖呢？宋江与卢俊义看了偈语，嗟叹不已。众多头领都来看视鲁智深，焚香拜礼。梁山公司的股东们并未读懂鲁智深,城内张招讨并童枢密等众官,亦来拈香拜礼。这些人内心只怕鲁智深去得不早,又如何能够读懂鲁智深?鲁智深的师傅智真长老应该是能读懂鲁智深的,天机不可泄露,我们不说,只说读懂鲁智深的还有一位梁山的股东,他便是景阳冈上的打虎英雄——武松。

武松对宋江说道:"小弟今已残疾,不愿赴京朝觐。尽将身边金银赏赐,都纳此六和寺中,陪堂公用,已作清闲道人,十分好了。哥哥造册,休写小弟进京。"武松自此只在六和寺出家,后至八十善终。

武松和鲁智深一样,早已看透了那时黑暗的会计江湖,不是他等能够改变的,所以他和鲁智深一样,选择了急流勇退。我惹不起,还躲不起吗?鲁智深的染作皂一般黑的直裰理论,影响了武松,给了他启发。而仍然沉迷于其中的宋江、卢俊义、吴用、李逵、花荣等,最后都成了黑暗会计江湖的殉葬,武松却能八十善终,不能不说里面有鲁智深的因素。

这便是鲁智深的会计江湖。

第三章

李逵的会计江湖

1. 江州遇宋江之(1)

——期初借款银十两

话说宋江被刺配到江州牢城,因央浼人情,又有银钱好使,贿赂了管营、差拨,按潜规则办事,不曾受什么苦,也没打那一百杀威棒,反发付他到牢营抄事房做了个抄事,还有江州节级戴宗相扶持,即使坐牢,也过得逍遥自在。这一日宋江和戴宗两人到外吃酒,才饮得两三杯酒,只听得楼下喧闹起来,有个李铁牛在楼下寻主人家借钱,便引出了杀人不眨眼的李逵出来。

戴宗向宋江介绍道:"这个是小弟身边牢里一个小牢子,姓李,名逵,祖贯是沂州沂水县百丈村人氏。本身一个异名,唤做黑旋风李逵。他乡中都叫他做李铁牛。因为打死了人,逃走出来,虽遇赦宥,流落在此江州,不曾还乡。为他酒性不好,多人惧他。能使两把板斧,及会拳棍,现今在此牢里勾当。"

从戴宗的介绍来分析,李逵虽然以前打死过人,但已经赦宥,也就是说曾经有过不良记录,但这不良记录已经过期了,一如现在银行的征信记录一样,经过五年之后,自动消除。他现在的职业身份相当于狱警,一个小牢子,是戴宗这个节级身边的人。本领倒有,能使两把板斧,及会拳棍。但是酒性不好,多人惧他,其实并不单单是惧他,还因他是戴宗戴院长身边的人,也就是说,如果李逵是涉黑的,就因为他还有戴宗戴院长的保护伞,这才使得江州满城人都怕他。

宋江问李逵为何在楼下发怒时,李逵道:"我有一锭大银,解了十两小银使用了。却问这家主人家挪借十两银子,去赎那大银出来,便还他,自要些使用。叵耐这鸟主人不肯借与我,却待要和那厮放对,打得他家粉碎,却被大哥叫了我上来。"

从这里可以看出，李逵所在之江州，已经很盛行抵押与典当，日常借款、还款，资金往来是家常便饭。一锭大银，解了十两小银使用了。也就是说，一锭大银，虽未说多大的一锭银，但肯定远远大于十两银子，抵押在某处钱庄或是典当行，不然不会解了十两小银使用。这个抵押的大银，是可以赎回来的，只不过要付出资金的时间价值，也就是利息钱。只要利息钱出到位了，将本金归还了，大银便可以赎出来了。

所以宋江问道："只要十两银子去取，再要利钱么？"看来不仅江州是如此，宋江的老家郓城也应是如此，不然宋江不会主动提出还要给利息钱。李逵道："利钱已有在这里了，只要十两本钱去讨。"李逵是说自己有利钱，只差本金十两。宋江听罢，便去身边取出一个十两银子，把与李逵，说道："大哥，你将去赎来用度。"

这便是宋江与李逵初次相识的期初发生额，借款十两银。虽然当时借贷本是平常事，但借贷肯定是一要讲信用，二要讲自愿，一如不能强买强卖，肯定也不能强行借贷。李逵在楼下发怒，就是要强行借贷。

现在好了，李逵还没开口借款，宋江便主动提出要给他借钱，而且银子都拿出来了，直接给了他。并且根本没提出还的事情，只说"大哥，你将去赎来用度"。相当于直接送给了李逵，不用还了。

从表面上乍一看，这是一笔往来款，借款银十两。但透过现象看本质，这是一笔长期投资，这是宋江用银十两，对李逵这耿直之人进行感情投资，形成的是永远难以还清的人情债，让李逵从此成了他的跟班与打手，等于现在的黑老大，养了一个小混混。

效果很快就出来了。这让初次与宋江相识的李逵很是感激，就是这期初的借款十两银子，让李逵从此对宋江死心塌地，做了他的铁跟班，甚至最后宋江喝朝廷所赐的毒酒时，也要拉上李逵一起喝，李逵也最终因这期初的借款十两银子，而义无反顾地跟宋江走上了不归路。也就是说，期初发生额是借款十两银，而期末发生额则是李逵用性命相回报的。可以看出，这十两银子，对李逵一生的重要性。

李逵是否真有一锭大银要去赎回呢？等李逵走后，戴宗告诉宋江，不要借他银子才好，但看宋江已把在他手里了，不好再去阻拦。宋江问起原因时,戴宗道:"这厮虽是耿直,只是贪酒好赌。他却几时有一锭大银解了,兄长吃他赚漏了这个银去。他慌忙出门,必是去赌。若还赢得时,便有的送来还哥哥;若是输了时,那里讨这十两银来还兄长?"宋江与李逵是初次相识,不知李逵性情,戴宗是李逵的保护伞,自然对李逵性情熟识。

宋江却笑道:"量这些银两,何足挂齿,由他去赌输了罢。我看这人倒是个忠直汉子。"也就是说,宋江根本没指望李逵还他十两银子,就是送给李逵的,由他输也好,赢也罢。其实说不定内心还指望他输呢,只有输了,没钱还他宋江,才显得他宋江的人情。

到底李逵拿宋江这十两银子,是真去赎那一锭大银,还是真如戴宗所说,去赌了呢?要是赌,是输是赢呢?且看下回李逵的会计江湖之江州遇宋江(2)——赌直汉子也赖账。

2. 江州遇宋江之(2)

——赌直汉子也赖账

话说李逵得了宋江借给他的十两银子,寻思道:"难得宋江哥哥,又不曾与我深交,便借我十两银子,果然仗义疏财,名不虚传。如今来到这里,却恨我这几日赌输了,没一文做好汉请他。如今得他这十两银子,且将去赌一赌,倘或赢得几贯钱来,请他一请也好看。"

从这可以看出,李逵根本就没有什么一锭大银,并解了十两小银用了,实情是李逵没钱了,猴急,找店主人家强借钱。同时也可以看出,当时宋朝不仅抵押、典当业兴盛,博彩业也已经很普遍,而且很有市场。李逵怀揣十两银子,慌忙来到城外小张乙赌房,将十两银子往地下一撒,便要来赌时,那小张乙得知李逵从来赌直,只两个回合,便将李逵的十两银子赢得精光。

李逵道:"这银子是别人的。"小张乙道:"遮莫是谁的,也不济事了。你既输了,却说甚么?"李逵道:"没奈何,且借我一借,明日便送来还你。"小张乙道:"说甚么闲话?自古赌钱场上无父子。你明明输了,如何倒来革争?"

小张乙在李逵未赌前便知道,他从来赌直。李逵赌输后,这才想起,这银子是别人的,是宋江借给他的,是要还的。按现在的流行语说,就是"出来混,是要还的"。这时也知道没有银子回去,不好见宋江的面了,无奈只得跟小张乙说且借一借,明日还他。小张乙却是说的赌场的规矩,也就是行规,赌钱场上无父子,输了就是输了,不能再反悔的,必须认账。所以小张乙说:"李大哥,你闲常最赌的直,今日如何怎么没出豁?"

小张乙这是激将法,却不料李逵并不买账,就地下掳了银子,又抢了别人赌的十来两银子,都搂在布衫兜里。睁起双眼,说道:"老爷闲常赌直,今日权且不直一遍。"这是说在明处了,俺李逵赌直汉子也要赖一回账。

为什么闲常赌直的人,今日也要赖一回账呢,这明显不是李逵的风格。原因是宋江不曾与他深交,初次见面便借他十两银子,果然仗义疏财。俗话说投桃报李,李逵想要回报宋江,请他的客,但李逵输了银子,拿什么来请宋江的客呢?所以今日也要赖一回账了。

书中用了四句诗,是这样写的:

世人无事不翻帐,直道只用在赌上。

李逵不直亦不妨,又为赌贼作榜样。

从诗中可以看出,明显对李逵的赖账有调侃之意。李逵抢了银子正走之时,不想背后一人赶上来,扳住他的肩臂喝道:"你这厮如何抢掳别人财物?"李逵回过脸看时,却是戴宗,背后立着宋江。李逵见了,惶恐满面,却是实话实说:"铁牛闲常只是赌直,今日不想输了哥哥的银子,又没得些钱来相请哥哥,猴急了,时下做出这些不直来。"

宋江听了,大笑道:"贤弟但要银子使用,只顾来问我讨。今日既是明明地输与他了,快把来还他。"宋江笑,是笑李逵的耿直,所以当李逵做贤弟,要银子使用,只管找他宋江来讨,别人的钱,却还是要还给别人。也就是人要讲诚信。其实李逵平常是最诚信的,这次不诚信,也是不得已而为之。宋江的笑,还笑李逵耿直憨厚得可爱。

那小张乙情愿不要李逵的十两原银,只拿了自己的,省得李逵记了冤仇。宋江却要他拿去,不要记怀。小张乙再三不肯要时,宋江问得赌房中讨头的、拾钱的和那把门的,众人都被李逵打倒在里面,宋江做主说是给他们做将息钱,小张乙才收了银子,拜谢了回去。

也就是说,赌直汉子李逵赖账一事,最终还是宋江出面来摆平的。宋江用什么来摆平的,自然还是银子,还是钱来摆平的。不过他用钱来摆平,却也心甘情愿,因为他看到了李逵憨厚耿直的可爱之处,特别是李逵说要拿银子来请他宋江的客,让宋江心中怎一个爽字了得。所以这个钱,出得舒服。更何况,他本就想用钱来收买李逵这样的耿直汉子为自己所用,做个长期投资,现在就有这样的机会,何乐而不为呢?

　　好端端的,正吃着酒,李逵怀揣宋江借给他的十两银子,猴急猴急地出去,输了银子不说,还抢了别人的银子,打了人。好在宋江与戴宗及时出面,才让李逵不至再三出丑。接下来本该好好消停消停地喝酒了,只因宋江想吃鲜鱼,又引出了一番故事。到底是什么故事,请看下回,李逵的会计江湖之江州遇宋江(3)——渔牙主人来开张。

3. 江州遇宋江之(3)

——渔牙主人来开张

话说李逵赌直汉子也赖账,赌房里抢了银子,打了讨头的、拾钱的以及把门的,逃了出来,后面还有众人追赶。好在戴宗与宋江及时赶到,宋江出面,还了别人银子,给了被打之人的将息钱,才将李逵惹的祸收了场。看来这宋江真是及时雨,名不虚传。

三人再到浔阳江边的琵琶亭酒馆,重整杯盘。刚一坐定,李逵的耿直性子便又发了:"酒便大碗来筛,不耐烦小盏价吃。"宋江继续他对李逵的长期投资,不就是吃喝吗?由着你!戴宗还在喝斥李逵时,宋江吩咐酒保道:"我两个面前放两只盏子,这位大哥面前放个大碗。"果然这一投资收到奇效,李逵高兴,说结拜这位哥哥值了。

这时,宋江忽然想要鱼辣汤吃,戴宗便吩咐酒保教造三分加辣点红白鱼汤来。从这可以看出,当时的饮食业已经很发达,而且相当讲究,一个鱼汤,便还有三分加辣点红白鱼汤这样的明细科目,自然其他鱼汤的明细也很多了,只看名称,便觉得有些精致。而且食客也很挑剔,宋江和戴宗都吃得出是腌了的鱼,不是鲜鱼。好在李逵不管这些,你二人嫌这是腌了的鱼不好吃,好,一起给我吃得了。从他二人碗中捞了鱼出来,吃出一桌子的汁水。宋江一发喜欢李逵这个小混混了。又给他点了二斤羊肉,李逵也是拈指间便吃完了。听宋江想吃鲜鱼,前有宋江送银子在先,现在又让自己大碗喝酒大块吃肉,李逵想要回报宋江,况且这只是跑腿的事,又不要出钱,李逵自然乐意效劳了,屁颠屁颠地讨鱼去了。

此时已是五月半天气,一轮红日,将及西沉,不见主人来开舱卖鱼。原来众渔人不见渔牙主人来,不敢开舱,那些行贩都在岸上坐地。也就是说，这里相当于一个水产品批发零售市场，管这个市场的有个头，开舱卖鱼得经他的允许。这个头就是渔牙主人，这是行规，即便行贩坐商也好，没有渔牙主人来，渔人都不敢擅自开秤卖鱼，不能坏了规矩。如果这个规矩是知府定的，那这便相当于地方政府的规矩，如果是民间自定的，那这个头既有可能是协会的头，也有可能相当于渔霸。总之，这个时候渔牙主人还不来，说明他也太托大了，上班也太不认真了，须知众多渔人，还有行坐商贩，都要靠这买卖来挣钱吃饭的。

  李逵哪里知道这些规矩，上了船来就想抓鲜鱼，却又不得法，众渔人也不会让他如此轻易得逞，正在打闹间，渔牙主人手里提条行秤，卖鱼来了。这渔牙主人张顺，也是一个小混混，看有另外的小混混到自己的地盘来捣乱，这还了得，自然要和李逵见个高低了。陆上打不过李逵，便用计让李逵到水中来。这样两个小混混，一个陆上功夫了得，占了上风；一个水上功夫了得，出了恶气。正所谓术业有专攻。二人的特长在此章节发挥得淋漓尽致。一场好斗自然惊动了戴宗与宋江，二人出来调解。张顺看戴宗是官家的人，自然认识，方才住手，水中饶了李逵，救他上来。一问，张顺原也认识李逵，只是二人没有交过手而已。戴宗说要二人从今开始做个至交的兄弟时，他二人早已不打不相识，惺惺相惜，李逵道："你路上休撞着我。"张顺道："我只在水里等你便了。"

  二人和好之后，张顺挽了李逵的手出来，只问了个话："那个船里有金色鲤鱼？"一霎时凑拢十数尾金色鲤鱼来。可见县官不如县管，渔霸就是渔霸。张顺选了四尾大的，用柳条穿了，让李逵先送上亭来做鲜鱼汤，自己点了行贩，吩咐小牙子去把秤卖鱼。这时，江州城的水产品批发零售市场才正式开张。

  书中的行贩，自然是贩买贩卖的商人了，靠贩卖渔人的鲜鱼为生。小牙子又是什么人呢，自然是张顺手下的喽啰，张顺和他手下的喽啰，维持着这个水产品批发零售市场的秩序，也不是白白维持的，他们也要有收入和回报。他们的收入和回报怎么来呢，这就相当于现在的市场所收的管理费了。也就是说，张顺和他的手下，就是收渔行的管理费的，至于收纳的标准是多少，书中没有明写，但既然能够众渔人都遵守，这个收费的标准肯定也是众渔人心中同意了的,即使不同意,归他管着,在人屋檐下,也不得不低头,不然你不见张顺只问了一声,那个船里有金色鲤鱼时,众渔人都来巴结他讨好他。

同为小混混,这就看出了李逵与张顺的区别出来。张顺已经渗透进入了实体经济,进入了商品流通领域和服务行业,而李逵这个小狱警,纯粹靠官方的行政人员戴宗罩着,全无生财之道,只会强讨恶要。但就是这样的人物,却也有人喜欢,还要对他追加投资。到底是谁喜欢他,要对他追加投资呢?请看下回李逵的会计江湖之江州遇宋江(4)——追加投资五十两。

4. 江州遇宋江之(4)

——追加投资五十两

话说宋江因想吃鲜鱼,引出了李逵与张顺的一场好斗,最后戴宗出面,说和了二人。原以为这下可以消停地喝喝酒了,却不想李逵就是个闯祸的精,专捅娄子。

先是初次与宋江见面,宋江借给他十两银子。他拿了十两银子便猴急猴急地去赌,赌输了又要赖账,赖账不说,还打伤了赌房的人。好不容易戴宗与宋江出面,收了场。接下来自告奋勇去讨鲜鱼,又和浪里白条张顺一场好斗,还是戴宗与宋江出面,说好话,方才救了他。已经连闯两祸了,总该消停些了,可他就是让人不消停。

四人饮酒中间,李逵想要卖弄胸中许多豪杰事务。笔者推测,无非是他所晓得的一些江湖上的事务,兴许有许多就是和他一样的小混混的事务,涉黑的事务,打打杀杀的事务,但在他心中便是豪杰事务。好不容易今日新认了一个大哥,总得让大哥知道自己有些本事,表现表现,证明自己还是有用处的。可这时来了一个卖唱的女娘,年方二八,开音便唱,打断了他的话头,这还了得。李逵怒从心起,跳起身来,把两个指头去那女娘子额上一点,那女子大叫一声,蓦然倒地。

众人救醒看时,额角上抹脱了一片油皮,因此那女子晕昏倒了。幸好没出人命案。又是宋江出面,花二十两银子,摆平此事,算是给了那女子汤药钱。戴宗还在埋怨李逵又让宋江破费时,李逵道:"只指头擦得一擦,她自倒了,不曾见这般鸟女子恁地娇嫩。你便在我脸上打一百拳,也不妨。"说得宋江等众人都笑了起来。其实这时,宋江的笑还与众人不同,如果都是笑李逵耿直的话,宋江还笑自己收买的这个打手,江湖小弟,略略有些手段与本领,只指头擦得一擦便让人昏倒了,远比李逵口说的要强，正所谓举手见高低，至少吓唬起人来有些作用。

从李逵这一系列的活动来分析，他都是为了在带头大哥宋江的面前表现自己。拿了宋江借的银子去赌，是想赢了钱，好请宋江；宋江想吃鲜鱼，自告奋勇去讨，更是表现了；大家在一起喝酒时，他用大碗喝酒，大块吃肉，也是表现；喝酒期间，他要卖弄胸中的豪杰之事，还是表现；点翻了卖唱的女子，也是在无意之中进行表现。

为什么李逵一日之中，要如此卖力地表现呢？这是有深层次的原因的。身为狱警的小混混，他靠的是戴宗这一保护伞，如今戴宗都对宋江如此恭敬，说明宋江非是一般人可比，更不要说江湖上的传名了。他作为狱警，自然是看多了囚犯的，有哪个囚犯如此逍遥快活，肯定是有背景的，有实力的，有钱财的。按当时的流行语来讲应该是"良禽择木而栖"，按现代会计俗语来说，应该是找一个好的会计主体，李逵想的是投靠了一棵大树！既然是投靠了大树，肯定要对新的大哥表忠心，要好好表现表现了，其实这也是李逵的感情投资。

李逵有所求，宋江有所需，正如"瞌睡遇到了软枕头"。宋江需要的就是李逵这般拚命的打手，所以在收买小弟方面，宋江舍得花大价钱投资，用二十两银子打发了被李逵打伤的卖唱女子后，又取出五十两一锭的大银对李逵道："兄弟，你将去使用。"李逵起初向店主人家强行借款时，说他有一锭大银，解了十两小银用了，强行向店主人家借十两银子去赎回那一锭大银。可见超过十两的大银市场上确实存在，而且能够流通，但不见得李逵有。现在好了，李逵也真的有了一锭大银了，是宋江送给他的。

一日之中，这是宋江第三次为李逵花钱。先是借十两银子，让他去赌，后来又花二十两银子为他赔打伤人的汤药钱，现在更是追加投资五十两，还不说吃的、喝的。光这八十两银子，寻常人家也许就要过上个一年半载。李逵从期初发生的借款十两银子开始，被宋江收买，现在宋江又对其追加投资，开始放长线，进行长线投资，让李逵对宋江更加死心塌地。

人，就是资产。有专业特长和本领的人，资产价值更高。李逵的专业特长和本领,从戴宗的口中可以得知:能使两把板斧,及会拳棍。宋江亲自看到的,还有在陆上打了同为小混混的张顺;指头只擦一擦,便让卖唱的女娘脱一片皮并晕昏倒。应该也算是个有本领的人,资产价值不低。所以宋江的投资还是划算的,从此李逵就成了宋江的资产,死心塌地为宋江所用,从大闹江州城劫江州的法场开始,公然走上了反叛朝廷的黑社会道路。

　　李逵这条道路走得是否顺利,一路上又发生了多少曲折,请看下回:李逵的会计江湖之沂州接亲娘(1)——身份倍增三千钱。

5. 沂州接亲娘之(1)

——身价倍增三千钱

话说李逵在梁山看众人这个请他爹来，那个请他娘来，都在梁山吃香的、喝辣的，心中好不羡慕，既然梁山公司如此重视企业员工的亲情，看重社会责任，为什么俺李逵就不能请老娘来享享清福呢？想到这里，放声大哭。

李逵放声大哭，大出梁山头领的意外。这等一个耿直汉子，没有伤心之事，如何会放声大哭呢？在整部《水浒传》中，李逵哭的时候屈指可数，仅有两次。这次是他第一次哭，第二次也是最后一次，是宋江明知喝了朝廷的毒酒，还要拉李逵来一起喝，李逵喝了毒酒后，才告诉李逵实情，李逵垂泪，喝完毒酒后与宋江洒泪而别，那都是大结局了。

宋江一看自己培养的小弟放声大哭，慌忙来问缘由。要知道梁山公司虽然成立的时间也不短了，但各种规章制度都还在建设与完善之中。李逵看前面的几个大头领宋江和公孙胜一个接来了亲爹，一个去探望亲娘，这时便触动了自己的心思，自己也是有亲人的。他也想去将亲娘接到梁山公司来享福。

其实李逵并不知道梁山公司会不会同意。李逵初来乍到刚上梁山，对梁山公司的社会责任、对员工家属的待遇等并不清楚。养老娘这笔费用是公司承担，还是自己个人承担，他一概不知。如果梁山公司是讲社会责任的，要照顾头领的家属，肯定是所有的家属都要照顾，绝不会照顾了张三的而不顾李四的。前面有了宋江和公孙胜的例子，李逵的胆子也大了，哭起来也理直气壮了。所以晁盖回复说差几个人与他同去，取了上山来，也是个十分好事。

但李逵的带头大哥宋江不同意了。理由很多，一是李逵性烈如火，路有冲撞；二是江州杀人的黑旋风，认识的人多；三是官府追捕得紧；四是路途遥远……李逵这时便叫起屈来："你的爷，便要取上山来快活，我的娘，由他在村里受苦。兀的不是气破了铁牛的肚子！"李逵上梁山前就是一个小混混，没有接受过正规公司的培训与约束，哪知道各个公司都有各个公司的规章制度，至少普通员工不能和董事会成员比待遇，人家宋江的地位相当于副董事长，是晁盖一人之下，万人之上的人物，你李逵算老几？李逵哪管这些，只管嘴里有，一吐为快。

好在宋江对这个忠实于自己的打手还是很照顾的，并未计较这些，内心考虑的是安全的问题，是从谨慎性原则出发的，所以他这时伸出了三个指头，与李逵约定三桩事，李逵答应，方才放他下山。一是不可吃酒，取了径回；二是只一个人去，目标小，暗里潜伏去，暗里回；三是那两把板斧，太招人眼了，不要带去，小心在意，早去早回。说是约定，其实就是宋江的忠告，善意的提醒与安排，防患于未然。

性急的李逵此时就一百桩也依了，何况只此三桩？所以满口应承。后来李逵被抓，就是将宋江的话当作了耳边风，喝酒误的事。李逵应承之后，当日便行，急急忙忙地下山去了。

李逵下山之后，虽然约定了三桩事，宋江还是放心不下。宋江并不是神算子，但他根据李逵的性格预测，此次李逵下山，必然有失。所以他对风险进行评估后，追加了补救措施。迅速在梁山头领之中，查找谁和李逵是同乡人。同乡人具有熟悉地理环境民风民俗等优势，便于及时打听，通风报信，也便于应急处理。还好朱贵就是沂州人，对李逵的家事了如指掌。知道他住在哪里不说，还知道他是怎样逃走在江湖上的，连他自小凶顽，他哥哥姓李名达，专与人做长工都一清二楚。宋江大喜，委派朱贵立即下山，及时打听，通风报信。

宋江用人得当，考虑周全，果然朱贵下山，便救了李逵一命。原来李逵来到沂水县西门外，见一簇人围着榜看，他也立在人丛中，只听读道："榜上第一名正贼宋江，系郓城县人；第二名从贼戴宗，系江州两院押狱；第三名从贼李逵，系沂州沂水县人。"这作用和现在的网络上公开追逃一样，李逵正待指手画脚时，朱贵将他拦腰抱住，拖了出来。在僻静处告诉他,榜上明明写着赏一万贯捉宋江,五千钱捉戴宗,三千钱捉李逵,你却还在那里看榜!

李逵以前只是一个小混混,当初宋江借他十两银子,他便当作天大的人情,哪知道自己现在身价倍增,朝廷都出三千钱来捉拿他。都在传江州杀人的黑旋风李逵。真是好事不出门,坏事传千里。这和当今社会的许多人为了出名而闹出各种各样的动静出来是一样的,而且越傍着名人闹出动静,自己也越出名。李逵就是傍着宋江和戴宗而出名的。出三千赏钱捉李逵,相当于现在公安机关对提供犯罪人线索的进行奖励,成了破案机关的破案成本。

要知道,当初鲁智深三拳打死镇关西,逃走在江湖上时,官府也曾出赏钱捉拿,标的是一千贯;宋江打死了阎婆惜,官府也是出一千贯捉拿;就是武松犯下了滔天罪行,大闹飞云浦,血溅鸳鸯楼,官府也只出三千贯捉拿。李逵这一下,官府就出三千贯捉拿于他,可见他犯下的事不小,官府对其之重视。其中有一个最主要的因素,是他和宋江等人是要改变大宋朝现有秩序的,有政治图谋,非单纯的杀人等刑事案件可比,所以重金悬赏捉拿。

李逵得朱贵搭救,告之详情,也有了谨慎之心。朱贵让他走大路,快去快回。李逵却要走小路,小路一则近,二则避人眼。朱贵还担忧小路有剪径贼人时,李逵满不在乎地说:"我却怕甚鸟!"径自投小路而去。

真是怕什么来什么,果然李逵在小路上就遇到了做无本买卖的李鬼。到底李逵是如何脱险,又怎样到百丈村去接他的亲娘,请看下回李逵的会计江湖之沂州接亲娘(2)——李鬼无本做买卖。

6. 沂州接亲娘之(2)

——李鬼无本做买卖

话说李逵从梁山公司请假,回老家接亲娘到梁山公司去享福。刚到沂水县就险些出事。朝廷出三千钱捉拿他,好在朱贵及时赶到,将他带离了险境。他才知道自己现在身价倍增,早已不是当初的小狱警、黑社会的小混混可比了,现在都成了有身价的人了。到了朱贵兄弟朱富的酒店之中,李逵吃喝后,李逵不听朱贵走大路的建议,径直抄小路的近路去接他亲娘。

李逵正走之间,树林边转过一条大汉,喝道:"是会的留下买路钱,免得夺了包裹。"李逵大喝一声:"你这厮是甚么鸟人?敢在这里剪径!"那汉道:"若问我名字,吓碎你心胆,老爷叫做黑旋风。你留下买路钱并包裹,便饶你性命,容你过去。"这是典型的盗版,同时使用的是打脱不如吓脱的欺诈伎俩。

不想如今却遇到了真主,李逵上去,一朴刀搠翻在地,一脚踏住胸脯道:"我正是江湖的好汉黑旋风李逵,便是你这厮辱没老爷名字。"那汉道:"小人虽然姓李,不是真的黑旋风。为是爷爷江湖上有名目,提起好汉大名,神鬼也怕,因此小人盗学爷爷名目,胡乱在此剪径。但有孤单客人经过,听得说了黑旋风三个字,便撇了行李,逃奔了去,以此得这些利息,实不敢害人。小人自己的贱名叫做李鬼,只在这前村住。"

原来是李鬼盗用李逵的名声,在此剪径打劫。李逵的名声,本不是什么好名声,所以盗用的也是他的坏名声:"江湖上有名,神鬼也怕",并不是李逵自己所说的辱没老爷名字。而且这一盗用,只会让李逵的名声更坏,到处剪径,打劫,不做好事,让他这个以前黑社会的小混混名声更坏。你看他刚在江州杀人放火,现在又到处打劫,真是坏透顶了!难怪朝廷要出三千钱来捉拿他！

　　自然怕事的人，听到了恶魔的名头，遇见了就要绕道走：你厉害，我惹不起，还躲不起吗？所以听得说了黑旋风三个字，便撇了行李，逃奔了去。好！假李逵真李鬼要的就是这样的效果，以此得些利息。为什么说是得些利息呢？因为他纯粹做的就是无本的买卖，而且出了事，大可以往真李逵身上一推，这是恶人李逵做的坏事，与我何干？多么好的如意算盘！无本生利！说白了，李鬼的无本买卖，就是赤裸裸的强盗行径，典型的抢劫与掠夺，而且他还没有什么抢劫与掠夺的本事，还要打着他人的旗号来进行抢劫与掠夺。说到底，李鬼做的无本买卖，最多只能算小打小闹，梁山公司才是个做无本买卖的大公司，而且是公开打着旗号的大公司。这样一分析，小打小闹的李鬼遇见了大公司来的李逵，肯定是小巫见大巫了。

　　再说小打小闹的李鬼也太倒霉了，剪径竟然剪到了真李逵的身上，冒充别人却遇到了真主儿。好在李逵要杀他时，他假说杀他一人，等于杀两个人，他家中还有九十岁的老母，让李逵起了慈悲之心。自己本就是到沂州去接亲娘的，现在杀一个养娘的人，天地也不佑我，因此不仅饶了李鬼，还给了他十两银子。要知道，当初宋江给李逵十两银子，李逵当作天大的人情，可见李逵是将李鬼所说之话当真了，也是奖励他的一片孝心。

　　事情如果到此为止，应该皆大欢喜。可是此事一波三折。李鬼虽然被李逵打了一顿，但也得了十两银子，本是天大的好事，原本该按他自己所说："今番得了性命，自回家改业，再不敢倚着爷爷名目，在这里剪径"。可是他一错再错，不仅不改邪归正，反而类似于现今有些官员，在大力反腐面前，仍不收敛，不收手，继续贪赃枉法，肆意妄为。听他老婆说有个人正在这里吃饭，可能就是打他的李逵，两人商量要将李逵结果时，李逵还能饶得了他？所以李鬼走上绝路，怨不得别人，全是自作自受。

　　李逵杀了李鬼，出了胸中一口恶气，李鬼盗用李逵的名目剪径在先，辱没了李逵本就不好的名声；后又欺骗李逵说有九十岁的老母，让李逵大发慈悲,反给了他十两银子,让他回去改邪归正,孝养老母;最不该的是李鬼不知愧改不说,还要以怨报德,和他老婆商量结果李逵!这真是一而再,再而三地挑战李逵的底线,所以李鬼肯定是死路一条了。让李逵遗憾的是逃了李鬼夫唱妇随的老婆。

李逵杀了小打小闹做无本买卖的李鬼之后,急急忙忙往家中赶去,要接自己的亲娘到梁山公司去享福。到底他接到亲娘没有,接到亲娘后,又发生了哪些变故,请看下回李逵的会计江湖之沂州接亲娘(3)——兄弟情值五十两。

7. 沂州接亲娘之(3)

——兄弟情值五十两

话说李逵从梁山公司请假,回老家接亲娘到梁山公司去享福,一路上先是发现自己身价倍增,朝廷都出三千钱来捉拿他,他现在竟然也成了有身价的人了,后来又杀了小打小闹假借他的名字做无本买卖的李鬼,消了心中一口恶气,只可惜跑了李鬼的婆娘,李逵也没放在心上,直往家中奔去。

李逵奔到家中,推门进去看时,娘的双眼都盲了,因时常思量李逵,眼泪流干,瞎了双目。听到李逵的声音,关怀之情立显:"我儿,你去了许多时,这几年正在那里安身?……你一向正是如何?"

李逵这个耿直的小混混,如今肚子里也打起了小九九,如果说是在梁山公司当强盗,做无本的买卖,娘肯定不会去了,只假说便了,说如今做了官,要接娘去享福。娘也觉得好,李逵听娘答应了,当即便要背了娘到前路,找个车儿载了娘去。这时,李逵的哥李达提一罐子饭回来了。

李逵看见哥回来,想想哥做长工,养活老娘不容易,都是哥的辛劳,所以拜他,这一是尊敬,二是愧疚。李达却骂道:"你这厮归来则甚?又来负累人。"从这句话中可以看出,李逵以前曾经负累过他哥哥李达。

娘听信了李逵的话,说道:"铁牛如今做了官,特地家来取我。"李达道:"娘呀!休信他放屁。当初他打杀了人,教我披枷带锁,受了万千的苦。如今又听得他和梁山泊贼人通同,劫了法场,闹了江州,现在梁山泊做了强盗。前日江州行移公文到来,着落原籍追捕正身,却要捉我到官比捕……现今出榜赏三千钱捉他……"原来李达早已对李逵之事一清二楚,如今连娘也瞒不过去了。李逵只得说道:"哥哥不要焦躁,一发和你同上山去快活，多少是好。"李达大怒，本待要打李逵，却又敌他不过，把饭罐撇在地下，一直去了。

　　从李达的一席话中，可以看出，李逵做了坏事，一跑了之，因为关联关系，擦屁股受连累的全是他的哥哥李达。现在他在江州犯了大案，官府早已行文，还是李达的财主说好话，说李逵十多年不知去向，不曾回家，也许是同名同姓之人，还上下使钱，才未吃官司杖限追要。也就是说，李逵在江州闹的事，他哥哥在老家也受了连累！这古代的株连九族，大概就相当于会计上所说的关联关系。自然受了牵连的关联方李达恨李逵了，这才有大怒之举。打又打不过他，怎么办呢？只有大义灭亲了，去报官：一则可以免除自己知情不报窝藏包庇之罪，二则还可以得三千钱赏金。到这个时候，全然没有了兄弟情谊。

　　李逵虽是鲁莽，却也不傻。心想李达此去，必然报人来捉他，不如及早脱身。同时又想，大哥从来不曾见过这大银，留下一锭五十两的大银子，放在床上，大哥归来见了，必然不会赶来。李逵这时想的是出五十两银子，买他大哥不追赶他们，不说出他们的去向。也就是相当于现在所说的封口费。根本不是什么亲兄弟明算账，他大哥照看老娘这么多年辛苦了，给大哥的辛劳费。

　　不说李逵背了他娘走了，只说李达果然去报了财主，领十来个庄客，飞也似赶到家时，已不见了李逵与娘。只"飞也似"三字，足可以看出，李达此时何曾还有半分兄弟情谊，只怕脑子里全是那三千钱赏金了。不见了李逵和老娘，李达却见了五十两的大银子，这时候心里又开始打起了小算盘：铁牛背娘藏了，必是有梁山同伙，我若赶去，倒吃他坏了性命。再说他背娘去快活，倒也省了我每日还要给娘提饭回来。更何况还有五十两银子，李逵明显是要我不去追赶他的。这一番心思，一是保了自己性命，二来也闹出了动静，以后追问起来，自己也报了财主，没有私藏李逵，三是自己以后还可以少出养老的钱，老娘跟李逵快活去了，自己少了一个负担与拖累，四是明显有封口费，不看僧面看佛面，兄弟面上外加五十两银子，不赶了吧。

　　于是李达说道："这铁牛背娘去，不知往那条路去了，这里小路甚杂,怎地去赶他?"话里很明显便是在推却了。从主动的"飞也似"赶来,到故意推却"怎地去赶他",这中间就是五十两银子在起着关键的作用!两人的血脉关系,兄弟情谊,还没有这五十两银子值钱!

众庄客见领头的李达没理会处,自然都松了劲,延了半晌,也各自回去了。当然领头的都不当回事了,何必还皇帝不急太监急呢,再说他们还是亲兄弟,晓得是真赶还是假赶?说不定就是做个样子的给别人看的呢?

到底众庄客继续追赶没有,李逵背了他娘,是不是上梁山快活去了,请看下回李逵的会计江湖之沂州接亲娘(4)——被擒为因贪赏银。

8. 沂州接亲娘(4)

——被擒为因贪赏银

李逵从家中背了娘出来,慌慌张张,又怕李达带了人追赶,丢下五十两银子,投小路走了。不说岭上岭下,老虎如何吃了李逵的娘,李逵如何杀了四只老虎,只说与钱账相关的,李逵如何去讨赏银,又如何被擒拿住。

李逵一身血污,行将下岭来,众猎户吃了一惊,问道:"你这客人莫非是山神土地,如何敢独自过岭来?"面对询问,李逵虽然耿直,却也晓得如今自己身价倍增,官府出三千钱赏金捉拿他,只得说谎,隐瞒了自己的身份,说了打虎的经过。众猎人起初不信,只说若是真的杀了四虎时,重重地谢他。这一句话,李逵便听进去了,全忘了当初下山时,宋江给他约定的事三桩。其中一桩便是潜伏了去,暗地里回,切莫声张。

而众猎人见了杀死的四个大虫,尽皆欢喜,就邀李逵同去请赏。李逵应该知道,此去请赏,不管是哪里,都是人多聚众的地方,此时只应销声匿迹,李逵却贪那赏银,竟然将宋江与他约定的三桩事,抛到九霄云外,大大方方地随众人到曹太公庄上来讨赏金。

虽然李逵假说自己是张大胆,隐瞒了自己黑旋风李逵的名头,但听说杀了四只老虎,讲动了村坊道店,哄的前村后村,山僻人家,大男幼女,成群拽队,都来看虎,这就有了隐患,保不准就有人认识李逵。这也有点类似于现在出了一点事,网上一晒,点击率高,众人都来看,还有人进行人肉搜索,不一会,甭管好事坏事,全出来了。或者类似于某公司要上市,上市前须进行公告,报表要披露;这一公告,彻底披露,公司便再无秘密可言了。

果然被李逵杀死了的小打小闹做无本买卖的李鬼的老婆便在其

中,自然认得李逵的模样,慌忙对她爹娘说了,她爹娘又来报知里正。当时里正是什么级别的官职?有说是管辖"一里"之内的长官的,有说是村长、乡长的,总之就是当时最基层的一个地方官。里正听报后,暗里差人去请曹太公来家商议。里正与曹太公商议:用话套取李逵的真假,问他"今番杀了大虫,还是要去县请功,只是要村里讨赏?"若他不肯去县里请功时,便是黑旋风李逵了!这有点类似于审计中的排他法。

果然曹太公问李逵道:"不知壮士要将这虎解官请功,只是在这里讨些赏发!"时,李逵道:"我是过往客人,忙些个,偶然杀了这窝猛虎,不须去县里请功。只此有些赏发,便罢;若无,我也去了。"从此可以分析出两个人的心态。先看曹太公的。

如果李逵要到县里请功,说明他不是官府通缉的黑旋风李逵时,须是他曹太公庄上先接待的打虎英雄,自己也有人情;如果他不是黑旋风李逵,也不去县里请功,到时这打虎的功劳,他曹太公倒是可以算上一大部分了,而打虎之人,只需给他些许赏发便可;如果真是李逵,一则可以将他送到县里去,讨那三千钱的赏金,二则打虎的功劳,全部可以算在曹太公庄上了,赏金自然也是曹太公庄上的人及众猎人得了。真是不管他是真李逵还是假李逵,曹太公都是稳赚不赔。

再看李逵的心态。当初宋江在李逵请假下山之时,再三约定,答应三桩事,方才放李逵下山。如今李逵全部当作了耳边风不说,自己的亲娘刚被老虎吃了,虽然打死了老虎,为老娘报了仇,但丧亲之痛,岂是打死了老虎就能抚平的?李逵此时却还在大碗吃酒大块吃肉,完全忘记了自己下山的目的,就是来接亲娘到梁山去享福的,如今自己吃酒吃肉在享福,何曾还想起自己的亲娘!吃酒吃肉不说,还贪着那几个赏银。既然你知道隐瞒,说自己是过往客人,忙些个,怎么不急着走,还要在庄上吃酒呢?既然晓得不去县里请功,只此有些赏发,便罢;便没有时,也去了。可是却偏偏没有去呢,难道只是贪酒?说到底,还不是贪那些赏发,不想空了手,只不过嘴里说得好听罢了,惺惺作态,什么便没有时,也去了。至此也可以看出,李逵虽然现在身价倍增,但他还是脱不了小混混的习气,以前是强讨恶要,现在眼前放着明晃晃的银子,还不放抢,是人家要送的,他怎么会放手不要呢?

曹太公是何等样精明之人,早已看穿了李逵的心思,明里道:"如何敢轻慢了壮士? 少刻村中敛取盘缠相送。"暗里早已让人与李逵把盏相庆,一杯冷,一杯热。李逵不知是计,只顾开怀畅饮,全不记宋江吩咐的言语,被灌得酩酊大醉,让曹太公庄上人放翻到一条板凳上,连人带板凳,一起绑住了。里正带人,飞也似去县里报知:黑旋风李逵被擒拿住了!

须知有些钱,是要不得的,何况现在是官府严厉追捕的紧急情况之下。正所谓手莫伸,伸手必被捉。站在一个经济主体的角度,此时最要考虑的是安全问题,而不是创收问题。李逵一不该声张,二不该吃酒,三也不该的,就是贪赏银。并不是曹太公庄上人及里正、猎人等有手段能擒拿李逵,而是他自己送上门去的。

到底李逵被擒后是谁救了他,他是如何脱险的,脱险后他又闯了什么祸,请看下回李逵的会计江湖之闯祸在高唐(1)——条例不值一文钱。

9. 闯祸在高唐之(1)

——条例不值一文钱

话说李逵在沂水县因贪赏银被擒拿,幸好朱贵、朱富兄弟用计救了他,同时游说押解李逵的青眼虎李云,共上梁山,这才脱了厄难。接下来他一日也没有安分过,宋江为请朱仝上山,见朱仝推辞不从,吴用便将李逵当枪使,让他杀害了朱仝带着的沧州知府的小公子。断了后路的朱仝,被迫上了梁山。朱仝心里老大一个疙瘩,要和李逵性命相搏。被当枪使的李逵只好委屈留在柴大官人庄上,这就引出了他大闹高唐州的故事。

忽一日,李逵在庄上看柴进着急,一问,柴进道:"我有个叔叔柴皇城,现在高唐州居住,今被本州知府高廉的老婆兄弟殷天锡那厮,来要占花园,怄了一口气,卧病在床,早晚性命不保,必有遗嘱的言语盼咐,特来唤我。想叔叔无儿无女,必须亲自去走一遭。"好事的李逵自然不肯放过这个机会,跟着柴进来到了高唐州。

事情出来了,殷天锡要强占花园,类似于当下有些开发商,看中了哪块地,便想天方设地法,要强征到手,甚至不惜使用种种极端卑劣手段。殷天锡仗着高廉的势,高廉仗的又是高俅的势。柴进很清楚他们这种裙带关系、关联关系,但他依然相信朝廷,相信法律。这从他以下的话语中可以看出。

柴进道:"他虽是倚势欺人,我家放着有护持圣旨,这里和他理论不得,须是京师也有大似他的,放着明明的条例和他打官司。"这里有一个重要的信息,明明的条例,也就是法律。一是宋朝有法律;二是柴进相信宋朝的法律能够公正地判决此事。更何况柴进还手握有一个重要的法宝,那便是:丹书铁券。原来柴进是大周柴世宗子孙,自陈桥让位,太祖武德皇帝敕赐与他誓书铁券在家中。相当于做过特殊贡献的群体，有特殊待遇，享受特殊政策和保护。

可是李逵却不相信这些，他这个曾经的小狱警，黑社会小混混早就勘破了迷津。所以李逵道："条例，条例，若还依得，天下不乱了！"在他身为小狱警时，就参黑染黑，肯定知道条例是拿来吓唬老百姓的，在有些当权者眼中，他们的话就是条例，就是王法。而真正的条例，不过是当官当权者手中的鸡毛令箭，是拿来哄哄老百姓的，犹如黑板上的字，一擦就没有了，说改就改了。现在是狗屁不如，一文钱不值。要是条例依得，天下也就太平了，不乱了。

不光李逵不信，殷天锡也不信，而且根本没将丹书铁券放在心上，如果放在了心上，他肯定会等待，也不急在这一时片刻，所以才有后面的话：便有，我也不怕。摆明了，就是不鸟你这丹书铁券，也就是将柴进所说的什么条例一概没放在眼里，什么王法条例，都是白搭，他的话就是王法，他可以一手遮天。而且根本没有一点良心与人之常情，柴家都死了人，还在服丧期间，至少人死为大，入土为安，好歹也要等到柴皇城埋了再说吧。就连这都等不及了，开口便要打，气焰何等嚣张。

可惜柴进还不如李逵会看势头，还以为法律能够公正，还以为特殊群体会得到照顾，等等，不撞南墙不回头，不见棺材不流泪，不到黄河不死心。星夜教人去取誓书，准备到东京告状。柴皇城死后，柴进一门穿了重孝，大小举哀，正在服丧期间，殷天锡便来强占，柴进还在迂腐地论理说有丹书铁券，现在沧州家里，已使人去取来时，殷天锡大怒道："这厮正是胡说！便有誓书铁券，我也不怕，左右与我打这厮！"

到这时，李逵哪里还能忍住？听得喝打柴进，便拽开房门，大吼一声，直抢到马边，早把殷天锡揪下马来，一拳打翻。此时我们撇开李逵小混混的身份，不提他涉黑的背景，只当他是平常人、普通百姓。这时无论是谁，都忍不住。青天白日，朗朗乾坤，公开强占民宅，已经将柴皇城气死了，人家正在服丧期间，这都等不得了，还要打人。正所谓哪里有压迫，哪里便有反抗。李逵反抗，打死了殷天锡便顺理成章。说是李逵闯祸，实在是任何人都忍无可忍，何况李逵这样血性的汉子。

当今社会，讲的便是法理。世界各国，都有自己的法律、法规。会计行业，也有各种法律、法规和规章制度。公然不将法律、法规放在眼里胡作非为的毕竟还是少数，一旦违背了法律、法规，必然会受到严厉的惩处。

殷天锡就是公然违背法律、法规的典型，他滥用权力，被打死罪有应得。当前，我们正在讲把权力关进制度的笼子，让权力受到制约。要严以用权，须知道条例、制度就是规矩，只能敬畏条例、制度才能不越红线、不逾规矩。严以用权关键是把权力关进制度的"笼子"里，给权力运行画"红线"、布"雷区"，让条例、制度成为带电的"高压线"。殷天锡本没有权力，他滥用的权力还是姐夫高廉的权力。这里面高廉有没有责任呢？肯定有，而且有不可推卸的责任。如果没有高廉的放纵，殷天锡敢这样胡作非为吗？也就是身为领导干部的高廉没有对身边的人、家属进行约束和管教，才自食其果，导致殷天锡被打死。

李逵打死殷天锡后，柴进让他快快逃走。到底李逵逃走没有，柴进又会受到怎样的处罚，请看下回李逵的会计江湖之闯祸在高唐（2）——没有规矩无方圆。

10. 闯祸在高唐之(2)

——没有规矩无方圆

话说李逵在高唐州打死了殷天锡,那可是当朝太尉高俅的兄弟高廉的妻弟,高廉正是现任高唐州的知府,岂能轻易放过?所以柴进让李逵速速逃命,而他自己还迂腐地认为有什么誓书铁券,即使有事,也可以保命。不想高廉根本就不认什么誓书铁券,照样要打便打,要判就判。这就引得梁山众好汉下山来救柴进。可高廉会法术,即使宋江学了九天玄女的天书,也敌他不过,须得去请公孙胜才能破敌。这时,宋江派戴宗去,李逵情知是自己在高唐闯祸,连累了柴进,想将功赎罪,也要跟着去。戴宗答应了,却提出了条件。这便是一路上李逵要遵守的规矩。

这得从头说起。李逵第一次出场时,是戴宗向宋江进行介绍的。也就是说,李逵出道混江湖以来,起头的大哥是戴宗,也可以说最初的师傅是戴宗,或者说他这个小狱警参黑涉黑,最初的保护伞是戴宗。如今李逵得了宋江的欢心,大有不将戴宗放在眼里的做派,这还了得。所以戴宗要让李逵知道天高地厚,知道规矩,知道约束。

书中对戴宗的神行术描绘得极其神奇。拴不拴甲马,我想本应无妨,戴宗的神行之术,可能有点类似于今天所说的轻功,同时也有可能类似于体育项目中的竞走。总之,戴宗这一方面有特殊本领,行常人所不能行。按说带上李逵就是一个累赘,戴宗看李逵自上梁山后,早已忘了他这个最初的大哥,所以即使是累赘,也要带上他,目的就是要在路上整治整治李逵,让这个莽汉明白其中的一些道理,晓得什么是规矩,知道没有规矩不成方圆。

书中所说李逵偷着吃荤喝酒都是戴宗所找的由头。戴宗先是让李

第三章 李逵的会计江湖

逵驾云一般,飞也似的赶路。李逵只听耳朵边风雨之声,两边房屋树木,一似连排价倒了的,脚底下如云催雾趱,两条腿哪里收得住,只是不停,走了一日,便也饿了一日。好不容易,求爹爹告奶奶,总算戴宗开恩,停了下来,却又迈不开一步,仿佛钉住了一般。戴宗听李逵说"哥哥救我一救。"时,却回头来笑道:"你今番依我说么?"李逵道:"你是我亲爷,却是不敢违了你的言语。"连亲爷都叫了,戴宗方才饶了李逵。

我们都知道,李逵是个不讲规矩,不按规则出牌的人,什么事都由着他自己的性子来,所以他惹事最多,闯祸最多,是个最不安分的人,也让梁山公司的领导宋江操碎了心。但李逵却也有个特点,凡事强过他的,他自然服输。比如浪里白条张顺,两人在浔阳江中一场好斗,从此李逵便服了张顺,好歹水上有张顺管着他,不敢胡作非为。

任何一个企业都有自己的规矩与准则。没有规矩不成方圆。任何一个人也都有自己做人的准则,戴宗自然也有自己的准则和规矩。整个梁山公司仿佛就李逵没有规矩与准则似的。错了,其实李逵也有他的规矩与准则。他的规矩与准则便是宋江大哥。他现在背靠的这棵大树,不是一般的大树,是孝义黑三郎,是呼保义,是及时雨。他现在已经唯宋江马首是瞻,成了宋江的铁跟班,最心腹的心腹。宋江虽然现在位居梁山老二,但这个老二,还是老大晁盖的救命恩人。有了这个心思,自然将其他规矩与准则就凉到了一边。

如若将宋江当成企业领导,戴宗当成一个部门的负责人,李逵则可以当作部门的一个办事员。如若是企业的某个办事员,倚仗了企业领导的势,不听企业部门负责人的命令,不讲规矩,不按规则办事,那这个部门的工作则从此无法正常开展。特别是财务部门,如果财务人员听从企业领导的旨意,不按财务会计法律、法规办事,则会给企业带来无穷的危害。

假如我们将戴宗比作财务的会计,李逵比作财务的出纳,如果李逵不按戴宗的要求,不作日清月结,不按财务规矩办事,任意妄为,只听企业领导宋江的指令,那他们所处的这个企业的财务不说乱七八糟,至少也好不到哪里去。

企业财务有很多的规矩,可以说是大规定上还套着小规定,规定之中还有规定。从《会计法》开始,会计法律、法规系列中,既有会计法律又有会计制度;既有财务制度、会计准则,又有内部控制、核算方法等等,这些法律、法规、条例规章、制度控制无一不是会计人员需要遵守的。可以说,会计行业是需要讲规矩的行业之一。

回到《水浒》故事中来。没有规矩不成方圆,戴宗是一个有能力的会计,按原则将一同出来共同完成企业任务的出纳李逵管得服服帖帖,开始办他们的正经事,寻找公孙胜。到底他们找到公孙胜没有?他们找到公孙胜后,又是如何才让公孙胜和他们一起去攻打高唐州的?请看下回李逵的会计江湖之闯祸在高唐(3)——真人心中悬明账。

11. 闯祸在高唐之(3)

——真人心中悬明账

话说宋江为解高唐州之危,命戴宗与李逵前往蓟州府,请公孙胜到高唐州助阵,破高廉法术,以救柴进。戴宗与李逵好不容易寻到公孙胜,可公孙胜却不是说走就能走的。他是一个游离于梁山集团公司之外的人。公司的纪律制度对他的约束也不大。公司有事时,找他,他来了。没事时,他又走了。找他时,他还有诸多推脱。比如母亲年迈,无人照顾;还要向师父请示,要得到本师罗真人的批准。总之缘由很多。

戴宗与李逵无奈,只得同公孙胜一起到紫虚观,请公孙胜本师罗真人批准公孙胜下山。先是公孙胜向罗真人说明情况,请求下山,接着戴宗也肯求,可罗真人只一句话:此非出家人闲管之事,汝等自下山去商议。也就是不准公孙胜下山了。

这下可惹恼了李逵,自己千辛万苦,好不容易和戴宗找到了公孙胜,原以为找到了人,就可以走了,却不想罗真人不让公孙胜下山。当时便叫起来道:"教我两个走了许多路程,千难万难寻见了,却放出这个屁来。莫要引老爷性发,一只手捻碎你这道冠儿,一只手提住腰胯,把那老贼道倒撞下山去。"戴宗一路上早让李逵知道了没有规矩不成方圆,他不是如唐僧一般给孙悟空念紧箍咒,而是钉住李逵的脚。这时戴宗一声"你又要钉住了脚!"便让李逵乖乖地听了话,不再言语。

可戴宗只管得了李逵明面上的。李逵心里并不服气。所以夜里他行动了。乘着当夜星月明朗,偷偷摸上紫虚观,一斧头砍了罗真人,一斧头砍了青衣童子,然后没事人一般,回去倒头便睡。心想这下看你公孙胜还问什么人,只好随我们下山了。

不曾想第二天到山上一看,罗真人还活得好好的。李逵还在心里打鼓,是不是昨晚错杀了。虽然笔者不知道是否真有罗真人这等事,这等本事,但至少可以看出,罗真人早就看出了李逵的心思,早做了防备,所以李逵应该砍的不是真人,而是幻觉幻象。而且罗真人还将李逵惩治了一番,好让李逵一者知道罗真人的厉害,二者也让李逵受些约束。

罗真人惩治李逵,将李逵投到了蓟州大狱之中。戴宗每日磕头,乞求真人,放了李逵。这里,戴宗为什么要救李逵,他将李逵认真评论了一次,说了李逵的三个小好处,也算去除李逵表面上杀人放火的表象,来分析李逵本性中的实质。

"李逵虽是愚蠢,不省理法,也有些小好处:第一,耿直,分毫不肯苟取于人;第二,不会阿谀于人,虽死,其忠不改;第三,并无淫欲邪心,贪财背义,敢勇当先。"

戴宗分析李逵这番话还是比较中肯的。其实罗真人心中早有一本账,这些他都清楚。早就由公孙胜汇报得一清二楚了。戴宗为何要如此向罗真人肯求放了李逵呢?原因还在后面。

"宋公明甚是爱他。不争没了这个人回去,教小可难见兄长宋公明之面。"原来有了前面三条好处,宋公明甚是爱李逵。现在宋公明虽说不是梁山集团的一把手,可比一把手还有威信。如果没了这个人回去,戴宗不好向宋江交差。罗真人心里明镜似的,他能够用幻觉幻象来迷惑李逵,肯定能消除别人制造的幻觉幻象,看清事件或人物的本原。李逵的本原,罗真人心中清清楚楚有一本账,所以他说只是要磨他一磨。戴宗的本原,罗真人心中也清清楚楚地有一本账,为什么求他放了李逵。

李逵被救回来,重上紫虚观后,倒也坦诚,知道错了,便认错!罗真人这才放公孙胜下山。其实公孙胜下山,罗真人心里也有一本账。公孙胜要走,完全可以自己走,何必来禀报罗真人呢?一者,可能还没学到能够战胜高廉的本事。徒弟向师傅辞行,就是在向师傅试探,我下山能否战胜竞争对手。不是他走之前,罗真人又教了他五雷天罡正法吗?二者,可能他就这样去了,显不出对他的尊敬,所以要到他本师罗真人处,以显得他们紫虚观集团法力高强,即使派到梁山集团公司做个兼职的人员公孙胜都这般难请，更显得紫虚观集团深不可测。

如果说代表梁山公司的戴宗、李逵二人有一本账的话，这本账早让罗真人分析得一清二楚。可紫虚观集团的账，戴宗、李逵二人就一点也摸不着头脑了。人家是云山雾罩的，只知道紫虚观集团实力强，如何强，强大到什么程度，都不知道。李逵拿了板斧去砍人，砍的都是幻觉与幻象，说要将你丢到蓟州牢里，便丢到蓟州牢里，说要将你捞出来，便可立马捞了出来，说要让你上天，还可让你上天，说要你从天上跌下来，真就让你跌下来。其实这是实力。相比之下，戴、李二人的本领与能力，在紫虚观集团中根本是不值一提。所以看出了差距，才知道寻求能力超群的集团进行帮助，是必需的。也只有寻求能力超群的集团进行帮助，他们才能打败强大的竞争对手，高廉的集团。

整个事件的过程、进展都在紫虚观罗真人的掌控之中。李逵斧劈罗真人，李逵是个什么样的人，戴宗为什么求情，公孙胜为什么来请示，帮不帮梁山集团，让不让公孙胜下山，罗真人心中早有一本清清楚楚、明明白白的账。只是其他的局中人或不完全明白，或是只明白一部分，或是根本就没有看清。

到底李逵和戴宗请了公孙胜下山，有没有救出陷在高唐州大牢里的柴进呢？请看下回李逵的会计江湖之闯祸在高唐之(4)——枯井救人赎前祸。

12. 闯祸在高唐之(4)

——枯井救人赎前祸

话说李逵与戴宗到蓟州，千辛万苦，请了公孙胜到高唐州助阵，要破了高廉的法术，打破高唐，好救柴进。

公孙胜未到高唐州之前，宋江所带领的梁山集团与高廉集团对垒，宋江集团明显不是高廉集团的对手，处于劣势，被高廉集团用法术打败。这相当于竞争对手使用了特殊的无形资产，这种无形资产可以看成是专利或非专利技术，或者说使用了秘密武器，由于双方在这项技术或武器上的信息不对等，导致了宋江梁山集团屡屡处于失利状态。

可公孙胜一来，两个集团的对垒便发生了变化。高廉集团的专利或非专利技术，公孙胜也会，秘密武器公孙胜一来，就不秘密了，而公孙胜的技术或武器还要胜过高廉集团一筹。知己知彼，百战百胜。公孙胜不仅会高廉的技术，还知道这个技术的弊端或是破绽在哪里，也就是有破解高廉技术的方法。这样就不光是胜过高廉集团一筹的问题，而是彻底盖过了高廉集团。自然高廉集团在这样的竞争对比之中，绝对会输得很惨。

不说公孙胜与高廉如何较量专利技术与秘密武器，也不说吴用如何运筹帷幄，只说李逵如何救了柴进。因为柴进被陷高唐州，虽然说也有他执迷不悟将法律看得真了的缘故，但直接原因却是李逵打死了高廉的妻弟殷天锡。所以从前因后果来说，李逵救柴进，是理所应当的。

不说柴进在高唐州大牢里受了多少苦，只道梁山集团打进高唐后，得知柴进被推到一个枯井之中躲避，不知生死时，众人来到枯井边。只见里面黑洞洞的，不知多少深浅。上面叫时，那得人应。把索子放下去探时，约有八九丈深。

第三章 李逵的会计江湖

上面这段描述，是说枯井里面有危险，众人都有点怕了。这时转过黑旋风李逵来，大叫道："等我下去。"

宋江道："正好。当初也是你送了他，今日正宜报本。"

俗话说好汉做事好汉当。李逵有敢于担当的勇气与魄力。俗云："杀人偿命，欠债还钱。"李逵在此处没有杀人，不需要偿命，但他在此处欠了债，一如宋江所说，当初也是你送了他，即是说李逵当初打死高廉妻弟，自己逃走了，却害得柴进受了牵连，被投进了大狱。这便是李逵欠的债。为了还这个债，报这个本，他先是和戴宗一起，受了钉脚的束缚，戒了荤酒，走了不知多少路程，千辛万苦寻到了公孙胜；然后又因斧劈罗真人被投到蓟州大狱之中，狗血淋头，屎尿泼身，又受了诸多苦难，好不容易才请到公孙胜到高唐州，破了高廉。这一路走下来，李逵为了还债报本，下了大工夫，花了大力气，吃了大苦头。救人救到底，现在又到了最关键的时候，如果不将柴进救出来，前面自己虽然努力吃苦，过程虽然艰辛，但没有结果也是枉然，所以他义无反顾地下到了枯井之中，去救柴进。李逵是真心实意的救赎，是坦诚的还债。

好在柴进命大，李逵下到枯井之中，摸到他时，只觉口内微微声唤。李逵道："谢天地，恁地时，还有救哩！"先将柴进放在下来的箩里，拉了上去。上面人只顾了救看柴进，却忘了李逵还在枯井之中，急得李逵在井底下发喊大叫。宋江听得，这才急叫把箩放将下去，将李逵也扯了上来。

从这一系列的事件中可以看出，李逵欠不得别人的一点人情，欠了债，便马上要想还情。他最初出场时，宋江借给他十两银子，宋江没当应收账款，他却当成了应付账款，想请宋江的客，想回报宋江，而且从此以后，死心塌地跟着宋江，甚至最后还给宋江的是他李逵的性命。这和现在的许多企业尽量延迟应付账款的支付，有的甚至是赖账不支付，形成了鲜明的对比。如果人人都这样，应收账款还收得回来吗？以后，谁还敢给他人借款？这实际是一个诚信的问题。

李逵在这一点上，是最有诚信的。连戴宗求罗真人放了李逵时，说起李逵的好处时，第一个也是说的耿直。李逵救柴进这一系列艰难曲折的过程,最终得到了回报,柴进得以平安救出,也了了李逵的一个心愿。以后可再不要说,是俺李逵闯祸,将柴进陷在高唐州,将他害死的。虽然俺闯祸连累他坐牢受苦,但也是俺千辛万苦将他救出来的。

　　李逵救出柴进后,又发生了哪些精彩故事?请看下回李逵的会计江湖之放火闹东京——爱憎分明闹元宵。

13. 放火闹东京

——爱憎分明闹元宵

话说李逵和宋江、柴进、戴宗等一同到帝都皇城,为了招安一事,打通关节,走上层关系。意图明显不过:想要直达天听,让皇上知道梁山集团打的是替天行道的旗帜,奉行的是忠义的集团文化,最终想的是回归朝廷,走的是招安路线。这是梁山公司的发展战略。

但李逵骨子对于宋江率领的梁山集团回归朝廷其实是不满意的。这从他在高唐州打死高廉的妻弟就可以看出,他已经对朝廷失去了信心。不然他不会跟柴进讲:"条例,条例,若还依得,天下不乱了!"所以李逵采取的策略是"前打后商量"。应该说李逵虽然愚蠢,但在这个大节上,他是清醒的,明白的。所以宋江想要招安,武松说:"今日也要招安,明日也要招安,冷了弟兄们的心!"时,李逵便睁圆了怪眼,大叫道:"招安,招安,招甚鸟安!"只一脚,把桌子踢起,撷做粉碎。从这可以充分看出,李逵骨子里对招安是不满的,甚至是反对的。招安后的环境,表面上看是公平正义的,骨子里却已腐朽至极,远不如现在梁山上大碗喝酒,大块吃肉,大秤分金银来得坦荡、快活。但宋江不仅是他大哥,还是梁山集团公司的一把手,他碍不过这个面子,只好跟着宋江到京城来,看他怎样招安。

宋江走的是裙带关系。李师师是皇上的情人,也可以算是梁山集团要走招安路线的关联关系,李师师本人也可以算和皇上的集团公司有裙带关联关系。

李逵没有弄明白,梁山集团是不可能直接与皇上代表的国家直接对话的,必须要通过一个中介媒体或是中间人来进行联系与沟通才行,至少要有人将梁山集团的意愿表达给代表国家的皇上知道才行。而这种表达,是能宋江直接跟皇上汇报的?显然是不可能的,只能通过转折才行。李师师这条路,就是一个转折的路,曲径通幽的路。也就是至少要有人递话给皇上。但李逵这个傻大粗怎么会理解呢,相反他还认为宋江就是在乱搞男女关系了。

所以爱憎分明的李逵肚子里积了一大堆的无名之火,无处发泄。前几天,宋江等人出门,只教李逵在房里守着,不准迈出房门一步,早将李逵气坏了。好不容易松了口,可以在元宵节带他出去玩一玩,散散心。李逵总算舒了一口气。他真的是想出去玩吗?无非是你们要将我李逵当人,不能什么事都将我排除在外,多少要让我知道个大概。

可就是将李逵带出门,这个惹祸的精,就又惹出祸来了。只因李逵见宋江、柴进和那美色妇人吃酒,却教他和戴宗看门,头上毛发倒竖起来,一肚子怒气正没发付处。只见杨太尉揭起帘幕,推开扇门,径走入来,见了李逵,喝问道:"你这厮是谁?敢在这里?"李逵也不回应,提起把交椅,望杨太尉劈脸打来。杨太尉吃了一惊,措手不及,两交椅打翻地下。戴宗便来救时,哪里拦挡得住。李逵扯下幅画来,就蜡烛上点着,东烊西烊,一面放火,香桌椅凳,打得粉碎。宋江等三个听得,赶出来看时,见黑旋风褪下半截衣裳,正在那里行凶。四个扯出门外去时,李逵就街上夺条棒,直打出小御街来。宋江见他性起,只得和柴进、戴宗先赶出城,恐关了禁门,脱身不得,只留燕青看守着他。

虽然李逵天生就是个火爆脾气,但这次不是一般的爆发,是数次的积累,导致的火山爆发,经历了一个量变到质变的过程。原先宋江天天在梁山说要招安、招安,他都强忍着,如今下山,来到京城,还是说要招安、招安,却招的是什么安?招的就是一个美色妇人的安,和那美色妇人喝酒。这都不说,他们在里面喝酒快活,自己却要在外面守门!守门也就算了,还有人来呵斥。这还了得,从来做不得假,爱憎分明的李逵此时还能受得了?不发作才怪呢,不发作便不是他李逵了。

一个企业的发展战略,不可能照顾到所有员工的利益,也不可能顾及所有员工的想法。从梁山集团当时的处境来看,招安也不失为集团公司的一个出路,而且是其中多人想要的出路,当然也有多人反对。到底这个发展战略是好是坏,应不应该走这个战略？按现代企业管理制度,企业应该设立战略委员会,制定战略,然后报董事会审议,董事会审议通过再报股东会批准通过后实施。梁山集团的战略委员会、董事会都被宋江、吴用把持着,招安的发展战略就是他们制定出来的,公孙胜、卢俊义就是两个摆设;名义上股东会是一百单八将,人人都是股东,可除了董事会这个层面上的人以外,股东们到底有多少发言权呢？又到底有多少表决权呢？只怕少得可怜。其他股东们都只能唯宋江马首是瞻,现在终于出来了一个叛逆,李逵虽然闹的是东京皇城,骨子里就是不想让宋江等谈判成功。如果遂了宋江招安的愿,可就没有了黑旋风李逵的自由。所以他大闹帝都,惊扰了宋江想要招安的好梦。

到底李逵逃出京城没有,逃出去后,又发生了哪些精彩故事,请看下回李逵的会计江湖之查案刘家庄——负荆请罪真李逵。

14. 查案刘家庄

——负荆请罪真李逵

话说李逵元宵夜大闹东京城，打打杀杀，一路上迟了，没有随大部队一起行动，宋江怕他有闪失，嘱咐燕青跟随于他，知他是个天不怕地不怕的，怕他又捅出什么篓子来，不好收拾，也好让燕青管束于他。

李逵、燕青二人回梁山的一路上，李逵却做起了审计业务。

先是夜宿四柳村时，狄太公说他嫡亲的女儿，中了邪，只在房中，而且房里还有鬼。李逵便假称他是蓟州罗真人的徒弟，会得腾云驾雾，专能捉鬼。世间哪有什么鬼怪？无非是人装神弄鬼。李逵自然不信鬼神，所以他敢毛遂自荐，要求捉鬼。

自然狄太公庄上并没有什么鬼可以捉，狄太公女儿房中的鬼是他女儿的相好乔装的，村头会粘雀儿的王小二。李逵只一斧便砍了，揪出狄太公女儿只一审，便审出了名姓。李逵最看不得别人做假了，自然狄太公的女儿也是配合做假者，也该死，他也一斧砍了。这只是一桩小审计业务。后面的却是一桩大审计业务。

原来李逵与燕青夜宿刘太公庄上时，太公、太婆一夜哽哽咽咽地哭。李逵心焦，双眼怎地得合，巴到天明，跳将起来，便去追问缘由。竟然听得宋江口是心非，祸害良家女子，心中那个气还了得，原来什么替天行道，什么忠义，都是假装的？忽悠俺这等大老粗的，哼，可不能让你再接着忽悠了，俺李逵要揭穿你这假仁假义的真面目！

李逵气冲冲地回到梁山后，不由分说，睁圆怪眼，拔出大斧，先砍倒了杏黄旗，把"替天行道"四个字扯得粉碎，众人都吃了一惊。这都不说，他拿了双斧，抢上堂来，径奔宋江。看来是要和宋江拚命了。

众人好不容易拉住，问起缘由时，李逵还在那里生气，燕青才将夜宿刘家庄,听来的一席话对大家说了个明白。意思很明显,李逵这次是要替刘太公出头,打抱不平,不仅要出气,还要进行审计。

李逵倒充当起审计的角色来了。宋江是那么容易审计、监督的?梁山集团公司虽有监事会,那也是听命于董事会的监事会,形同虚设的监事会,个个监事都得听命于宋江。

还只是在水泊梁山,便有无数的兄弟为宋江做起了证人。李逵还不死心,非得三头六面,要宋江到刘太公庄上,让刘太公及刘太公庄上的人来认一认。直到众人都认了不是时,李逵心里这才打起了鼓。哎呀,俺李逵这次看了假报表,捡根棒槌误当针(真)了,审计时落入了圈套之中,所以得出了一个错误的审计结论。要真是自己当了判官,这还不判个冤假错案出来!乖乖,不得了!早知如此,就不冲动了,放出那些大话、狠话出来,哪知道冲动是魔鬼,害得俺只怕颈上人头难保。

好在燕青教了他一个法子:认错,干净彻底地认错,说得文雅一点,叫负荆请罪。

李逵这时一点也没含糊,他向来就是敢作敢当之人。他不满招安,就踢了桌子,就在元宵夜大闹了东京城,高唐州的枯井,深不可测,充满了危险,但柴进是他连累下狱的,他奋不顾身,下去施救。错了,就是错了,李逵没有学会做假报表,也从来没有想过要掩饰。所以他承认错误来了,冤枉了他的大哥,请他大哥治罪。

书中写宋江很是恼火。其实宋江可能一点也不恼火,说不定这还是他与吴用定下的一个小计策。可能梁山集团公司有人心里就存了李逵说出来的那些话,只不过在肚子里,是腹诽而已,没有像李逵一样发作出来。现在好了,李逵发作出来了。行,体现在明处就好,就有可以对付的措施与策略。宋江于是下令让李逵继续进行审计,要彻底查清此事,方才了结。

事情初发时,燕青看李逵怒火三丈,就曾劝他:"俺哥哥不是这般的人,多有依草附木,假名托姓的在外头胡做。"现在很显然了,就是要查出作案的假宋江。

李逵为了将事情的原委弄清楚,和燕青不辞辛劳,来往奔波,追加了诸多的审计程序,仔细询问了假宋江的容貌特征,几个人,什么时辰来,什么时辰走,又到附近州县一一查询。最后访到牛头山的王江、董海两人,嫌疑最大。于是他和燕青一起,杀了假宋江,真王江,救出了刘太公的女儿。待将她送到刘太公庄上时,爹娘见了女子,十分欢喜,烦恼都没了,尽来拜谢两个头领。这时燕青道:"你不要谢我两个,你来寨里拜谢俺哥宋公明。"

果然第二天刘太公收拾金银上山,来拜谢宋江。此时,整个事件方才水落石出,还了宋江一个清白。杀了假宋江,方显真李逵。

此后,李逵又有怎样的精彩表现呢?请看下回李逵的会计江湖之嬉闹真性情——寿张县里乔坐衙。

15. 嬉闹真性情

——寿张县里乔坐衙

话说李逵陪同燕青到泰安，看燕青与任原相扑后，大闹泰安，梁山集团派人来迎接他们回公司。李逵却手持双斧，来到了寿张县。当日午衙方散，李逵来到县衙门口，大叫入来："梁山泊黑旋风爹爹在此！"吓得县中人手足都麻木了，动弹不得。原来这寿张县贴着梁山泊最近，若听得"黑旋风李逵"五个字，端的医得小儿夜啼惊哭，今日亲身到来，如何不怕！

原来这是紧挨着梁山泊的寿张县衙。李逵来到此处，打着的招牌却是梁山集团公司的招牌。他自报家门时说的是"梁山泊黑旋风爹爹在此！"先说的是梁山泊，后说的是黑旋风。李逵这个平常最没有组织纪律的人，现在却报起了组织的来头。其用意很明显，是要借组织的名头来吓唬人。梁山集团公司多强大，没有梁山集团公司作为后盾，李逵再厉害，也就是个李逵，吓不倒人。

再说了，既然是隔得最近的一个县，肯定梁山集团公司内部的诸多事情，县里的人都听说了。当时信息传送的方式很简单，基本就是口口相诵。为什么说听到"黑旋风李逵"五个字，就可以医得寿张县里的小儿夜啼惊哭呢？肯定是传诵李逵凶恶至极。这可不是一个什么好名声。

李逵径去知县椅子上坐了，口中叫道："着两个出来说话，不来时，便放火！"李逵知道他恶名在外，听说他来了，随便怎么会有人出来说话呢，于是他继续威吓，不来，便放火！

众人没办法，只得商量了着两个出来，跪着道："头领到此，必有指使。"心里却在打着鼓，不知道李逵葫芦里卖的是什么药？到县衙来干什么。

　　李逵倒也直率:"我不来打搅你县里人,因往这里过,闲耍一遭,请出你知县来,我和他厮见。"意思很明白,没准备在这里杀人放火,不是平常你们吓唬小孩子说的那样,凶神恶煞。路过这里,闲耍一遭。甚至还很文雅地说,要请知县出来,和他厮见。这在李逵的人生之中,可谓是开天辟地头一遭。

　　知县吓走了,李逵取出幞头,插上展角,将来戴了,把绿袍公服穿上,把角带系了;再寻皂靴,换了麻鞋,拿着槐简,走出左前,大叫道:"吏典人等都来参见!"

　　也就是说,李逵假装知县来坐堂。众吏人只得听他吩咐,打了三通擂鼓,向前声诺。李逵呵呵大笑,又道:"你众人内也着两个来告状。"

　　吏人道:"头领坐在此地,谁敢来告状?"

　　李逵道:"可知人不来告状,你这里自着两个装做告状的来告。我又不伤他,只是取一回笑耍。"李逵这回的脾气倒好了,好像一个调皮的顽童。

　　公吏人等商量了一会,只得着两个牢子装做厮打的来告状,县门外百姓都放来看。案情很简单,一个告状说被打了,另一个说是先被骂,才动手打人的。李逵的判案也很简单,将打了人的先放了,说他是好汉。被人打的,不长进,号在衙门前示众。这里李逵体现的是他身上的反抗精神,敢作敢为的精神。他打人杀人,也是被朝廷的腐败制度所逼迫的,他实在是在奖励自己。这时县门前的百姓,那里忍得住笑。李逵这一番戏耍,虽说有点胡闹的意思,但他让寿张县的百姓,看到了一个真性情的李逵。俺可不是你们吓唬娃们说的那样凶神恶煞,这回你们不要听人乱说了,眼见为实,这才是俺真李逵。

　　李逵从县前走过东,走过西,忽听得一处学堂读书之声,李逵揭起帘子,走将入去,吓得那先生跳窗走了。众学生哭的哭,叫的叫,跑的跑,躲的躲。李逵大笑,出门来。

　　书中有一首诗,这样写道:

　　　牧民县令每猖狂,自幼先生教不良。

应遣铁牛巡历到,琴堂闹了闹学堂。

　　诗中对县令和教书的先生,都没有什么好评价,倒是对李逵的巡历进行了高度的评价,大意是他这样的恶人巡历,对猖狂的牧民县令和教不良的先生有惩戒作用。

　　不管是李逵对知县的巡历,还是他对教书先生的巡历,抑或他根本就没想巡历,就只是简单地想戏耍一回,但都让我们看到了李逵除了打架赌博,杀人放火以外,他还有真性情的一面。书中一直写他反对招安,他说条例,条例,若还依得,天下不乱了！正是因为他看到了朝廷的腐败,制度的缺失,他不相信宋江所从事的"替天行道"似的内部改良能够彻底改变这一现状,在他心中,是要来个彻底的改变。也许他心中在想,如果我做了县令,你看我是怎样断案的！

　　但不管怎样,寿张县的娃,以后用"黑旋风李逵"五个字,是吓不倒了。因为全县的百姓都看到了李逵真性情的一面。并不是一个凶神恶煞呀！

　　此后,李逵还有什么精彩故事呢？请看下回李逵的会计江湖之性命报知遇——忠魂埋骨蓼儿洼。

16. 性命报知遇

——忠魂埋骨蓼儿洼

话说梁山公司在宋江的领导之下,既定了招安的路线,树的是"替天行道"的旗帜,奉行的是"忠义"文化,虽有李逵、武松、鲁智深一干人等反对招安,却也无济于事。宣和三年孟春四月,朝廷派陈太尉到梁山公司来颁布诏书,举行第一次招安。

这一次招安,因蔡太师和太尉高俅派人从中作梗,诏书上全部写的是威吓之语:"宋江等啸聚山林,劫掳郡邑,本欲用彰天讨,诚恐劳我生民。今差太尉陈宗善前来招安,诏书到日,即将应有钱粮、军器、马匹、船只目下纳官,拆毁巢穴,率领赴京,原免本罪。倘或仍昧良心,违戾诏制,天兵一至,龆龀不留。"

李逵听了,哪里忍得住,夺过诏书,扯得粉碎,一边要打陈太尉、李虞候,一边嘴里骂道:"你那皇帝,正不知我这里众好汉,来招安老爷们,倒要做大!你的皇帝姓宋,我的哥哥也姓宋,你做得皇帝,偏我哥哥做不得皇帝!你莫要来恼犯着黑爹爹,好歹把你那写诏的官员尽都杀了!"

李逵是个莽夫,没有什么文化,却也将他的意思表达清楚了。宋江要的改革,是一种改良性的改革,内生性的改革,是在不改变大的统治环境下的改革。而李逵想要的,代表着武松、鲁智深一干人等的改革,是一种彻底的外源性的改革,是要打破旧的统治秩序的改革,是要彻底来一场新生的改革。意即我的哥哥也可做得皇帝!

民国时期的中国会计,也有内生性改革与外源性改革之争,当时分别以徐永祚和潘序伦为代表,一方主张对中式会计进行改良,即内生性的改革,一方主张全盘西化,引进西方的借贷记账法。双方发起了大辩论，各自开办会计学校、创办会计报纸、杂志，并将辩论之法在企业付诸实践。这一场争论，推进了当时中国会计的发展。

但李逵与宋江关于梁山公司发展道路的争论是没有意义的，这一切都掌握在宋江的手中，李逵根本就没有发言权，也就扯个诏书，骂一下钦差的本领。第一次招安也因朝廷礼节上的不足，让宋江等心生不甘，所以李逵这一闹，倒也是好事，不能太小瞧了梁山公司。后来梁山公司两赢童贯，三败高俅，终于打服了童、高、蔡等阻挠招安一派，增加了招安的筹码。相隔不到一年，便有宣和四年春二月的诏书。

"切念宋江、卢俊义等，素怀忠义，不施暴虐，归顺之心已久，报效之志凛然。虽犯罪恶，各有所由，察其衷情，深可怜悯。朕今特差殿前太尉宿元景，赍捧诏书，亲到梁山水泊，将宋江等大小人员所犯罪恶尽行赦免。给降金牌三十六面、红锦三十六匹，赐与宋江等上头领；银牌七十二面、绿锦七十二匹，赐与宋江部下头目。赦书到日，莫负朕心，早早归顺，必当重用。"

从这前后两道诏书，可以看出天壤之别。这才是宋江所率领的梁山公司所要的诏书。实际是梁山公司这一民营企业被国有企业收购，给了一个好的收购价格，还形成了商誉，有一个好的名声：素怀忠义，不施暴虐，归顺之心已久，报效之志凛然。即使以前有罪，也情有可原，虽犯罪恶，各有所由，察其衷情，深可怜悯。即不实行追溯调整法，所犯罪恶，尽行赦免。收购之后，一有奖励，二有未来收益，承诺重用。给降金牌三十六面、红锦三十六匹，赐与宋江等上头领；银牌七十二面、绿锦七十二匹，赐与宋江部下头目。赦书到日，莫负朕心，早早归顺，必当重用。

招安之日，虽是风光之日，却也是受制之时。梁山公司从此受尽约束，南征北战、东征西讨，到征讨方腊得胜，回京朝圣时，梁山大队人马一百单八人，只剩下二十七人，好不凄凉。这且不说，剩下的二十七人，也没有几个落得好下场，这便是宋江所主张的内生性改良，不彻底改革所带来的恶果。当然李逵也就好不到哪里去了。

话说宋江喝了朝廷赐的药酒，自知去日不久，心里担忧李逵所说的彻底改革,坏了忠义之名,火速将李逵招了去,同喝药酒后,方才告诉李逵真情。果然李逵道:"哥哥,反了罢!我镇江有三千军马,哥哥这里楚州军马,尽点起来,并这百姓,都尽数起去,并气力招军买马,杀将去!只是再上梁山泊倒快活!强似在这奸臣们手下受气!"可当知宋江让自己也喝了毒酒后,李逵亦垂泪道:"罢,罢,罢!生时服侍哥哥,死了也只是哥哥部下一个小鬼!"这三个"罢"字,道出了李逵心中多少不甘!但李逵毕竟是忠贞之士,宋江对他有知遇之恩,提携之情,他在落难时,是宋江对他一片真情,从在江州第一次相遇,宋江毫不犹豫借给他十两银子时,他便在心里认准了这个大哥,现在也到了还大哥情义的时候。

  李逵回到润州,果然药发身死。李逵临死之时,嘱咐从人:"我死了,可千万将我灵柩去楚州南门外蓼儿洼,和哥哥一外埋葬。"宋江对李逵的期初借款十两银,最终得偿的是李逵陪葬在蓼儿洼的一片忠心。

第四章
梁山集团的内控江湖

1. 梁山时雨似剪刀

——品《水浒传》，析内控之一：梁山集团的内部控制环境

梁山集团在第一代领导人王伦的手中，根本谈不上内部管控：没有制订集团的发展战略，小和尚撞钟，得过且过，过一天算一天；对人才的引进也是武大郎开店，比我高的不要，林冲雪夜上梁山，王伦是一而再，再而三的刁难；对风险也未进行过评估，更谈不上公司治理、社会责任和企业文化了。

晁盖上山之后，梁山的气象焕然一新：公司追加了资本金，众好汉重新排了座次，重新进行了具体分工；制订了发展战略，修建房屋，打造兵器，开始防范风险，抵御官军进攻和围剿；进行信息的收集整理，引进优良人才，对时迁等偷鸡摸狗之徒的到来并不如其他好汉的到来表示热烈欢迎；内部稳固根据地，外部冲州撞府打劫粮草金银，充实集团实力，等等。宋江上山之后，梁山气势更盛。只可惜晁盖在曾头市中了史文恭之毒箭，一命呜呼，将梁山集团的治理交给了宋江。

企业建立与实施有效的内部控制，包括的要素之中，第一个便是内部环境。宋江手中的内部环境是怎样的呢？

首先，治理结构不明确。这主要表现在两个方面。一是虽然晁盖去世时，暂时指令宋江为梁山之主，但他的遗言却是：谁与我报了仇，杀了史文恭，谁便做梁山之主。宋江这个位子还是不稳当的。一把手的位子都不明确，其他人的位子怎么会明确呢？这是死去的晁盖套在宋江头上的一个紧箍咒。二是梁山众好汉个个都不是善与之辈。论排兵布阵出谋划策，他不如吴用，讲太极阴阳鬼神莫测他不及公孙胜，讲出身地位杨志、呼延灼都是名将之后，比武艺论战功林冲、花荣都远胜于他。在这众多的杰出人才之中，自己想要统治他们何其艰难，更不说还

有时时杀人放火、光捅娄子的李逵等一班好汉。自己没有足够的威望，何以服众？治理结构这个根本性的问题不解决，后面的机构设置、权责分配、内部审计和人力资源政策等都不好落实，也无法落实。晁盖交给宋江的可真是一个烫手的山芋。

其次，没有明确的战略规划和长远目标。众好汉上梁山都是被逼无奈，在走投无路的情况下才上的梁山，但这终究不是长久之计，自己究竟要将他们带往何方？也就是梁山集团的后路怎么考虑？这就涉及梁山集团的文化问题，打什么旗帜，走什么路线，寻找什么归宿，等等。众好汉各有各的想法，怎么将他们的想法和认识统一起来？俗话说蛇无头不行，自己这个头，能将他们说服，让他们按自己的既定路线去走吗？

最后，梁山好汉来自各个不同的山头或是不同的军营州府，各有各的势力和派别，你有你的死党，我有我的同伙，这些人如果管理不好，稍有不慎便会擦出火花，弄不好还会出现林冲火拚王伦的事情。如何进行公平合理的投资与利润分配，形成科学有效的监督和制衡机制，让其既为梁山出力又相安无事还得大费周折。

梁山集团的内部环境既然如此恶劣，宋江又是如何在一堆乱麻中理出头绪的呢？

第一是在集团之中确立自己的老大地位。一是和晁盖一起打江山七星聚义的好汉：吴用、公孙胜、阮氏三雄和刘唐等，自己对其有通风报信的活命之恩，这些人只要拉拢就行；二是对李逵、武松等爽直汉子，以前就是用的金钱来收买他们的人心，处处示好，让其感恩；三是对王矮虎之流，投其所好，你爱美色，我就给你美色，让其死心塌地；四是对朝廷军官出身的将官，以退为进，再三谦让，以德服其心；五是对卢俊义这样的江湖名人，断其后路，然后拉拢，给予虚位；六是安置自己的亲信，诸如铁扇子宋清等。经过这一系列的措施，他在梁山的地位已无人能够撼动。然后再谈治理结构就是顺理成章的事情了。

第二是成立股东大会、董事会和监事会。梁山集团的股东大会由一百单八将组成，董事会由宋江、卢俊义、吴用和公孙胜组成，监事会由掌赏罚的裴宣和刽子手蔡福、蔡庆兄弟组成。其实这些都是虚的,董事会中卢俊义只挂了个名,纯粹是"聋子的耳朵"——摆设。卢俊义势单力孤,只有一个贴身跟班浪子燕青,宋江以疏间亲,经常带着燕青或是支使燕青去办事,不让他和卢俊义在一起,要不就让燕青管着专捅娄子的李逵,燕青自己都是麻烦缠身,哪还有工夫为自己的旧主子卢俊义操心呢?吴用和公孙胜都听宋江的,梁山集团实际由宋江一手把持。把持了董事会自然也就把持了股东大会和监事会。至于经营层,本就是由董事会和股东大会的成员兼任的,特别是高级职员,根本就没有其他人的份,天罡星也好,地煞星也罢,都只能算个部门经理,都得听董事长兼总经理宋江的。自然机构设置、权责分配、奖惩激励都得听宋江安排,再无异议。

第三是明确打什么旗帜、走什么路线的问题。梁山集团在未排座次前没有明确的政治口号,虽然宋江屡次忧心忡忡地和军师吴用谈论梁山的未来,但也一直不敢明目张胆地提出他的政治理念。直到一百单八将排座次时,才挂出了"忠义堂"的匾,高悬了"替天行道"的大旗。宋江明白无误地告诉众好汉,梁山打的是替天子行道的旗帜,也就是为皇帝办事的。天子本是有道的,但他身边的奸佞小人太多了,阻塞圣听,所以梁山要替天子行道。梁山走的是忠义路线,忠,就是忠于皇帝,忠于天子;义,就是对兄弟们讲义气。既然天子是有道的,我们是在替天行道,肯定要忠于天子,至于兄弟们如何团结,紧紧地将他们拴在一起,那就只有这个"义"字了。这是宋江为梁山集团的企业文化所定的调。光定了调还不行,还要深入人心,于是宋江带领众好汉焚香起誓:但愿共存忠义之心,同著功勋于国。替天行道,保境安民。神天鉴察,报应昭彰。众好汉同声共愿,歃血誓盟。这样宋江为梁山量身定制的企业文化便深深地根植于梁山好汉的心中。

第四是梁山集团的目标和宗旨。梁山集团众好汉,有的是被逼无奈上的梁山,有的是被梁山的人拖下水的,有的甚至是不明不白地被梁山的人赚上山的,其来源和出发点各不相同,当然在对待后路的问题上也是各怀心思。怎样为梁山集团寻找一个好的后路,就成了梁山集团首领宋江的心病。打"替天行道"的旗帜，走"忠义"的路线，就是为寻找后路所做的铺垫。招安，在当时的外部环境下，无疑是最好的出路了。集团之中正派出身的将官们对此是没有意见的，甚至是积极拥护的，只有无管无束自由散漫成了习惯的李逵和痛恨外部环境的血性汉子武松、鲁智深等人反应激烈，说什么动不动就招安，冷了兄弟们的心。但恰是这些反对他的人，在其他方面又都是最听他的话的，最服从于他的领导和权威的。而这些人都是没有计谋和心机的，处理起来也容易。宋江于是一步一步地在集团内部开始了招安的各种准备，包括亲自上京城去会名妓李师师等。在寻找出路的征途上，宋江可谓奋不顾身殚精竭虑。

第五是加强梁山集团的法纪。俗话说没有规矩，不成方圆。宋江在为梁山好汉排了座次之后，严肃地宣布了纪律，颁布号令：诸多大小兄弟，各各管领，悉宜遵守，毋得违误，有伤义气。如有故违不遵者，定依军法治之，绝不轻恕。为了起到威慑作用，让铁臂膊蔡福和一枝花蔡庆两个刽子手专管行刑，定功赏罚军政司一员裴宣。即使是摆酒宴，也要各依座次，分头把盏。当然也有坏法纪的。一次饮酒期间，助兴的乐和正唱着"望天王降诏，早招安，心方足"时，武松说冷了众兄弟的心，李逵更是睁圆怪眼，大叫道："招安，招安，招甚鸟安！"只一脚，把桌子踢起，撅做粉碎。他们违反的可是宋江最忌讳的梁山目标和宗旨，岂可轻饶。于是宋江黑下脸来，喝叫将李逵拖出去斩了！众好汉求情，才将其监下。事后，宋江对武松和鲁智深分别做工作，安抚其心，对李逵则是大加喝斥：我手下许多人马，都似你这般无礼，不乱了法度？且看众兄弟之面，寄下你项上一刀，再犯必不轻恕！梁山众好汉看跟宋江走得最近的李逵犯了法都要受此处罚，谁还敢轻犯！

正是由于及时雨宋江采取了一系列的措施，优化梁山集团的内部控制环境，才使原来极其恶劣的梁山环境得以空前改善，出现了一副欣欣向荣的繁荣景象，令行禁止，先后两赢童贯，三败高俅，最终得以顺利招安，实现了当初预定的战略目标。

2. 梁山高楼起垒土

——品《水浒传》，析内控之二：梁山集团的内部治理结构

《水浒传》中的梁山集团，从第一任领导人王伦的拮据开始，经过晁盖追加资本金到宋江兼并其他大小山寨，逐步发展壮大，形成了具有雄厚财务实力、割据一方的实力集团。其第三代领导人宋江在内部治理结构上煞费苦心，终于构建起了梁山集团这一钢筋混凝土结构的高楼大厦。

一、根据业务需要设置内部机构

书中第七十一回"忠义堂石碣受天文，梁山泊英雄排座次"中，宋江不仅给一百单八将排了座次，还根据梁山的发展和需要，设置了层次分明的内部治理机构。忠义堂后建雁台一座，顶上正面大厅一所，东西各设厢房，东边房内，宋江、吴用、吕方、郭盛；西边房内，卢俊义、公孙胜、孔明、孔亮。这是总机构。总机构下面是钱库粮仓，然后是保卫机构，山前南路设置有三关，然后东山一关、西山一关、北山一关，总为六关把守。六关之外，置立八寨：有四旱寨，四水寨。外围设立情报机构，分别设立东山酒店、西山酒店、南山酒店和北山酒店，打探声息。梁山好汉个个都是杀人不眨眼的魔头，没有一个是好管的，宋江深知没有严密的组织架构，是管不住他们的，而且其设计和运行也存在很大的风险。面对庞大的梁山集团，宋江只有设置不同的职能部门和管理团队，才能使梁山活动的各项工作得以分解、组合、协调和完成。虽然有了精心设计的组织架构，但怎样才能掩住众人的口呢？而后他煞费苦心，装神弄鬼，搞了个石碑出来，以示为天道，方服众人之心。

二、根据个人特长安排相应职位

设置了内部机构,还要任命机构的负责人,这同样是很关键的一个问题。一要根据他们对梁山的贡献,二要考虑他们的才艺。安排的职位还要和他们的特长对口,不然梁山好汉会心中不服,或者觉得工作别扭。宋江根据梁山好汉的特长,因人而异,分别授予他们不同的职位。

总兵都头领二员:宋江、卢俊义;掌管机密军师二员:吴用、公孙胜;同参赞军务头领一员:朱武;掌管钱粮头领二员:柴进、李应;马军五虎将五员:关胜、林冲、秦明、呼延灼、董平;马军八虎骑兼先锋使八员:花荣、徐宁、杨志、索超、张清、朱仝、史进、穆弘;马军小彪将兼远探出哨头领一十六员:黄信、孙立、宣赞、郝思文、韩滔、彭玘、单廷珪、魏定国、欧鹏、邓飞、燕顺、马麟、陈达、杨春、杨林、周通;步军头领一十员:鲁智深、武松、刘唐、雷横、李逵、燕青、杨雄、石秀、解珍、解宝;步军将校一十七员:樊瑞、鲍旭、项充、李衮、薛永、施恩、穆春、李忠、郑天寿、宋万、杜迁、邹渊、邹润、龚旺、丁得孙、焦挺、石勇;四寨水军头领八员:李俊、张横、张顺、阮小二、阮小五、阮小七、童威、童猛;四店打探声息,邀接来宾头领八员:孙新、顾大嫂、张青、孙二娘、朱贵、杜兴、李立、王定六;总探声息头领一员:戴宗;军中走报机密步军头领四员:乐和、时迁、段景住、白胜;守护中军马军骁将二员:吕方、郭盛;守护中军步军骁将二员:孔明、孔亮;专管行刑剑子手二员:蔡福、蔡庆;专管三军内采事马车头领二员:王英、扈三娘;掌管监造诸事头领一十六员:行文走檄调兵遣将一员萧让;定功赏罚军政司一员裴宣;考算钱粮支出纳入一员蒋敬;监造大小战船一员孟康;专管一应兵符印信一员金大坚;专造一应旌旗袍袄一员侯健;专攻医兽一应马匹一员皇甫端;专治诸疾内外科医士一员安道全;监督打造一应军器铁甲一员汤隆;专造一应大小号炮一员凌振;起造修辑房舍一员李云;屠宰牛马猪羊牲口一员曹正;排设筵宴一员宋清;监造供应一切酒醋一员朱富;监筑梁山泊一应城垣一员陶宗旺;专一把捧帅字旗一员郁保四。除了这些人外,中间有未定执事者,都于雁台前后驻扎听调。

三、根据相应职位确定相应职业待遇

在梁山未排座次前,未设立明确的机构,也未明确各自的职位,梁山的管理应该是胡子头发一把抓,相当混乱的。设立机构并明确各机构的负责人后,各机构的领导人就要赴任,担负起应负的职责。山前六关由谁负责,谁就到那里驻扎,四旱寨、四水寨、四酒店,各头领分别走马上任,众头领各各领了兵符印信,各各归所拨寨分。首先,解决了住的问题,安居才能乐业。而且宋江充分进行了人性化的考虑,将夫妻、兄弟等安置在一起,如张清和孙二娘、王英和扈三娘、孔明和孔亮、解珍和解宝、蔡福和蔡庆,等等。其次,其职业待遇划分了二个层次:一是三十六个天罡星,二是七十二个地煞星。这是从名分上划分的,也可以算是政治待遇。最后,经济待遇问题。"泊子里好汉,但闲便下山,或带人马,或只是数个头领各自取路去,途次中若是客商车辆人马,任从经过,若是上任官员,箱里搜出金银来时,全家不留,所得之物,解送山寨,纳库公用,其余些小,就便分了。"梁山好汉哪一个没有杀人放火,打家劫舍,个个都是朝廷画影图形重金悬赏缉拿的重犯,离开了梁山,便失去了团队的保护,只能亡命江湖,哪里还能享受梁山这样好的待遇。解决了这些待遇问题,梁山好汉自然会死心塌地为梁山集团公司卖命了。

四、确定具体岗位人员工作职责

设置了组织机构,明确了机构负责人,解决了他们的待遇问题,还要明确他们的具体责任,他们应该做哪些事,担当哪些责任,这也是宋江所要考虑的问题。宋江不仅设立了部门负责人,还对岗位进行了明确细致的界定和分工。例如,马军八虎骑,还要兼先锋使;马军小彪将还要兼远探出哨;总探索声息头领是戴宗,他下面还有乐和、时迁、段景住和白胜;财务总监是柴进,他下面的主管会计是蒋敬,安排采买的是王英和扈三娘。山南前路很重要,设了三关,每关都有头领把守,而东、西、北三路,相对而言没有山南重要,每路就只设了一关把守。钱库粮仓很重要,安排在总机构附近,随时随地可以监督,可以查看。管采买的是管采买的，管算账的是管算账的，财务监督的总监又是另外的人，宋江还将不相容的职务独立开来，以便各岗位之间的分离和牵制。

明确具体岗位人员工作职责后，还要各岗位的人员能够熟悉工作流程，以便顺利开展工作。宋江充分考虑了梁山好汉的特长和他们上山前所从事的职业，以便他们快速进入角色。如四店打探声息的，张清和孙二娘本就是在十字坡开店的，朱贵一直在梁山开店。曹正本来就是一个屠夫，管屠宰是人尽其才，安道全本就是医生，皇甫端本就是兽医，马军五虎将本就是马上的将军在马上博得的声誉，水军头领更是一个个水中的蛟龙，时迁最善偷鸡摸狗，打探消息是其拿手好戏，等等。他们上岗前连培训都不需要，可以直接上岗便能胜任他们的工作。

五、确定总负责及监督岗位职责

机构设置好了，职位分排完毕了，住房和职业待遇也进行了合理的安排，各岗位的职责也进行了明确的界定和划分，最后就差一个总负责的和监督部门了。当然宋江是梁山集团当仁不让的董事长兼总经理，是负总责的，卢俊义是副总经理。在公司设立组织架构及进行人事安排和任用后，宋江还严肃地宣布了纪律："诸多大小兄弟，各各管领，悉宜遵守，毋得违误，有伤义气。如有故违不遵者，定依军法治之，绝不轻恕。"为了起到威慑作用，让铁臂膊蔡福和一枝花蔡庆两个刽子手专管行刑，定功赏罚军政司一员裴宣。即使是摆酒宴，也要各依座次，分头把盏。梁山泊众好汉自然领教了董事长兼总经理宋江的厉害，所以梁山泊忠义堂上号令已定后，这一群天不怕地不怕专捅娄子的梁山好汉也开始循规蹈矩，服服帖帖，各各遵守。

宋江的监督除了严厉的纪律外，为了笼络人心，他还采取了恩威并施的措施，挑拣了一个良辰吉日，焚香起誓，众好汉看宋江当众起誓，自然同声共愿，但愿生生相会，世世相逢，永无断阻。

宋江深知构建梁山集团这一高楼大厦光有钢筋和砖瓦还不行，还需要石灰和水泥，这样才能让它们无缝连接。但梁山集团的内部治理结构并不就是天衣无缝，无懈可击。比如在回避制度方面，便很欠缺，如夫妻店、兄弟寨等等，从制度上分析，这种情况导致通同作弊的可能性要远比实行了回避制度后的可能性大得多。

尽管如此，梁山集团自从实施这一系列措施之后，好生兴旺。自此，梁山集团以其完善的内部治理结构，雄厚的财务实力，强大的军事力量，构建起了梁山集团的高楼大厦，开始了占山为王、武装割据独霸一方的鼎盛时期。

3. 梁山水泊千万险

——品《水浒传》，析内控之三：梁山集团的风险机制

梁山集团在董事长兼总经理宋江的领导下，改善了内部控制环境，打出了"替天行道"的旗帜，走上了"忠义"之路，既定了招安的宏观战略方针，然后实施了一系列的内部结构治理，给众好汉排了座次，安排了具体职位和事务，规定了应该承担的具体责任，进行了详细的分工，也强化了法纪、监督和制衡，从此梁山集团走上了武装割据、壮大实力以求招安的道路。可这条道路并不是一帆风顺的坦途，充满了风险和危机。那么梁山集团是怎样建立风险机制并控制风险，应对这千难万险的呢？

我们知道，风险一般有内部和外部的两种。梁山的内部风险经过宋江的内部环境治理，已经化解于无形，面临的只有外部风险了。梁山集团其实是个造反公司，是和统治者作对的，外部风险肯定是统治者要对其进行打压直至将其消灭。为此，宋江制定了一系列的风险预警、风险承受、风险分担和风险规避机制。

第一是风险预警。宋江为梁山众好汉排座次后，对其进行了详细而认真的分工，其中预警一块为重中之重。四店打探声息，邀接来宾头领八员：东山酒店小尉迟孙新、母大虫顾大嫂；西山酒店菜园子张青、母夜叉孙二娘；南山酒店旱地忽律朱贵、鬼脸儿杜兴；北山酒店催命判官李立、活闪婆王定六；总探声息头领一员：神行太保戴宗；军中走报机密步军头领四员：铁叫子乐和、鼓上蚤时迁、金毛犬段景住、白日鼠白胜。

如此庞大的谍报机构和人员，为的是迅速对来自外部的风险信息及时进行收集、处理和传递，以便总部及时掌握第一手来自外部的风险，并对其评估分析，以寻求最快、最佳的处理方案。自然梁山集团的

预警机制起到了良好的效果。每次官军来围剿,宋江总是在第一时间知道领兵的元帅是谁,共有多少兵马,是从旱路进发还是水陆并进,有什么高人协助,有什么特殊才能,有什么重大风险,等等。宋江便做到了知己知彼,所以能百战百胜。

第二是风险承受。首先是宋江自己的生命安全,他安排了守护中军马军骁将二员:小温侯吕方、赛仁贵郭盛;守护中军步军骁将二员:毛头星孔明、独火星孔亮。其次是财产安全,将掌管钱粮的仓廒放在忠义堂左边,自己可以随时巡查。再次是整个山寨的安全,外围排了四旱寨、四水寨,山前还设了六关把守,其中最重要的也是最危险的山前南路,设了三关把守,其他东、西、北三关,分别设一关把守。最后是城墙武器的修建打造,为风险承受做好后勤保障。监筑梁山一应城垣的是九尾龟陶宗旺,打造军器铁甲的是金钱豹子汤隆,专造大小号炮的是轰天雷凌振。看这固若金汤的防守,要想攻破梁山,不说比登天还难,至少是千难万险。

以上所做的一切,还只是宋江风险承受的硬环境,他还打造了风险承受的软环境。那就是壮大梁山的实力。梁山水泊里好汉,但闲便下山,或带人马,或只是数个头领各自取路去,途次中若是客商车辆人马,任从经过,若是上任官员,箱里搜出金银来时,全家不留,所得之物,解送山寨,纳库公用,其余些小,就便分了。折莫便是百十里,三二百里,若有钱粮广积害民的大户,便引人去公然搬取上山,谁敢阻挡。但打听得有那欺压良善暴富小人,积攒得些家私,不论远近,令人便去尽数收拾上山。如此之为,大小何止千百馀处。为是无人可以当抵,又不怕你叫起撞天屈来,因此不曾显露,所以无有话说。自此宋江兵精粮足,风险承受能力已是大大加强。

第三是风险分担。风险分担主要是对内,也就是让一百单八将股东分担。他和梁山众好汉共同起誓:若是各人存心不仁,削绝大义,万望天地行诛,神人共戮,万世不得人身,亿载永沉未劫。这可是毒得不能再毒的誓言了。宋江通过这番誓言让讲义气、重诺言的众梁山好汉自觉地分担起了梁山的风险,将他们紧紧地捆绑到了一起,从内心深处维护梁山的利益。同时,宋江还将各位好汉中但有家眷的一一接上山来,表面上看这是为梁山众好汉着想,实际上等于控制了梁山好汉的家眷,当作了人质,不怕你不为梁山承担风险,还有你的一家老小呢。

除了这些,宋江还不忘时时提醒各位股东,不要忘记了风险,要时刻有风险意识。比如,他没收了过往客商解送到东京的玉棚玲珑九华灯,吩咐将这碗灯点在晁天王孝堂前。这是明白无误地告诉众股东,要居安思危,不要忘了晁天王是怎样死的,当然这里面也包含有他所谓的"义"在里面,也包含了他制定的梁山文化。

第四是风险规避。宋江规避风险最大的措施就是招安。所以他不遗余力,亲力亲为,生怕别人把这件事办砸了,冒着生命危险,亲自到东京去,面见圣上。因为他知道,梁山最大的风险就是朝廷,只有招安后,才能一劳永逸。即使有的股东反对,也是反对无效。除了走上层路线外,他还采取多种形式,来进行风险规避。

一是做宿太尉的工作。宋江命中"遇宿重重喜",宿太尉是朝廷中的招安派,力主招安,宋江自然要牢牢地抓住这根救命的稻草,不会放过,宿太尉也确实在梁山集团的招安过程之中起到了巨大的作用。

二是对反对招安的主战派。宋江采取的是两手抓,两手都要硬的策略。打,梁山是狠狠地打,一点也不留情面,只有打得越狠,谈招安时,筹码和分量才越重。和,就和出风格,和出气度。梁山两败童贯之后,放了生擒而来的大将,三败高俅并将他生擒后,还为他治酒压惊,临走时还送他金银,并派萧让、乐和当作人质,陪同护送。这两手可谓刚柔相济,软硬兼施。要打,高俅等知道了梁山的厉害,再也不敢打了。可是要和,他们心有不甘。而且主动去提和,肯定是自己打自己的嘴巴,等于承认自己以前的错误,那就只有拖了。

三是对主战派进行正确的分析。他们未必就此罢休,肯定会拖,也许这一拖便不知要拖到猴年马月,风险可能又会增加,只有趁热打铁才行。于是宋江又派燕青出马,使出美男计,走通京城名妓李师师,然后面见圣上,再使苦肉计,痛哭流涕,陈述详情。即使天子知道了,可也不能让天子自己来提这个事呀,只有神行太保戴宗出面去走招安派宿太尉的路线了。

经过一系列详细而周密的安排,梁山集团建立了健全且完备的风险机制。从全方位的风险预警开始,建立层层叠叠的风险防范体系,加大风险承受能力,逐一分解风险压力,让风险得以在众股东中分担,多头并举,规避风险,终于将风险逐一化解,走上了招安的道路,实现了既定的宏观方针。

4. 梁山控制环环扣

——品《水浒传》，析内控之四：梁山集团的内部控制活动

梁山集团在优化内部控制环境，组建治理结构，进行机构设置和权责分配后，打出了"替天行道"的旗帜，定下了"忠义"的路线，围绕"招安"的总体战略方针，对控制风险进行评估后，采取了一系列防范风险的措施，包括预警机制、风险承受、风险分担和风险规避等。但这一系列的内部控制措施是如何实施的呢？这就要看梁山集团的内部控制活动了。

一是采取不相容职务分离控制。这在梁山财务管理中体现得尤其清晰。天贵星小旋风柴进是财务总监，天富星扑天雕李应是副总监，地会星神算子蒋敬是主管会计，地轴星轰天雷凌振是仓库主管，专管三军内采事马车头领二员是矮脚虎王英和一丈青扈三娘。也就是财务方面有管审批的，有管账的，有管实物的，也有管采买的，只是在《水浒传》中没有看到管钱的。如果有了管钱的，那就极符合现代的管账不管钱、管钱不管账、管审批不管钱和账的三权分离制度了。通过这样的明细分工，实施相应的分离措施，形成了各司其职、各负其责、相互制约的工作机制。

二是授权审批控制。宋江给梁山众好汉排了座次之后，分别给他们安排了明确职位，并明确了各职位应办理的业务和事项的权限范围、审批程序和相应责任。梁山众好汉基本都是不同的部门经理，宋江没有给他们特殊授权，特殊授权牢牢地掌控在自己手中，对部门经理只有常规授权，他们在日常的经营管理活动中按照既定的职责和程序进行管理，并在授权范围内行使职权和承担责任。

三是信息系统控制。宋江在信息系统控制上煞费苦心，先是外部

的信息控制上,分别安排了东西南北四个酒店八位头领,另外又安排了总探声息的负责人戴宗,还给他派了四个手下。从人员总数上看,外部信息系统控制就用了十三名好汉,占一百单八将的百分之十二。这还不算内部安排的。内部有其老父亲宋太公、亲兄弟宋清、干妹子扈三娘、干妹夫王英,还有他在郓城县出事后请他去避难的三家,分别是柴大官人、孔家庄上的两兄弟孔明和孔亮、清风寨的花荣。这些人都是他的亲信,都会随时向他汇报梁山的内部情况。宋江真正做到了足不出户而知梁山内外事务。

四是财产保护控制。宋江将梁山的财产保护看得很重,将仓库定在忠义堂的左边,自己可以随时巡查,严格限制未经授权的人员接触和处置财产。众好汉劫得财物,必须解送山寨,纳库公用,只能分了些小。重要岗位都是安排自己的亲信,财务总监安排的是柴进、采买安排的是王英和扈三娘、安排宴席的是亲兄弟宋清。但宋江的财产保护控制也还存在缺陷,梁山没有建立财产日常管理制度和定期清查制度,虽然有财产记录和财产保管,但缺乏定期盘点和账实核对等措施,自然在财产保护控制中便也还存在漏洞。

五是运营分析控制。宋江为梁山好汉分派职位后,众好汉是否能尽职尽责地完成各自的任务,保证梁山集团正常有序地开展运营呢?没有重大事件是看不出运营成效的,在童贯两次来犯、高俅三次进剿梁山之时,便可以看出梁山集团内部控制的运营效果。从探得消息到开始准备,从布四斗五方旗到排九宫八卦阵,然后十面埋伏两赢童贯,没有严格控制的纪律是做不到的。随后十节度议取梁山泊,宋江三败高俅,没有良好的运营控制,即使吴用有再好的计谋,令不行,禁不止,宋江也不可能取得如此辉煌的胜利。

梁山集团的控制活动虽然一环套一环,环环相扣,但并不尽善尽美,必然也还存在诸多脱节与空白之处,其中最主要的表现有两个方面。

一是没有严格的预算控制制度。梁山集团的收入来源比较狭窄。内部的收入除了四店酒家外,仅有泊子里新鲜的鱼虾和莲藕,林子里新鲜的果蔬,这在整个梁山的收入中微不足道,只能算作营业外收入。梁山集团的主营业务收入是打劫收入。但梁山根本没有制定全面的预算收入目标,一方面是靠守在梁山要地,此山是我开,此树是我栽,要想从此过,留下买路财。另一方面是靠到外地打劫,这要看众好汉们的喜怒和兴趣,兴之所至,劫之所至,根本没有预算这一概念。

收入没有预算控制,支出也没有预算控制。以前晁盖在世时,打劫来的财务,先取一半收储在库,另一半,先分小喽啰一半,其余平分给众头领。宋江主事后,晁规宋随,一直没有改变。分的多少,全在打劫的多少。劫得多,分得多;劫得少,分得少。

集团总部都没有预算控制,各部门当然也没有预算管理了,更谈不上对预算制度和执行情况进行考核,做到有奖有罚、奖惩分明了。梁山集团内大碗喝酒、大块吃肉、大秤分金银,搞的是平均主义,吃的是大锅饭。

二是没有绩效考评控制制度。宋江给梁山众好汉排座次时,根据以往的业绩,考察其身份地位能力以及和自己的亲疏关系,排定了座次,假借天书的名义,说是上苍分定了位数,排好了次序,众头领各守其位,各休争执,不可逆了天言。公孙胜和吴用一起配合宋江装神弄鬼,众好汉谁敢违拗?不想这一排就成了终身制,既没有进位制,也没有退位制,再想变动半分,门都没有,不管你做了多大贡献,也不管你犯了多大错误,老死都是那个位子,永远只能原地踏步。

绩效考评控制,要求企业建立和实施绩效考评制度,科学设置考核指标体系,对企业内部各责任单位和全体员工的业绩进行定期考核和宏观评价,将考评结果作为确定员工薪酬以及职务晋升、评优、降级、调岗、辞退等的依据。

正因为梁山集团没有绩效考评制度,没有设置考核指标,未对责任单位和员工业绩进行考核和评价,所有员工和部门经理都没有晋升的希望,缺少了沸腾的热血与燃烧的激情,所以招安后,梁山集团一日不如一日,日益衰败。这虽然不是梁山集团最终走向灭亡的主要原因,但也是其中的重要原因之一。

5. 梁山谍门深似海

——品《水浒传》，析内控之五：梁山集团的信息与沟通

梁山集团的信息与沟通，从设计、运营到有效实施，在整个梁山集团的内部控制体系中，充分体现了全面性、重要性和适应性原则，是整个内控制度中实施较为有效的一个部分。

梁山集团建立了系统的信息收集与沟通制度，明确了内部控制相关信息的收集、处理和传递程序，确保信息及时沟通，并得到有效处理。其外部信息的收集、筛选、核对、整合由四家酒店负责，同时还有走报军机的四个头领乐和、时迁、段景住和白胜，他们的总负责是神行太保戴宗，戴宗会将下面汇报上来的信息进行分析汇总，然后将重要信息及时传递给董事会和经营层。其内部信息的传递有公开的也有隐秘的。例如财务信息的传递、人员调配信息的传递等都是公开的，而关于制衡方面、反舞弊方面信息的传递则是隐秘的，只有梁山集团的董事长宋江和董事会中的吴用等极少数人知道，有的甚至于连董事会中的卢俊义也不知道。

梁山集团在排定座次到招安前后，共有三次重要的信息处理，我们对此一一分析。

一是李逵夜宿刘家庄，听得刘太公两口儿一夜啼哭，说是宋江将他女儿抢去。李逵便道是实，燕青再三解释，说宋江哥哥不是这般的人，多有依草附木，假名托姓的在外头胡做，李逵只是不信。回到山寨之后，李逵拔出大斧，砍倒杏黄旗，将"替天行道"扯得粉碎。这条信息关系到梁山对外的信誉，是否真的是"替天行道"，是否真的讲的是"忠义"，还是明里一套，背后一套，挂的羊头，卖的却是狗肉。

宋江对此极为重视，随同李逵一行亲往刘家庄，让刘太公三头六面

进行对证，还怕刘太公惧怕他，也让全庄人来认，直等刘太公和满庄人都说不是这个宋江时，宋江方才洗脱冤屈。但这并不是对此假信息处理得完美结局，还要处置打着宋江旗号招摇撞骗的假宋江才能画上句号。

于是宋江责令李逵，务必捉了两个假宋江方肯饶他。李逵自知因为误听假信息而闯祸，必须抓住假宋江才能补救，当然不遗余力，终于在牛头山的道院之中将两个假宋江处死，救出刘太公女儿，方才还了宋江一个清白。对此信息的公告却交给了刘太公，刘太公收拾金银上山，来到忠义堂前，拜谢宋江。对于李逵的举报投诉，宋江将这一结果公之于梁山众好汉，事情终于水落石出。对于举报人李逵，宋江也让其将功折罪，杀了假宋江，然后免去了他的罪责，相当于保护了举报人，没有对其进行打击报复，也将这一结果传达到了梁山的所有员工。

此信息的处理结果让我们看到，宋江一是宣告了自己的清白，二是宽恕了李逵，三是对梁山集团的忠义起了宣传作用，四是传达了就算是我宋江犯法，也要严格执法、绝不姑息迁就的信息。至此，这一信息的处理才全部结束。宋江对这一信息的巧妙处理，一箭多雕，让我们回味无穷。

二是梁山好汉浪里白条张顺在水中捉了高俅，押送山寨后，宋江为了招安大计，给高俅治酒压惊。席间林冲、杨志怒目而视，有欲要发作之色。林冲与高俅有杀妻之恨，不共戴天之仇，险被高俅害死，要不是高俅设计陷害，自己也不会被逼上梁山。而今仇人相见，分外眼红，岂能轻饶高俅？他的结义兄弟花和尚鲁智深本在相国寺挂单，只因护送林冲，也被高俅捉拿，只得亡命江湖，到二龙山落草，他岂能不帮林冲？杨志好不容易收拾了金银宝贝到东京，给高俅说尽了好话，却被他大骂一顿，驱赶出来，弄得自己身无分文，只好货卖祖传宝刀，这才杀了泼皮牛二，被刺配充军。这等仇恨，岂能不报？这是明的，还有暗的。九纹龙史进，他的师傅王进，便是被高俅痛打了一顿，才设计私走延安府的。师傅的仇就是自己的仇，史进又岂能饶他？

这些历史信息，宋江和吴用都了如指掌，林冲和杨志的最新动态他们也是看在眼里,急在心里。这就需要耐心细致的沟通了。高俅的生死关系到整个梁山集团的命运。怎样去说服他们,让他们为了梁山的宏观战略目标——招安,而暂时放弃个人恩怨。为此,宋江和吴用等董事会成员肯定给林冲、杨志、鲁智深、史进等人做了大量的工作,只不过这些工作在《水浒传》之中未进行详细的描述,但我们从高俅能够安然无恙地从梁山回到京城,就可以推断,对于这一重要信息的处理,梁山集团恰到好处。

三是将真实的招安信息传递给天子。高俅离开梁山时,亲口对众梁山好汉说:"我回到朝廷,亲引萧让等面见天子,便当力奏保举,火速差人前来招安。"对于这一信息,宋江和吴用分析之后,认为并不可信,于是派燕青和戴宗下山,前往东京,务必将梁山真心招安的信息准确无误地传达给天子。

燕青在将这一重要信息传送给天子的过程中立下了汗马功劳。天子听罢,便叹道:"寡人怎知此事!童贯回京时奏说:'军士不伏暑热,暂且收兵罢战。'高俅回京奏道:'病患不能征进,权且罢战回京。'"其实他们二人都是打了败仗回的京城,特别是高俅,还答应要帮梁山好汉向天子面奏招安之事,可惜天子都蒙在鼓里。可见天子也没有很好的信息传递与沟通系统,无怪李师师奏道:"陛下虽然圣明,身居九重,却被奸臣闭塞贤路,如之奈何?"

即使燕青将这一重要信息传递给了天子,但这也只是一面之词,还需要有信息的佐证。燕青又去面见宿太尉,将高俅留在梁山的闻焕章所写亲笔手书交给他,闻焕章是和高俅一起去征讨梁山的参谋,对于朝廷来说,梁山的信息是外部信息,而闻参谋的信息则是内部信息。此时的内部信息比外部信息更有说服力,更有分量。

高俅府中软禁的萧让、乐和又被燕青和戴宗设计救出,高俅知道之后,明白梁山招安的信息已是隐瞒不住了,只得在府中推病不出。最后这一信息的处理,还要靠关键人物宿太尉。天子在得到了梁山请求招安的真实信息之后,反馈回来的信息是同意招安,这一信息也要准确无误地传达给梁山,谁才是最合适的人选呢?当然是力主招安的宿太尉了。宿太尉一行还只在路途之中,梁山已派戴宗和燕青探得信息。宋江传将令,分拨人员,从梁山水泊直抵济州地面,扎缚起二十四座山棚,上面都是结彩悬花,下面陈设笙箫鼓乐,只等宿太尉前来招安。

　　正是由于梁山集团构建了良好的信息与沟通制度,并进行了有效的运营和实施,才使梁山集团最终实现了既定的宏观战略目标——招安。

6. 梁山督察隐玄机

——品《水浒传》，析内控之六：梁山集团的内部监督机制

话说宋江自从晁盖去世，定下遗言，谁杀了史文恭，为他报仇雪恨，便为梁山之主，自己仅是梁山公司的一个临时维持会长后，夜不能寐。为了巩固自己在集团中的地位，不得不时时刻刻提醒自己，多长一个心眼，实施内部监督，确保自己的老大地位。

内部监督分为日常监督和专项监督。监督的内容无非是人、财、物。宋江在内部监督中尤其注重对人的监督。

先看卢俊义刚上山时，宋江对其他头领的监督。《水浒传》第六十七回"宋江赏马步三军，关胜降水火二将"中，朝廷起用单廷珪、魏定国二将，要来剿灭梁山，大刀关胜说此二人为自己部下，自愿请战，前去降伏二将。宋江派宣赞和郝思文随关胜一同前往。

吴用对宋江说："关胜此去，未保其心，可以再差良将，随后监督，就行接应。"宋江道："吾观关胜义气凛然，始终如一，军师不必多疑。"吴用道："只恐他心不似兄长之心。可再叫林冲、杨志领兵，孙立、黄信为副将，带领五千人马，随即下山。"宋江虽然口里说不怀疑，却还是听从军师的建议，发兵让林冲、杨志前去，一为监督，二为接应。

李逵也想去打此仗，宋江并未应允。为什么呢？李逵是个爽直之人，对自己忠心耿耿，是内部监督他人的好帮手，一心维护自己的老大地位。卢俊义刚被接到山寨，宋江便要让梁山之主时，李逵便嚷道："哥哥若让别人做山寨之主，我便杀将起来。"所以宋江不能随便将他派了出去，留着他在山寨，好制衡卢俊义。

可李逵不听号令，私自下山，宋江听了心慌，先使戴宗去赶，后着时迁、李云、乐和、王定六四个首领分四路去寻。可见宋江对这个内部监

督的中坚力量看得多重。

再看卢俊义捉了史文恭后，宋江要让山寨之主时，他手下起着监督和制衡作用的好汉是怎样表现的。只见黑旋风李逵大叫道："我在江州舍身拚命，跟将你来，众人都饶让你一步，我自天也不怕！你只管让来让去，做甚鸟！我便杀将起来，各自散伙！"这是武力威胁。武松见吴用以目示人，也发作叫道："哥哥手下许多将官，受朝廷诰命的，也只是让哥哥，如何肯从别人？"这一是吴用摆明了态度，让众人一起为难卢俊义，让他难犯众怒，知难而退，二是武松晓之以理，别人将官都听我哥哥的，你能不听？刘唐也道："我们起初七个上山，那时便有让哥哥为尊之意，今日却要让别人！"这是说起了晁盖虽有遗言，但早先也有要尊宋江的意思。鲁智深大叫道："若还兄长推让别人，洒家们各自撒开！"意思是说，你们谁来做主，我们都不听你的，看你怎么办？

宋江表面为了不负晁盖遗言，要把主位让与卢俊义，众人不服，他的制衡机制起了很重要的作用。但为了显示公平，他又心生一计，自己和卢俊义分别领人去打两座州府，东平府和东昌府。谁先拿下州府，谁便做梁山之主。分派给卢俊义的人马看上去要比自己带领的人马精强，他将吴用和公孙胜都派给了卢俊义，实质上这两人是七星聚义中的主导力量，相当具有计谋和才智，他二人此去，明为帮助卢俊义，实为监督卢俊义。

自然卢俊义是先攻不下城池的。宋江打下东平府后，还要来相帮卢俊义，最后还是吴用定下计策，生擒了张清。吴用本就是来帮卢俊义的，为什么前期总是让张清得胜，就想不出计谋呢，偏偏要等到宋江来了才能想出计谋？明显就是要堵住众人的嘴，让他们无话可说。

这是排座次以前的监督，排座次以后，宋江实施的内部监督更胜一筹。他亲自颁布号令："诸多大小兄弟，各各管领，悉宜遵守，毋得违误，有伤义气。如有故违不遵者，定依军法治之，绝不轻恕。"这是针对所有人的日常监督。而对李逵和卢俊义这两个人，他实施的是特殊的专项监督。

李逵是宋江的亲信，可他屡次三番给宋江闯祸，宋江不得不对他实施专项监督。李逵三番五次闯祸之后，宋江总是黑下脸来，大喝一声，拖出去斩了！只等众人来为他求情，然后每次总是说，下次再犯，绝不轻饶。可每次总是下次之后还有下次。李逵的莽撞是宋江内部控制的重大缺陷，为了让他不闯祸或是少闯祸，宋江绞尽脑汁，专门让燕青跟着李逵。这一招可谓一箭双雕，既管了专捅娄子的李逵，又让燕青远离了另一个需要重点监督的对象卢俊义。俗话说，一物降一物，卤水点豆腐。李逵虽然天不怕，地不怕，可他就怕燕青。燕青是擒拿相扑的高手，李逵打不过他，不得不服。

对卢俊义的监督更是重中之重。一是调离他的亲信跟班燕青，让燕青时时出去办事，或是跟着宋江，或是管着李逵，让他没有心腹随从，做一个孤家寡人。二是将他控制在自己的视线范围之内，名义上他是梁山董事会的成员，二把手，实际上有名无实，而且天天在宋江、吴用、公孙胜的眼皮之下，即使想做小动作，也逃不过宋江等人的法眼。三是每有重大事件，宋江总是先与吴用计议，并不先和卢俊义商讨，根本没将他当成二把手，只等定下策略之后才和卢俊义通气，使卢俊义完全成了一个摆设。

除了对人的监督之外，宋江还实施了对财务、信息系统、控制活动、采购业务、材料使用的监督，甚至对摆宴席也实施了监督，让他的亲兄弟宋清专管此事，梁山众好汉谁敢对此说个不字。

其实这所有的监督，并不是梁山集团的内部监督，而是宋江个人实施的内部监督，其中隐藏了数不清的玄机。虽然宋江是站在个人立场上实施的监督，但他的个人利益是和梁山集团的整体利益紧密联系在一起的，毕竟也代表了梁山集团绝大部分人的利益，所以他实施的内部监督对梁山的发展壮大起到了至关重要的作用，也为以后的顺利招安奠定了坚实的基础。

7. 梁山全伙受招安

——品《水浒传》，析内控之七：梁山集团的发展战略

梁山集团经历了从晁盖七人团队上山之后的起步阶段、晁盖与宋江联手打造的发展壮大阶段、武装割据排座次后的鼎盛阶段和招安之后的衰落阶段。我们分别来看这四个阶段中梁山集团的发展战略。

晁盖和吴用等人七星聚义，在黄泥岗打劫生辰纲，只想到这是民脂民膏，不义之财，劫之有理，完全没有想到打劫之后，官军会来围剿，根本没有考虑后路，更没有想到要上梁山，都是一步一步被逼上梁山的，也就是说起初并没有发展战略。

晁盖等人上山之后，林冲火拼王伦，晁盖做了梁山之主。这晁盖本是郓城县东溪村保正，大概也就是今天的村官吧。"祖上是本县本乡富户，平生仗义疏财，专爱结交天下好汉，但有人投奔他的，不论好歹，便留在庄上住。若要去时，又将银两赍助他起身。最爱刺枪使棒，亦自身强力壮，不娶妻室，终日只是自己打熬筋骨。"从《水浒传》中对他的这段描述来看，晁盖胸无才学，心无大志，也分辨不出人才的好坏，基本上是个头脑简单、四肢发达的人，做个武将可以，但要当好这个梁山之主有点勉为其难。

由于晁盖本身的素质决定了他做梁山之主时，没有宏观的发展战略。内部控制中的发展战略是指企业在对现实状况和未来趋势进行综合分析和科学预测的基础上，制定并实施的长远发展目标和战略规划。

晁盖上山之后的起步阶段，梁山集团面对的现实状况是官军即将前来围剿，这是迫在眉睫之事，刻不容缓。所以晁盖将打劫生辰纲所得金银拿了出来，打造兵器、修缮城垣、招兵买马、教演兵士，准备抵挡官军进攻。这只是短期的目标、阶段性的目标，是化解当前风险的权宜之

计，并没有想到官军一次不能围剿成功，必然会二次围剿，二次不成，必然还会有下次，而且暴风雨应该一次比一次来得猛烈，到什么时候是个头呢？难道就这样一生打下去吗？由于没有考虑最终的出路，所以他所领导的梁山集团虽然在抵抗官军的进攻之中实力一天天壮大，其风险却也随之一天天加大。

虽然起步阶段没有制定宏观战略，但梁山集团的基础还是打得比较扎实。吴用当军师，指点晁盖屯粮造船，制办军器，安排寨栅城垣，添造房屋，整顿衣袍铠甲，打造枪刀弓箭，准备迎敌官军，梁山泊自晁盖上山，好生兴旺。

再看宋江。他祖居郓城县宋家村，面黑身矮，人都唤他黑宋江。但人不可貌相，水不可斗量。正是这黑宋江，极讲孝义，在当时的社会环境之中，讲的是忠孝，所以他又被称为孝义黑三郎。由于他刀笔精通，吏道纯熟，在郓城县做押司（这大约相当于现在的县政府办公室主任），更兼爱习枪棒，学得武艺多般，又好结交江湖上好汉，济弱扶倾，人都称为及时雨。从《水浒传》对宋江的介绍来看，他的忠孝符合当时社会的道德标准，而且宋江的出身地位比晁盖要高，刀笔精通，应该有一定的文采，吏道纯熟，更懂政治，学得多般武艺，那就是文武双全了，何况还有一个爱结交江湖好汉、济弱扶贫的好名声在外，远比晁盖有威望。这为他日后为梁山制定宏观发展战略埋下了伏笔。

宋江也是被逼上梁山的。他在江州牢城因得戴宗眷顾，好不自在，只因在浔阳楼醉题了一首《西江月》：自幼曾攻经史，长成亦有权谋。恰如猛虎卧荒丘，潜伏爪牙忍受。不幸刺文双颊，那堪配在江州。他年若得报冤仇，血染浔阳江口。后面又写四句：心在山东身在吴，飘蓬江海谩嗟吁。他时若遂凌云志，敢笑黄巢不丈夫！从宋江的诗词之中便可以看出他的心胸气度，特别是敢笑黄巢不丈夫，但也恰巧是这句，说明这是反诗。他被告再次下在江州死牢之中，定要问斩。晁盖等起兵搭救，他才不得已上山。上山之后，因其有为晁盖等人通风报信，对晁盖等有救命之恩的情义在里面，晁盖都要对其感恩戴德，自然他上梁山做个二把手谁都没有异议。这为宋江提供了施展才能的平台，他才开始逐步实施其宏观发展战略。

在梁山集团的发展壮大阶段,宋江的宏观发展战略并没有一步到位,而是经过了漫长的摸索过程。从白龙庙小聚义,到三打祝家庄,从公孙胜高唐州破高廉,到高太尉大兴三路兵,再到三山聚义打青州,众虎同心归水泊。宋江一路收降纳叛,兼并大小山寨,让梁山实力日益发展壮大,但他却知道越是壮大,风险也越大。所以他不放过任何机会,在宿太尉奉旨于华山降香之时,第一次提出了自己的发展战略,明白无误地禀报于宿太尉:"宋江不得已哨聚山林,权借梁山水泊避难,专等朝廷招安,与国家出力。"这可以算宋江为梁山集团所制定的发展战略之雏形。

但这只是宋江一厢情愿之事,他上面还有一把手晁盖,他的发展战略晁盖若不同意,也只能是空想主义。真是无巧不成书,这时晁盖于曾头市中了史文恭的毒箭,一命呜呼。虽然晁盖临死之时嘱咐,若那个捉得射死他的,便做梁山之主,但宋江好歹也是梁山集团暂时的维持会长,可以逐步实施他的发展战略。

梁山集团的发展战略在宋江为众好汉排座次时,才得以明确提出。梁山集团打的是"替天行道"的旗帜,这是为梁山集团正名,梁山集团并不是造反集团,而是替天子行道的;梁山集团走的是"忠义"路线,这一路线既能团结梁山众好汉,也符合当时的社会道德标准;梁山集团的长远目标是"招安",这是最重要的战略规划,是为梁山众好汉寻找最后的出路和最好的归宿。

这一时期是梁山集团的鼎盛时期。为了实施"招安"这一战略规划,梁山集团开始在"替天行道"的大旗之下,按照"忠义"路线,确定具体目标,划分具体任务,明确具体实施途径,并根据发展的阶段和程度,适时进行调整。制定这一发展战略的核心人物应该是宋江和吴用,如果说梁山集团有战略委员会的话,宋江和吴用便是这个战略委员会的正副委员长。公孙胜想的是修道成仙,对此并不感兴趣,卢俊义在梁山集团名为副董事长,其实只是一个摆设。但宋江和吴用还是走了过场,程序上让公孙胜和卢俊义支持并得以通过。

在"招安"这一发展战略的指引下,梁山集团有了明确的发展目标,从只顾低头拉车不明道路的浑浑噩噩中走了出来,逐步发展壮大。在发展壮大过程之中梁山集团还逐步修正发展战略,并不是为了招安而招安,也不是简单的招安、低三下四的招安、委曲求全的招安,而是要名正言顺的招安、堂堂正正的招安。

宋江所带领的梁山集团在招安这一发展战略的实施上可谓煞费苦心,也是历经磨难,虽然过程曲折,但最终得以实现。但招安过后,梁山集团还是一个整体,并未就此解散,在其后为朝廷东征西讨的过程之中,宋江陷入了迷茫,不像在梁山割据之时,有明确的宏观战略目标,想着的只是"为国家出力"这一抽象概念,并不能将其形象化、具体化,也未为整个集团的后续命运着想。

梁山集团招安之后,其历史使命已经完成,按理应该就此解散。一是梁山集团已经没有存在的必要;二是梁山集团就此解散,不会形成集团力量,不会对朝廷形成威胁,也是统治者喜闻乐见的一个结局;三是朝廷中的敌对势力巴不得他们作鸟兽散,然后好各个击破。如果就此解散,说不定梁山众好汉的结局可能会好点,也许更多的人能得以善终。但宋江没有宏观战略,不能拿出类似招安之时的具体方法措施,只得听凭朝廷摆布,开始了南征北战的艰难之旅。

同样在南征北战之中,由于没有宏观发展战略,没有人才的继续引进与退出机制,导致梁山众好汉死的死、伤的伤、散的散,整个集团力量日益削弱;既没有稳固的根据地,也没有雄厚的财力支撑,处处受制;整个集团分崩离析,一步一步走向衰落,并最终随着自己和李逵等在蓼儿洼的身亡而消亡。

8. 梁山水泊卧龙虎

——品《水浒传》，析内控之八：梁山集团的人力资源

梁山集团的人力资源管理，以招安前后为分水岭，经历了截然不同的冰火二重天。前期的人力资源管理，充分注重人力资源的引进与开发，极具生机与活力；后期的人力资源管理，放弃了人力资源的引进与开发，忽略了使用与退出机制，故步自封死板僵化，形同一盘散沙。前后的巨大反差，形成了鲜明的对比。

梁山集团在王伦手中是谈不上注重人力资源的，相反他是武大郎开店，比我高的不要。如林冲雪夜上梁山，王伦心想他这样优秀，我如何是他对手？不如打发他下山。后来看杨志和林冲有得一拚，心想要留就把他两个都留下来，也好有个牵制。即使王伦留下林冲与杨志这两个人才，也不是从梁山集团的发展来考虑的，而只是从巩固自己梁山之主的地位来考虑的。

梁山集团在晁盖手中，比较注重人力资源。晁盖等能摆脱官军追捕，主要得益于宋江及时通风报信。对于这一外援，晁盖和上山后的兄弟时时放在心中，不敢忘记，而且晁盖一将山上的事稳定，便派刘唐下山，专门感谢宋江。宋江怒杀阎婆惜后被刺配到江州牢城，写下反诗，吴用先是定计让戴宗带假书信回江州，后晁盖又起大兵，前往江州营救。对于宋江这一人才，晁盖手下的梁山集团可谓从上至下，高度重视。

晁盖领导梁山集团时，还注重引进人才的质量。杨雄、石秀和时迁上山之时，晁盖听说时迁偷了祝家店里报晓的鸡，一时争闹起来之事时，晁盖大怒，要将他们推出去斩了。他说：俺梁山泊好汉，自从火并王伦之后，便以忠义为主，全施仁德于民。一个个兄弟下山去，不曾折了

锐气。新旧上山的兄弟们,各各都有豪杰的光彩。这廝两个,把梁山泊好汉的名目去偷鸡吃,因此连累我等受辱。可见晁盖并不是一味不分好坏招引人员上山,还要考察上山人才的品德,在人才引进方面,晁盖坚持了原则。

企业内部控制中的人力资源控制部分,要求企业应当重视人力资源建设,根据发展战略,结合人力资源现状和未来需求预测,建立人力资源发展目标,制定人力资源总体规划和能力框架体系,优化人力资源整体布局,明确人力资源的引进、开发、使用、培养、考核、激励、退出等管理要求,实现人力资源的合理配置,全面提升企业核心竞争力。宋江所领导的梁山集团虽然远不能达到以上标准,但也在不知不觉中,实施了其中的部分内容,特别是在人才的引进与开发上。

梁山集团的人才引进与开发在宋江手中得到了充分的发挥。首先,掌握关键技术的专业人才。例如,金枪手徐宁,为了对付呼延灼的连环马,宋江专门设计请徐宁上山。其他如神医安道全、兽医皇甫端、专管印信兵符的金大坚、专造大小号炮的凌振等。其次,关键岗位人员的引进。如河北玉麒麟卢俊义。卢俊义祖居北京,是北京大名府一等长者,一身好武艺,棍棒天下无对。宋江心想若得此人上山落草,何怕官军缉捕,岂愁兵马来临?而且有了他这样的人物上山,也好装点梁山集团的门面,不要让别人小瞧了,说梁山众好汉都是一群乌合之众,也能牵制被迫上山的一班官军武将。在宋江心中,应该早就给了他一个比较重要的岗位。对此,宋江和吴用苦心孤诣,一心想引卢俊义上山,最终害得卢俊义家破人亡,断了一切后路,只得被迫上了梁山。最后,在人才的引进中注重德才兼备。卢俊义在河北一带素有威名,宋江能够想起要引进卢俊义,还是请北京大名府龙华寺僧人,法名大圆的师傅做道场时,问起北京风土人物,大圆师傅向其引荐。宋江、吴用听了,猛然省起。可见卢俊义名声在外,连僧人都知道他的大名,宋江、吴用肯定也曾听说,不然不会猛然省起。

由于宋江实施了一系列的人才引进与开发措施,不拘一格降人才,英雄不问出处,梁山威名日胜,使梁山集团人才济济,梁山泊内藏龙卧虎，最终聚得一百单八将。

宋江所领导的梁山集团为了"招安"的宏观战略，不仅注重内部人才的引进与开发，还注重与外部人才的联系与沟通。比如，宋江三败高俅之后，生擒了高俅，梁山集团之中，有众多高俅的仇人，但宋江并没有杀掉高俅，而是为他治酒压惊，送他金银，派人护送他回京城，好让他在圣上面前，转达梁山招安之意。只可惜高俅不为宋江所用。但宋江走李师师的道路和宿太尉的道路，都起到了很好的作用，这两个关键人物对梁山集团的招安起了重要的作用。

当然宋江所领导的梁山集团在招安前的人力资源管理上也还存在诸多缺陷。比如人力资源激励约束制度不合理。梁山好汉排座次，一排就是终身制，没有激励机制，同时约束制度也不合理，李逵一而再，再而三地违反山寨规定，宋江只能以情代法，表面上威吓一番，每次都没采取实际的处罚措施。又如岗位回避制度，梁山好汉排座次后，分别定岗定责，有许多的夫妻店、兄弟寨等。

但即使存在这样或那样的问题，毕竟梁山集团在招安前实施了很好的人才战略，在人力资源的引进与开发上极其重视，促使梁山集团充满了生机和活力，得以两赢童贯、三败高俅，并最终赢得了宏观战略"招安"的实现。

招安之后，梁山集团在人力资源的管理上，与招安前形成了鲜明的对比，有了巨大的落差。由于招安后宋江所领导的梁山集团没有明确的宏观战略，在人力资源管理上更是乏善可陈，特别是在人才的保护、引进与退出机制上，没有具体的措施，让梁山众好汉陷入了迷茫之中。梁山集团招安后期唯一招纳的人才，便是与张青有姻缘的飞石女将军琼英。除此以外，梁山集团没有补充任何新鲜血液。特别是众好汉死的死、伤的伤时，幸存的都在开始考虑自己的后路了，不考虑没办法呀，梁山集团没有考虑，自己不考虑行吗？

混江龙李俊及其手下童威、童猛在太湖与赤须龙费保、卷毛虎倪云、太湖蛟卜青、瘦脸熊狄成四人小结义后，便开始筹划自己的退路。没有立即离开只是宋公明恩义难抛，方腊未剿。宋江剿除方腊后，李俊便诈中风疾，倒在床上，恳请宋江怜悯于他，让童威、童猛留下来照看他。宋江人马一走，他们便从太仓港乘船出海，自投化外国去了，后来为暹罗之主。这是梁山好汉中结局最好的。

已成废人的武松也对宋江说：小弟今已残疾，不愿赴京，身边金银，都纳在六和寺中，已作清闲道人，十分好了，哥哥造册，休写小弟进京。他在六和寺出家，后至八十善终，也算结局比较好的。

浪子燕青私下劝卢俊义，隐迹埋名，寻个僻静去处，以终天年。可卢俊义不听，还要衣锦还乡，封妻荫子。燕青只得夜里收拾了一担金珠宝贝挑着，退居山野，为一闲人。想来也得了善终。

而这些人才的退出都是在万不得已的情况下自己寻找的出路，并不是梁山集团为其制定的出路。况且梁山集团中的人才并不是宋江想留就能留的。回京面圣时，虽然只有二十七人，其实原留在京城的还有五人，分别是安道全、皇甫端、金大坚、萧让、乐和。征方腊出师前，皇上说：卿等众内，有个能镌玉石印信金大坚，又有个能识良马皇甫端，留此二人，驾前听用。宋江、卢俊义敢不答应？而这些留在京城之人，正好免却征战之苦，得以保全性命，何尝不是一种好的出路呢？

梁山集团后期其他人才的出路只能是等，等到圣上终于有一天看到梁山集团的一百单八将，回朝时面圣只余了二十七人时，才大发善心，分别封官赏赐。宋江又向皇帝请求：手下军卒，亡过大半，尚有愿还家者，乞陛下圣恩优恤。天子准奏，如愿为军者，赐钱一百贯，绢十匹，于龙猛、虎威二营收操，月支俸粮养赡。如不愿者，赐钱二百贯，绢十匹，各令回乡，为民当差。直到这时，宋江才为跟随他出生入死的士兵们想了一个退路。可这也是血的代价，手下军卒，早已亡过大半！

这些受了朝廷封赐的好汉，退出官场的，基本都得到了善终，而眷念官场的，基本都没有讨得好死。先是卢俊义受计而死，后宋江与李逵又饮毒酒而亡，吴用、花荣先后前来陪葬。比起那些早就想好退路的好汉，他们最后只落得个愚忠的下场。

9. 替天行道梁山泊

——品《水浒传》，析内控之九：梁山集团的社会责任

梁山集团作为一个造反集团，怎么还会有社会责任呢？这不是笑话吗？不是的。梁山集团在晁盖和宋江的领导下，也有社会责任。我们先从企业内部控制的社会责任开始分析。

企业内部控制所说的社会责任，是指企业在经营发展过程中应当履行的社会职责和义务，主要包括安全生产、产品质量（含服务）、环境保护、资源节约、促进就业、员工权益保护等。

在梁山第一代领导人王伦的手中，梁山集团的社会责任接近于零甚至为负数。为了能养活自己和手下，王伦领导的梁山集团主营业务收入便是打劫，可从林冲上山要交投名状时，守了三天，都守不到打劫的，后来天可怜见，终于来了杨志，才救了林冲一命，最终让他能够在梁山落草。单从这点便可以看出，梁山当时是多么的没落。当然这和梁山集团的领导人相关，王伦明知林冲有自己的恩人柴大官人的书信，理应承担对于朋友的社会责任，却置若罔闻。所以说王伦手中的梁山集团是没有社会责任的。

到了晁盖的手上，梁山集团日益壮大，也开始有了社会责任。

首先是安全生产。为了抵御官军的进攻，梁山集团在晁盖和吴用的安排下，整点仓廒，修理寨栅，打造军器，准备迎敌官军，安排大小船只，教演人兵水手上船厮杀，好做提备，而且晁盖做事宽洪，安顿各家老小在山。"山寨里自酿的好酒，水泊里出的新鲜莲藕并鲜鱼，山南树上，自有时新的桃、杏、梅、李、枇杷、山枣、柿、栗之类，自养的鸡、猪、鹅、鸭等品物。"可以看出，此时的梁山，已经是个小社会了。

其次是讲究梁山名声，也可以算是企业的服务质量。我们看梁山

集团在晁盖上山后的第一次打劫。晁盖听得探报,先派三阮下山打劫,后又怕三阮担负不下,追派刘唐下山协助,并吩咐,只可取金帛财物,切不可伤害客商性命。等手下人马得胜回到山寨,听说只取了财物,并不伤害一人性命时,晁盖大喜。

再次是打劫后的利润分配。晁盖叫掌库的小头目,每样取一半,收贮在库,听候支用。另一半分做二份,厅上十一位头领均分一份,山上山下众人均分一份。把新拿到的军健,脸上刺了字号,选壮浪的分拨去各寨喂马砍柴;软弱的,各处看车切草。这里面已经包含了资源节约、促进就业、员工权益保护等内容。

到了宋江手中,梁山集团的社会责任开始明朗化了。梁山好汉排座次后,在忠义堂前竖一大旗,上书"替天行道"四个大字。这便是梁山集团社会责任的总概括。天子是有道的,但被身边的奸佞之臣所蒙蔽,不能行道,梁山集团便是替天子行道的。即使招安之后,梁山集团的社会责任仍然是替天行道,为君分忧,替皇帝保江山,但梁山集团的社会责任也因招安而分成了两个截然不同的阶段,前后形成了巨大的反差。

招安前,梁山集团劫富济贫,杀的是贪官污吏和巧取豪夺之人。"泊子里好汉,但闲便下山,或带人马,或只是数个头领各自取路去,途次中若是客商车辆人马,任从经过,若是上任官员,箱里搜出金银来时,全家不留,所得之物,解送山寨,纳库公用,其余些小,就便分了。折莫便是百十里,三二百里,若有钱粮广积害民的大户,便引人去公然搬取上山,谁敢阻挡。但打听得有那欺压良善暴富小人,积攒得些家私,不论远近,令人便去尽数收拾上山"。这相当于对财富的再分配。所以招安前,梁山集团深得当地百姓的拥戴。而招安后,除第一次出征是奉诏破大辽,行使的是保家卫国的社会责任外,后几次出征均是镇压农民起义,是充当朝廷的走狗、鹰犬,能否得到当地百姓的支持就不可同日而语了。

招安前,梁山集团实行的是武装割据,以梁山泊为根据地,山前有六关,有八酒店,有四旱寨、四水寨,以预防为主,实行了多种形式的安全防范措施,在安全上投入了大量的人力、物力和财力,寨栅城垣兵甲船只大炮等安全设备一应俱全,还有戴宗所带领的谍报部门应急预警机制,整个梁山泊真可谓固若金汤,万无一失,安全系数极高。而招安后,梁山集团东征西讨,背井离乡,南征北战,所到之处人生地不熟,招安前是敌在明,我在暗,而招安后是敌在暗,我在明,安全系数极低。

招安前,梁山集团极力维护集团的质量和信誉,每次战阵,因有天时、地利、人和,所以屡战屡胜,质量可靠。就连李逵因听信刘家庄刘太公一家之言,以为宋江抢了他的女儿做山寨夫人之时,宋江为了维护梁山集团的信誉,亲自到刘家庄与刘太公和庄人对质,并责成李逵和燕青将假宋江绳之以法才罢休,最大限度地降低或消除社会危害。而招安后期,特别是镇压田虎、王庆和方腊,这些人占山为王,落草为寇虽然原因各不相同,但也是被逼无奈,和梁山集团中的一些好汉有类似的经历,只不过他们没有接受招安而已。梁山集团去征剿时,他们反占了天时、地利、人和,梁山集团即使战胜,也是困难重重,勉强获胜,毫无质量可言。

招安前,梁山集团在环境保护和资源节约方面做得极好,单从梁山接受招安之后分金大买市便可以看出。从三月初三,到十三日止。宰下牛羊,酿造酒醴,但到山寨里买市的人,尽以酒食管待,犒劳从人。四方居民,担囊负笈,雾集云屯,俱至山寨。一连十日,每日如此。如果没有梁山集团与根据地民众的鱼水关系,民众怎会如此热心买市?如果梁山集团滥杀无辜,附近民众怎会如此之多,买市集市贸易又怎会如此红火?可见在保护根据地周边环境上梁山集团是做得极好的,而且正是为了节约资源,梁山集团才分金大买市。而招安之后,梁山集团已无环境可保,更无资源可以节约。就连梁山集团最重要的人力资源,都不是梁山集团想节约就能节约的,都得听朝廷的,君要臣死,臣不得不死。好在征战之中,死的死,伤的伤,伤的算工伤,死的是为国捐躯,即使马革裹尸,也是战死沙场。

最后看促进就业与员工权益保护。招安之时,宋江传令众军校:汝等军校,也有自来落草的,也有随众上山的,亦有军官失陷的,亦有掳掠来的。今次我等受了招安,俱赴朝廷。你等如愿去的,作数上名进发;

如不愿去的,就这里报名相辞。我自赍发你等下山,任从生理。号令一下,三军各各自去商议。当下辞去的,也有三五千人。宋江皆赏钱物,赍发去了。愿随去充军者,作数报官。也就是在招安之时,宋江解决了自愿离职员工的待遇问题,对员工权益进行了保护,同时促进了就业,愿意从军的,作数报官,随同进发。招安之后,这一批军士跟着宋江南征北战,立下了汗马功劳。得胜回朝之时,宋江又向皇帝请求:手下军卒,亡过大半,尚有愿还家者,乞陛下圣恩优恤。天子准奏,如愿为军者,赐钱一百贯,绢十匹,于龙猛、虎威二营收操,月支俸粮养赡。如不愿者,赐钱二百贯,绢十匹,各令回乡,为民当差。这时考虑员工权益保护和促进就业不是宋江能够说了算的,他只能请皇上体恤了。好在皇帝看梁山集团一百单八将出征,现只剩下二十七人听封,动了恻隐之心,安排就业,发放钱财,促进就业,保护员工权益,替宋江的梁山集团完成了最后的一个社会责任。

10. 梁山忠义竖大旗

——品《水浒传》，析内控之十：梁山集团的企业文化

梁山集团的企业文化，经历了晁盖手中漫长的萌芽阶段，宋江手中的逐步探索阶段和最后的发展成熟阶段，而且这一企业文化自始至终如影随形地陪伴着梁山集团，走过了梁山集团从小到大，由盛而衰的全过程。

梁山集团在第一代领导人嫉贤妒能的王伦手中，是没有企业文化的。林冲雪夜上梁山时，王伦寻思道："我却是个不及第的秀才，因鸟气，合着杜迁来这里落草；续后宋万来，聚集这许多人马伴当。我又没十分本事，杜迁、宋万武艺也只平常。如今不争添了这个人，他是京师禁军教头，必然好武艺。倘若被他识破我们手段，他须占强，我们如何迎敌？不若只是一怪，推却事故，发付他下山去便了，免致后患。只是柴进面上却不好看，忘了前日之恩，如今也顾他不得。"后来林冲与杨志一番相斗，王伦心里想道："若留林冲，实形容得我们不济，不如我做个人情，并留了杨志，与他作敌。"作为一把手的王伦如此小肚鸡肠，如何会有企业文化呢？

梁山集团的企业文化在第二代领导人晁盖手中，开始了萌芽。晁盖等七星聚义，在黄泥冈劫了生辰纲事发之后，得宋江通风报信，方才逃到梁山泊来，为了感恩，晁盖让刘唐星夜下山专程去感谢宋江，而后宋江在江州牢城题写反诗要被问斩时，晁盖又提大兵前去营救。这都说明他讲情义。他上山后第一次打劫，便吩咐手下，只劫财，不可伤害人命，说明他有职业道德。林冲见晁盖做事宽洪，疏财仗义，安顿各家老小在山，心中也开始思念妻子。杨雄、石秀上山，说起因时迁偷了祝家店里报晓的鸡而争闹之时，晁盖大怒，要将他们推出去斩了。他说：

俺梁山泊好汉，自从火拼王伦之后，便以忠义为主，全施仁德于民。一个个兄弟下山去，不曾折了锐气。新旧上山的兄弟们，各各都有豪杰的光彩。这厮两个，把梁山泊好汉的名目去偷鸡吃，因此连累我等受辱。在他心中，梁山集团的好汉们都是忠义之辈，行的是仁德之事，绝不能做偷鸡摸狗的勾当。这便是梁山集团企业文化的雏形，在晁盖手中已经开始萌芽。

梁山集团企业文化的形成、发展与成熟，是在第三代领导人宋江手中完成的。宋江极其孝顺，又讲义气，江湖上送给他的绰号，有孝义黑三郎，也有及时雨宋江。他在兼并其他大小山寨，收降纳叛之中，众好汉看的就是他的孝与义。但这孝与义虽然符合当时社会的道德标准，对于梁山集团这个造反公司来说，其中没有主流价值观、宏观经营理念和优良企业精神支撑，要想整个梁山集团中的众好汉共同认同并遵守，还要有大的企业文化。

企业内部控制所称的企业文化，是指企业在生产经营实践中逐步形成的、为整体团队所认同并遵守的价值观、经营理念和企业精神，以及在此基础上形成的行为规范的总称。宋江为梁山众好汉排座次时，将梁山集团的企业文化概括为"忠义"二字，将以前的"聚义厅"匾额取了下来，换成了"忠义堂"。"忠义"二字是梁山集团企业文化的核心内涵，而且梁山集团从确立这一企业文化开始，自始至终一以贯之。

先看"忠"。忠于天子、忠于国家，在当时讲究三纲五常的时代是文化的第一要素。宋江打出"替天行道"的大旗，充分体现了对天子的忠，这无疑是向世人宣言，梁山是替天子行道的，并不是造反公司，反的不是朝廷，更不是天子，否则便不会替天行道了。这种主流价值观为梁山营造了良好的口碑，改变了其反叛的形象，有了广泛的社会影响。宋江制定的宏观战略"招安"，也是在根据这一企业文化而来的，招安之后，就可以体现对天子的忠了，可以永远洗脱梁山集团反叛的罪名。在这一核心价值观的指引下，梁山集团开始了团队协作，将企业文化融入所有的具体行动之中，切实做到了文化建设与发展战略的有机结合，增强了众好汉的责任感和使命感，经过锲而不舍的教育与熏陶，特别是宋江的带头垂范和吴用等的宣传贯彻,形成了一股凝聚力和向心力,两赢童贯,三败高俅,最终得以实现宏观战略目标"招安"。

为了实现这一看似简单的"忠",梁山集团前期费尽周折。宋江先是于宿太尉在华山降香时,向其表达了招安的意图,后将高俅生擒之后,又委曲求全,为其治酒压惊,送他金银,还派人护送其下山,为的就是请他将招安之意转达给圣上,最后不得已再走李师师道路。但不管怎样,前期总算取得了圆满的结局。而后期梁山集团为了实现这一"忠"则付出了惨重的代价。破大辽、战田虎、讨王庆、征方腊,梁山众好汉死的死,伤的伤,离的离,散的散,到最后回朝受封时,一百单八将只有二十七人受封。即使受封后,明知道要遭到陷害,宋江等人还要愚忠。卢俊义不听燕青的劝告,还想衣锦还乡,封妻荫子,结果是第一个就被结果掉了,宋江也好不到哪里去,成了下一个目标。但宋江作为梁山集团的领导人,"忠义"文化的创始人,他的愚忠体现得更为彻底,明知道喝下去的是毒酒,害怕他死之后,天不怕地不怕的李逵闹出不忠的事来,将李逵叫来,一同喝了毒酒,以免后患。

再看"义"。"义"是宋江打造梁山品牌的重要元素。通过"义",宋江将梁山好汉凝聚到了一起,让他们对梁山有了信心和认同感,形成了凝聚力和竞争力,加强了团队协作。宋江为众好汉排座次后,挑拣了一个良辰吉日,焚香起誓,众好汉看宋江当众起誓,自然同声共愿,但愿生生相会,世世相逢,永无断阻。这为梁山集团以后战无不胜,攻无不克奠定了坚实的基础。

但梁山品牌的社会影响力仅限于梁山地区,离开了梁山根据地,其品牌影响力便化作子虚乌有。特别是在后期的南征北战之中,虽然梁山集团高举的仍然是"忠义"大旗,但看到众兄弟死的死,伤的伤之后,梁山众好汉早已没有了信心,有的只是伤心。"义"字旗下,所聚的人心已经分崩离析。武松执意出家了。混江龙李俊则早就想好了退路,没有立即离开只是宋公明恩义难抛,方腊未剿。方腊一剿,他便诈中风疾,让宋江留下自己的两个铁跟班童威、童猛和太湖小结义的一班弟兄到海外去发展,最后还成了暹罗之主。浪子燕青趁夜色走了,只留一封书信给宋江,以免自己当面提出时,宋江左右为难。

梁山众好汉中将这"义"字文化贯彻得最彻底的是三个人。一是李逵,宋江怕他死后,李逵闹出不忠不义之事出来,将他叫去一同喝毒酒。李逵喝下了毒酒后,宋江方才告诉他是喝的毒酒。李逵为了这个"义"字,毫不含糊,眉头都没皱一下,二话不说只想陪他的宋公明哥哥去,嘱咐从人,死后要将他和宋江哥哥一处埋葬。二是吴用和花荣。吴用作为梁山集团的军师,曾经辅佐梁山集团的两任领导,为梁山武装割据、实现招安以及其后的东征西讨殚精竭虑,立下了不朽功勋。梁山集团的"忠义"文化与其有着不可分割的关系,从梁山泊一路走来,"忠"是实现了,宋江死后,他要完成的就是"义"了,所以他义无反顾地在宋江坟头自尽,实现了他和宋江共同开创的梁山文化。花荣未上梁山之前,本是清风寨知寨,因和宋江有兄弟情义,为搭救宋江才反上梁山,到了宋江坟头,看到吴用,心中不舍得也是兄弟情谊,最后也和吴用一起,双双自缢于宋江坟头,为梁山集团的"忠义"文化,画上了一个完美的句号。

倒是宋江一干人等去世之后,宿太尉向皇上奏报宋江忠义显灵之事。宋江所领导的梁山集团推行的"忠义"文化,在当时传播的是正能量,其实正是皇上所需要的,符合统治阶级利益,对维护皇权,以达到长治久安极具作用。所以皇上亲书圣旨,敕封宋江为忠烈义济灵应侯,仍敕赐钱于梁山泊,起盖庙宇,大建祠堂,妆塑宋江等殁于王事诸多将佐神像。敕赐殿宇匾额,御笔亲书"靖忠之庙"。可见梁山集团的企业文化,不仅为其自身的发展壮大奠定了基础,还受到了统治阶级的最终认可与表彰,希望其传承并得以发扬。这是对梁山集团企业文化的最高评价。宋江一干人等,九泉之下可以瞑目了。

11. 梁山打劫不义财

——品《水浒传》,析内控之十一:梁山集团的资金活动

梁山集团的资金活动,在第一代领导人王伦的手中,少之又少,可以说是捉襟见肘。梁山集团真正的资金活动始于第二代领导人晁盖。

第二代领导人晁盖上山之时,带去了从黄泥冈劫得的十万贯金珠宝贝,追加了梁山集团的注册资本后,才激活了梁山集团的资金活动。林冲火拼王伦之后,晁盖便教取出打劫得的生辰纲,并自家庄上过活的金银财帛,当厅赏赐众小头目并众多小喽啰,这是收买民心,对人心的投资。

梁山集团的第一笔大额资金投资,用在了安全生产上。为了抵御官军的进攻,梁山集团在晁盖和吴用的安排下,整点仓廒,修理寨栅,打造军器,准备迎敌官军,安排大小船只,教演人兵水手上船厮杀,好做提备。这一投资很快收效,为梁山集团第一次打败前来围剿的济州团练使黄安奠定了基础。

晁盖上山后的第一次筹资活动,是安排三阮及刘唐下山打劫。打劫后的利润分配,晁盖叫掌库的小头目,每样取一半,收贮在库,听候支用。另一半分做二份,厅上十一位头领均分一份,山上山下众人均分一份。也就是说,第一次打劫来的收入,梁山集团将其中的一半收贮起来了,只是没有明确筹资的用途、规模、结构和方式等相关内容,但对筹资成本和风险进行了充分估计,晁盖怕三阮下山不能完成筹资任务,后又追派刘唐带一百人下山协助。而且在利润分配上也有讲究。对利润的分配:一是公开透明,当厅分配;二是讲究合理的分配政策,厅上头领均分一份,山上山下众人均分一份;三是兼顾近期利益和长远利益,避免分配过度或不足,收贮一半,分配一半。

这些筹集而来的资金,由军师吴用对其进行营运。梁山集团开始屯粮造船,制办军器,安排寨栅城垣,添造房屋,整顿衣袍铠甲,打造枪刀弓箭,防备迎敌官军。为梁山集团的安全生产做好了准备。

企业内部控制中的资金活动,是指企业筹资、投资和资金营运等活动的总称。从以上可以看出,晁盖所领导的梁山集团已经开始涉及了资金活动的全部内容,而且在筹资活动中,梁山集团打劫的都是不义之财,在劫财过程中,还要不伤人命,不能像时迁做些偷鸡摸狗的勾当,要讲忠义,行仁德,也就是说在筹资过程中,还要讲究筹资的原则,不能胡乱筹资。

晁盖手中最大的一次筹资活动是三打祝家庄,虽然这三打祝家庄都是宋江去打的,但毕竟是晁盖为头。第一次和第二次因未充分考虑筹资的成本和潜在风险,导致不仅筹资失败,还损兵折将,前期筹资成本明显过高。但愈是高风险,回报愈高。打破祝家庄后,光得粮便是五十万石,还不算牛羊骡马以及金银财宝等物。晁盖手中筹资风险最大的一次便是攻打曾头市,因未充分考虑其筹资风险,晁盖在曾头市中史文恭毒箭,为此付出了生命的代价。

到了第三代领导人宋江的手上,梁山集团的资金活动无论是筹资、投资还是资金营运,也无论是规模、管理还是营运效果,都比晁盖时期有了显著扩大和提高。

先看资金的管理。宋江为梁山众好汉排座次后,任命小旋风柴进为财务总监,管审批;神算子蒋敬为主管会计,考算钱粮支出纳入;管库的小头目为仓库保管员兼出纳,收钱收物,支钱支物。同时将财务室和钱粮仓廒设在忠义堂左边,卫于重重保护的核心区域,也便于自己时时核查。从这里可以看出,宋江实行了不相容职务相分离的制度。管审批的不管账和钱,管账的不管钱,管钱的不管账。而且柴进名为财务总监,其实只担了一个名,真正的论功行赏,还是宋江说了算,柴进起一个上传下达的作用,只是执行而已。资金管理这一块,在宋江手中,比晁盖时期明显进步了。

再看资金的筹集。泊子里好汉,但闲便下山,或带人马,或只是数个头领各自取路去,途次中若是客商车辆人马,任从经过,若是上任官员,箱里搜出金银来时,全家不留,所得之物,解送山寨,纳库公用,其余些小,就便分了。折莫便是百十里,三二百里,若有钱粮广积害民的大户,便引人去公然搬取上山,谁敢阻挡。但打听得有那欺压良善暴富小人,积攒得些家私,不论远近,令人便去尽数收拾上山。这些都还是小的,大的冲州撞府,智取大名府,夜打曾头市,甚至一次同时攻打两个广有钱粮的州府,东平府和东昌府。梁山集团钱粮充足,兵强马壮,资金积累达到了鼎盛时期。比之晁盖时代,其资金的筹集规模较以前大过不知多少倍。

梁山集团也有投资,晁盖时期梁山集团的投资无非是安全投资,在宋江手中,除了安全投资以外,还进行了预期收益的投资。为了实现招安的宏观战略,宋江先后对宿太尉、高俅和李师师等人进行了投资。这些投资,在高俅身上没有得到回报,但在宿太尉和李师师身上得到的收益是巨大的。

再看资金营运。梁山集团在筹资的过程之中,形成了一个资本的累积过程,在这个过程之中,累积的不光是流动资金,也还有实物和固定资产。流动资金中的金银是可以随身携带的,但实物和固定资产便无法带走了。梁山泊全伙受招安后,宋江安排人遍谕附近州县,买市十日。至期,四方居民,担囊负笈,云集雾屯,俱到山寨。这一是可以看出梁山集团所筹集资金的雄厚,二是可以看出梁山集团资金营运的策略。招安前,梁山集团是民营企业,招安后,梁山集团就成了国营企业了。民营企业的资金可以由企业自由支配,而成了国营企业后,所得收益需要上缴朝廷,再也不能任由自己支配了。

招安前后,梁山集团的资金活动经历了冰火两重天。招安前,梁山集团筹资,打劫的是不义之财,相当于在资金初始分配不公的基础上,对资金进行了强制性的二次分配。那时梁山集团是民营企业,无管无束。可招安后情况就截然不同了,在破大辽、战田虎、打王庆、征方腊的过程中,梁山集团是代表朝廷的国营企业,攻下州府,所得金银财宝,都需要上交朝廷,不能据为梁山集团私有。宋江只能靠在功劳簿上给众好汉记上一笔这个虚指望来激励将士。招安后期,梁山集团根本就没有了资金的筹集和投资活动,剩下的只有资金营运了。巧妇难为无米之炊,这可将财务总监柴进为难了,没办法,只好到方腊处去当驸马,做内应,以求尽快打败方腊。

  虽然如此,但严格来说,宋江的梁山集团还是有小金库的。梁山泊分金大买市所得的金银,就在梁山集团的小金库中。这是梁山集团割据时代积累下来的财富,也是梁山集团所有人的财富,属于梁山集团的自有资金,朝廷也是无权干涉和过问的。招安后,宋江能营运的资金,也就只有这个小金库里的自有资金了。但即使腰缠万贯,只有出,没有进,也总会有坐吃山空的时候。所以最后宋江要向皇帝请求,体恤兵士,还是皇帝开恩,给兵士们发放优抚金的。看来宋江所带领的梁山集团的资金营运也到了山穷水尽的地步,并随着梁山集团的消亡而寿终正寝了。

12. 梁山卫国屡建功

——品《水浒传》,析内控之十二:梁山集团的财务报告

梁山集团自宋江在梁山泊为众好汉排座次起,共有六次大的财务报告,其中一次为对内的,其余五次为对外的,每次报告内容各不相同,所起的作用,发挥的效应也不相同。

梁山集团的新鲜出炉公开上市,是在《水浒传》第七十一回"忠义堂石碣受天文,梁山泊英雄排座次"中。为此,宋江精心准备了上市公司的财务报告。股东名册是天罡星三十六个,地煞星七十二个,董事会成员,监事会成员,一一排定,公司的发展战略是"招安",打出鲜明的旗帜"替天行道",企业文化的核心内涵为"忠义"二字,这是梁山集团以后所要走的漫长道路,公司的治理结构、组织架构及机构设置、各岗位的明确分工以及责权利明确等等一一公告。这份报告,实质是一份内部报告,其主要目的是向股东们报告。当然其影响绝不仅仅限于股东内部,对于梁山集团内的士兵,梁山根据地的民众,以及邻近州府的官员和豪门大户,甚至代表国家的朝廷,肯定都会一传十,十传百,即使知道得不如梁山集团内部的人详尽,至少也会有所耳闻。

梁山泊众英雄未排座次以前,梁山集团虽然也有了声誉,在根据地的影响已经扩大,威名日盛,但从形式上看,只能算小打小闹。从内部控制的角度看,既没有明确的内部治理结构,也没有良好的内部控制环境,众人心思各不相同,组织架构不明确,内部控制不严密,不能环环相扣,没有明确信息传递与沟通,内部监督机制不健全,也没有打出旗帜,明确社会责任,更没提出要走什么道路,也没有企业文化,更没设定发展战略,对外只能算一群落草为寇的乌合之众。梁山集团提出的这整套财务报告,比较全面地解释了这一系列的问题,对内进行了详细的内

部控制，对外向世人进行了充分的展示。

梁山集团的第二次财务报告，是梁山集团全伙受招安，进京面圣之时。未受招安前，梁山集团是民营企业，招安之后，梁山集团便由国家收购，成了国营企业。这次财务报告，实际是梁山集团资产的一次全面展示。梁山集团的资产主要为人力资产，即一百单八将，这既是无形资产，也是有形资产。与第一次报告不同，此次报告，不是对内的，而是对外的，是向管理当局，统治者，社会公众进行报告的。宋江让铁面孔目裴宣选拣彪形大汉、五七百步军，前面打着金鼓旗幡，后面摆着枪刀斧钺，中间竖着"顺天""护国"二面红旗，军士各悬刀剑弓矢，众人各各都穿本身披挂，戎装袍甲，摆成队伍，从东郭门而入。只见东京百姓军民，扶老携幼，迫路观看，如睹天神。是时天子引百官在宣德楼上临轩观看。道君皇帝见了，也是喜动龙颜，心中大悦。可见此次报告，起到了很好的宣传作用。但由于掌握着证监会的蔡京、高俅等进行暗箱操作，尽管此次梁山集团提供的财务报告合法合规、真实完整，但并未被朝廷有效利用，也未受到封赏，只落得个奉旨破辽的使命。

梁山集团的第三、第四、第五次财务报告大同小异。这三次财务报告，分别是破大辽、战田虎、讨王庆之后的财务报告，都是梁山集团作为国营企业，进行了经营活动之后，向管理当局，也就是统治者和朝廷进行的财务报告。是对外的报告，报告的使用者仅为上级部门，主要内容为经营成果，相当于损益表。此三次财务报告，因梁山集团的主要资产，也就是人力资产未受损失，所以梁山集团在这三次财务报告中都未进行详细说明。而且在报告前，宋江所领导的梁山集团未与监事会的蔡京、高俅等进行充分沟通，所以即使每次报告的经营成果都是利润巨大，但这些利润却也只能上交，而不能作为红利，在梁山集团的股东之间进行分配。

梁山集团的第六次财务报告，全面完整，可以和第一次报告相媲美。这次报告，既有财务状况的报告，也有经营成果的报告，还有财务报告附注，而且经过了上级机构的审计，得到了皇帝所派监军的认可，随同财务报告一同向皇上进行了报告。

先看报告中的经营成果。宋江前去征方腊时，朝廷已派有张招讨、刘都督征进，未见次第。可见此次经营，是在别人经营未果的基础上去的，而且宋江申请时，张招讨和从、耿二参谋亦行保奏。宋江等得胜回朝，也是张招讨、童枢密，都督刘世光，从、耿二参谋，大将王禀、赵谭等中军人马陆续先回京师，宋江等望后进发。这先回去的一干人等，早已将经营成果向皇上进行了汇报。原先他们拿不下方腊，现在宋江的梁山集团去了，九死一生，方才得胜，经营成果是隐瞒不了的，肯定要如实报告。这和前几次报告不同，前几次都是梁山集团自己报告，这次是由旁人代为报告，其中不可能虚报梁山集团的经营成果，其可信度也比前几次要强。

再看报告中的资产状况。梁山集团前去征方腊时，一百单八将，人人俱在，除了皇上让金大坚和皇甫端驾前听用外，都随宋江出征。此次能够面圣的除去留在京城的五人，六和寺出家的武松，蓟州出家的公孙胜，离开集团的燕青、李俊、童威、童猛四人外，只有二十七人朝觐。东京百姓看了时，此是第三番朝见。想这宋江等初受招安时，却奉圣旨，都穿御赐的红禄锦袄子，悬挂金银牌面，入城朝见。破辽兵之后回京城时，天子宣命，都是披袍挂甲戎装入朝朝见。今番太平回朝，天子特命文扮，却是幞头公服，入城朝觐。东京百姓看了，只剩得这几个回来，众皆嗟叹不已。皇上看了宋江的报告，也是嗟叹不已：卿等一百单八人，真乃十去其八矣！

最后看财务报告附注。宋江在附注中详细列明了减值的部分，对于报告中需要说明的事项，作出了清晰、完整、真实的说明。阵亡正偏将佐五十九员，其中正将一十四员，偏将四十五员；于路病故正偏将佐一十员，其中正将五员，偏将五员；六和寺坐化正将一员；六和寺出家正将一员；旧在京还蓟州出家正将一员；不愿恩赐，于路上去正将二员，偏将二员；旧留在京师偏将五员；现在朝觐正偏将二十七员，其中正将一十二员，偏将一十五员。

前几次财务报告的分析利用，由于受到蔡京、高俅、童贯等人的干扰与阻挠，梁山集团空有功劳，不得赏赐。此次与前几次不同，不单是梁山集团的功劳，还有张招讨、刘都督、童枢密、从、耿二参谋的功劳，而且梁山集团的资产十去其八，连皇上都觉得凄惨，所以此次梁山集团能够顺利地享受朝廷给予的利润分配和赏赐。

宋江在提供报告完毕后，又进行了口头补充说明：臣部下自梁山泊受招安，军卒亡过大半，尚有愿还家者，乞陛下圣恩优恤。这其实也是梁山集团的资产，跟随梁山集团的领导人出生入死，久战沙场，能够活着回来，已属不幸中之万幸。此口头说明，也向皇上报告了军士的减值情况，实际也同时报告了经营成果的来之不易，于皇上对财务报告的整体分析利用大有裨益。

梁山集团的第六次财务报告可以算是梁山集团的终结报告，此后梁山集团就此解散，因为这个国营企业已经完成了其历史使命，经营活动结束，必然要解散。解散报告是由皇帝亲自下达的。皇上降下圣旨，将已殁于王事者，正将偏将各授名爵。其他众将都有封赏，分派官职，到各地上任。军士如愿为军者，于龙猛、虎威二营业收操，如不愿者，赐以钱物，各令回乡，为民当差。这也可以看成是梁山集团的清算报告，报告是由皇帝亲自签发的。

关于梁山集团的最后一次报告，是由宿太尉代为报告的。卢俊义、宋江、李逵、吴用、花荣等先后因忠义而死之后，宿太尉向皇上禀明宋江等梁山集团的忠义之事，皇上亲书圣旨，敕封宋江为忠烈义济灵应侯，仍敕赐钱于梁山泊，起盖庙宇，大建祠堂，妆塑宋江等殁于王事诸多将佐神像。敕赐殿宇匾额，御笔亲书"靖忠之庙"。这是朝廷出具给宋江和他所领导的梁山集团的一份公正的报告，可惜这份迟来的爱，梁山集团的人已经看不到了。因为至此，梁山集团已彻底烟消云散。

第五章

梁山会计散记

1. 看水浒故事,论梁山财务

《水浒传》里一百单八好汉的故事,虽然有单个人的英雄故事,但他们聚在梁山泊,才形成了一个集团的势力,朝廷不敢小觑,多次攻打而不能取胜之后,才实行宿太尉的招安政策,从此《水浒传》好汉离开了梁山泊,这才失去了他们赖以生存的根基,其财务大厦也随之轰然倒塌,结束了他们辉煌的割据时代,一步一步走向衰亡。

《水浒传》里刚开始在梁山泊占山为王的是个落第秀才,白衣秀士王伦。他当梁山的第一任领导人时,其财务基础相当薄弱,只能靠打劫过往行人和客商度日。走投无路的林冲雪夜上梁山之时,王伦为了刁难他,要他下山打劫了财宝,方能容他入伙。林冲忍着羞辱守了多日,已是最后的期限了,天可怜见,才等到了杨志的到来。可杨志也不是个好惹的人,也是天罡星之一,众小喽啰在他二人大战之时,才劫了杨志的担子上山。可见当时山寨并不富裕,充其量只相当于一个手工作坊或是一个个体经营户,外面开了一家黑店,以探听消息,后面跟着的是武力劫财劫物,这还要看客商和行人经过的多少,以及所携带的财物多少,受到了很大的局限,纯粹是小本经营,勉强度日。

晁盖的上山,改变了梁山财务的窘迫状况。晁盖之所以上山,是因为他们七星聚义,在黄泥岗打劫了梁中书为蔡太师贺寿的金珠宝贝共计十万贯,这还不算梁中书夫人等内眷的财物。火拼王伦之后,他作为梁山的第二任领导人,追加了梁山财务的实收资本,靠在黄泥岗上打劫的第一桶金,吴用开始整修寨栅,招兵买马,打造兵器,操练兵士,准备抵抗官兵的围剿和进攻。梁山的实力由此开始得以发展壮大,梁山的事业也走上了初期发展的轨道。

第一,在发展过程之中,梁山注重了原始资本的积累。他们上山后的第一笔打劫业务成功后,在进行利润分配前,每样财物都取一半收贮在库,听候支用,剩下的才在众头领和小喽啰之间进行分配。这相当于现在的提取资本公积和公益金,形成的是留存收益,会像滚雪球一样,越滚越大。这些留存收益一是可以备不时之需,二是可以进行公共开支和扩大梁山规模,壮大梁山实力。有了积累,而且随着积累的增加,梁山的家底越来越厚实了。正如书中所说,"自从晁盖上山,好生兴旺"。

第二,梁山增加了主营业务收入,除了以前的打劫过往商人外,他们还实行了走出去的战略。这一走出去不打紧,原来外面的世界如此精彩,除了在祝家庄遇到了点麻烦外,一切顺利,而且走出去形成的收入很快取代了以前的就近打劫收入,成为主营业务收入中的主营业务收入,光是祝家庄,梁山就抢了粮米五十万石,还不说其他的猪马牛羊以及金银珠宝。梁山的财务实力得以进一步增强。

第三,梁山实行了巩固根据地,稳扎稳打的策略。"自酿的好酒,水泊里出的新鲜莲藕并鲜鱼,山南树上自有时新的桃、杏、梅、李、枇杷、山枣、柿、栗之类,自养的鸡、猪、鹅、鸭等品物,不必细说。"也就是说,梁山除了外出打劫和在本地打劫外,还发展了养殖业和种植业,自己养殖了猪、马、牛、羊和鸡、鸭等,也种植了各种果树,并且有了手工作坊,自己酿酒,只差发展粮食种植了。这些劳动力平常在山寨做事,一旦发生大战,肯定也要参加战斗。这一措施,同时解决了兵员和粮饷问题。梁山财务不壮大也不行了,各路英雄好汉纷纷慕名而来。这一策略,让梁山有了稳固的后方,摆脱了许多农民起义的流寇弊病。

宋江的入伙,更是让梁山财务达到了鼎盛。宋江处在隐形的梁山第三任领导人时,就兼并了许多的小公司。许多的小山寨或因崇拜宋江向往梁山,前来投奔,如杨雄、石秀和时迁等;或是于路探听,得知宋江经过的消息,望风归降,如梁山好汉劫了法场,救出宋江,前往梁山途中,便收了几座山头的头领,其中就有黄门山上的欧鹏、蒋敬、马麟、陶宗旺;或是迫于官军的围剿,不得已投靠梁山,如青州地界桃花山的李忠和周通,二龙山上的鲁智深和杨志以及武松,清风山上的王矮虎等。

这些山寨的粮草、财宝、兵马、头领,等等都是财富,都可以壮大梁山的声威,夯实梁山的财务基础。梁山逐步从一个名不见经传的小公司发展壮大为一个实力雄厚的集团公司。

梁山一百单八好汉排座次时,宋江作为名正言顺的梁山第三任领导人,因人而异,设置了财务总监和财务主管。财务总监是小旋风柴进,财务主管是神算子蒋敬。柴进是后周嫡传子孙,多的是钱,讲的是仗义疏财,喜欢的是结交天下好汉,口碑良好,不会贪财,众好汉肯定也没有异议。财务主管蒋敬,人称"神算子","精通书算,积万累千,纤毫不差",具有良好的职业素质,负责"掌管库藏仓廒,支出纳入,积千累万,书算账目"。在他们的具体管理之下,梁山的收入、分配和积累,更趋合理,财务实力进一步增强。

除了在制度上加强管理外,宋江还逐步扩大了根据地的规模。一是将原先朱贵的酒店,向四面八方扩展,分派各路头领分管,各司其职,除经营餐饮业外,同时探听打劫的消息,刺探官军的情报,以做到有备无患。二是将自己的管辖面积扩大,触角延伸,八百里水泊梁山,以前去过的,没去过的都纳入了自己的管辖范围。梁山泊的版图进一步扩大。三是宋江在走出去的策略上,扩大了打击面,不仅仅是以前的小打小闹,也不光是打劫地方土豪富户,如祝家庄、曾头市等,还扩大到了冲州撞府,如攻打大名府、东平府、东昌府等。战争也从单纯的运动战,打到了阵地战、攻坚战。开始了从农村到城市,攻城夺寨。一个州府的财富可以想象是远远高过地方土豪富户的。梁山靠打阵地战,更加积聚了财富。

但是在深受儒家思想影响的施耐庵笔下,成者为王,败者为寇,忠君思想占了主导地位,如果任由发展,必然要改朝换代了,这也不符合历史事实,所以他让宋江接受了正统思想的招安,梁山的集团财务不是倒闭,也不是破产,而是从此解散。在"梁山泊分金大卖市,宋公明全伙受招安"中,宋江先让"萧让写毕告示,差人去附近州郡及四散村坊,尽行贴遍。发库内金珠、宝贝、彩缎、绫罗、纱绢等项,分散各头领并军校人员,另选一分,为上国进奉;其馀堆集山寨,尽行招人买市十日"。"至期,四方居民,担囊负笈,雾集云屯,俱至山寨。"附近的乡民为了买得梁山折扣的资产,出现了火爆拥护的场面。可见梁山财务的厚实。

  没有了集团财务,梁山集团虽然名义上还是一个整体,但已经注定了灭亡的命运。梁山集团接受招安后,所有的粮饷、军饷都要靠朝廷供给,试想哪个皇帝会给予一个曾经造反的集团丰厚的待遇,来养虎为患呢?梁山集团从此就像没有根的浮萍,成了统治集团手中用铁链锁着的一只猎狗,给一根骨头,便去东征西讨,平辽寇,征方腊,打杨幺。同时自己也成了统治集团手中的柿子,想怎么捏便怎么捏。梁山集团一路损兵折将,宋江只好用一个虚指望来安慰和激励将士,那便是功劳簿,可这哪能和水泊梁山时代的大块吃肉,大碗喝酒,大秤分金银相提并论,来得实在。宋江的财务总监柴进和主管会计蒋敬也是有钱好当耍儿郎,巧妇难为无米之炊。梁山财务日见枯竭,梁山士气日见低落,梁山集团终于随着梁山财务的消亡而迅速消亡。

2. 梁山公司的会计改革

梁山公司在白衣秀士王伦的手上,其会计秩序很简单:此树是我栽,此路是我开。要想从此过,留下买路钱。典型的家门口打劫,我的地盘我做主。

到了晁盖手上,公司的会计秩序有所改变。此路虽然还是我开,但从此过,有的需要留下买路的钱,有的则不需要。留下买路钱的,都是些经过的贪官污吏,往来官员及豪绅等,而贫民百姓则不需要留下买路钱。同时,晁盖手下的业务,不单单是在家门口做,还走出去了,冲州撞府,三打祝家庄,接连打破高唐州、青州等,这一走出去,才发现外面的世界有多精彩:在祝家庄,得粮五十万石;在青州府,府库金帛,仓库米粮,就装载了五六百车。

到了宋江手上,公司的会计秩序更是发生了前所未有的改变。随着公司的发展壮大,人员成分也越来越复杂,各种思潮都在其中涌动。

创新与个性得到充分彰显。梁山公司的每个头领上山,都有自己一番独特的经历,在上山的过程之中,其个性特点得到了充分的彰显。从意愿看,上山有自愿的,有非自愿的;从冲破旧秩序来看,有主动的,有被动的。

一干英雄中,如宋江、林冲等都是极不情愿告别过去,具有深厚的怀旧情结与守旧情绪,他们原本是不想创新的,也不愿意创新,但在官逼民反走投无路的情况下,才极不情愿地铤而走险,冲破了旧的秩序,来到这一新的组织体系之中,适应着新的秩序。

与宋江、林冲相比,鲁智深、武松等则截然不同。他们对旧秩序极端不满,他们决然毅然地开始了创新之路,虽然他们和旧秩序有着千丝万缕的联系,但他们一旦清醒地认识到了旧秩序的特点之后,便义无反顾地与之进行了决裂,在决裂过程之中,他们独特的个性,得到了充分的彰显。

从组织体系内部分析,公司就是一个大杂烩,三教九流,鱼龙混杂,各种思想都在其中萌动,其中不乏主张内部主动革新的。第七十五回"活阎罗倒船偷御酒,黑旋风扯诏骂钦差"中,李逵扯了诏书,说你的皇帝姓宋,我的哥哥也姓宋,你做得皇帝,偏我哥哥做不得皇帝!虽是李逵一人所说,却代表了一部分人的强烈愿望,如鲁智深、武松等人。

在梁山公司这一新的组织体系之中,上山的每个头领在上山的过程之中都曾张扬过他们的个性特征。正如世上没有两片相同的树叶一样,每个人都有其独特的本领,这种众多的个性,猛然之间聚集到一起,难免会发生碰撞。多数官吏类出身之人,则不会同意李逵的"宋哥哥也可"做皇帝的主张,如关胜、杨志、林冲、呼延灼、秦明、花荣等,他们都有强烈的怀旧思想,他们都想名正言顺地回归正统,也就是那个他们曾经打破过的旧秩序。

这是一个博弈的过程。在这个博弈过程之中,每个头领先期做的都是选择题。梁山名义上的董事长宋江试探着各位股东,建议性地提出了自己的主张:招安。也就是杨志等人喜欢的回归正统,那个他们曾经待不下去的旧秩序之中。也就是说,宋江在带领梁山公司的股东们打破了财务会计的旧秩序之后,却没有建立新秩序的愿望与努力;刚开始如无头苍蝇一样,四处乱撞,撞了一阵,经历了最初的迷惘之后,又回到了原点:自己最初冲破的那个旧秩序之中。但是内心里他们自我安慰:对旧秩序进行了改良,如今打的旗号是"替天行道",天子的道,就是那个旧秩序,他们认为是好的,只是天子的道受了阻塞,梁山好汉来疏通,这便是他们的改良!与李逵等人的创新具有天壤之别。

中国人的保守思想比较严重,历来讲究稳重,信奉的是儒家的中庸之道。梁山好汉在宋江的领导之下,信奉的也是这种正统思想,一如会计人注重稳重一样,这导致了创新需要更大的勇气与魄力。这也体现了东西方文化的差异。西方社会讲究崇尚自由,追求个性,善于接受新生事物,敢于创新,注重自我实现。其实《水浒传》中也有这些优良的品质,但这些优良的品质最终湮没在国家和集体利益高于个人利益的观念之中。中国大众普遍尊崇社会伦理,习惯于按规则行事,哪怕是潜规则,也要遵守,更不要说造反了。一比较就可以看出,东方文化在思想观念上偏向于传统和保守。

其实早在民国时期,中国的会计改革,就存在着改良和创新之争。改良就是对中式传统会计进行改良,而创新则是全盘西化,引进西方的借贷记账法。当时两种思潮并存,一方面,部分企业和单位引进了西方的借贷记账法;而另一方面,部分企业则是在原有的中式会计基础上进行了改良。但纵观中国会计的发展历史,最终是创新派占了上风和主导地位,当然,在引进创新的同时,也考虑到了中国的实际,如会计准则就经历了与国际接轨、趋同、一体化的过程,这是一个渐进式的过程。梁山公司的路径选择,也是一个渐进式的过程。

在路径的选择问题上,梁山公司既有内部的冲突与融合,也有外部的冲突与融合。不同的时期,有不同的特点和规律,也有不同的生存方式。招安前,梁山公司是民营企业,利润分配是"大碗喝酒,大块吃肉,大秤分金银";招安后,梁山公司便成了国有企业,所有收入都要上缴国库,所有支出都由国家拨付,梁山公司再想过那种没有管束的日子就不可能了。

经过一番抗争后,梁山公司最终走上了"回家"的路。也就是在这个博弈过程中,梁山好汉们最终只能做判断题:招安好,还是不好?但无论梁山股东们如何判断,都已经是马后炮了,因为他们的头领宋江已经代他们作出了决定,领着他们"回家"了。但统治者还会让梁山好汉们平安地回家吗?显然是不可能的。所以宋江一千人等最终为他们曾经打破的旧制度、旧束缚、旧秩序而殉葬。

但在这种转型的过程之中,仍然有标新立异者。鲁智深与武松是一类,他们选择的是逃避:鲁智深看破红尘,经过自己不懈的创新努力,他发现在旧的制度与体制下,想要成功几乎是不可能的,所以他赤条条来,赤条条去。武松也从鲁智深的坐化中得到了启发,表面上自己相当于废人一个,正好以此为借口,免得回到那个旧的束缚之中;燕青是一类,他选择的是自我,有点陶渊明的味道,"纳还官诰不求荣,洒脱风尘过此生";而最具创新精神的当属李俊,他和童威、童猛以及太湖结义的费保等兄弟们,一起到化外之国,李俊成了暹罗国之主,童威、费保等都做了化外官职,自取其乐,另霸海滨,重建秩序,新筑乐土。可见梁山公司中只有李俊的改革与创新才是最彻底、最成功的。

3. 梁山公司的会计信息化

梁山公司在从小到大的发展过程之中,会计信息化起到了重要的作用。让我们按照梁山公司的发展历程,来一一分析。

企业的发展周期一般要经过初创期、成长期、成熟期、衰退期。梁山公司也经历了这样的发展周期。

梁山公司的会计信息,在初创期是被动取得的。在白衣秀士王伦的手上,梁山公司对外部信息的取得,一个重要的途径便是朱贵的酒店。朱贵听了林冲要上梁山的实情后,告诉林冲:山寨里叫他在此以开酒店为名,专一探听往来客商经过。但有财帛者,便去山寨报知。但是孤单客人到此,无财帛的,放他过去;有财帛的,来到这里,轻则蒙汗药麻翻,重则登时结果,将精肉片为靶子,肥肉煎油点灯。

这一席话,很明确地说明了梁山公司的信息来源。孤单客人,毕竟财物有限,大的业务还是往来客商。光酒店是做不下这样大的业务的,便去报知山寨。也就是这个酒店是梁山公司探听业务信息的一个重要渠道。林冲上山也是通过酒店通报的信息。朱贵把水亭上窗子开了,取出一张鹊画弓,搭上那一枝响箭,觑着对巷败芦折苇里面射将去。没多时,只见对过芦苇泊里三五个小喽啰,摇着一只快船过来,径到水亭下。

为什么说此时期梁山公司的会计信息是被动取得的呢?因为如果客商不经过朱贵的酒店,梁山公司便无从得知消息。酒店是死的,不能移动的,而客商则是活的,可以移动的。由于梁山公司是被动取得会计信息的,而且取得会计信息的途径狭窄,仅此酒店一项,所以其业务难以做大、做强。

到了晁盖的手上,梁山公司的会计信息的获得,有了一定的改进与突破。首先是派人出去，不管是打探什么样的消息，还是执行什么样的任务，总之是一改以前坐井观天的现状，如林冲派人下山打探妻子的状况，晁盖派刘唐下山感谢宋江等。而且官府来围剿梁山，也是派出去的小喽啰先得到了消息，来报告晁盖的。晁盖做了寨主之后，一日众头领正在聚义厅商议事务，只见小喽啰报上山来说道："济州府差拨军官，带领约有一千人马，乘驾大小船四五百只，现在石碣村湖荡里屯住，特来报知。"如果不是分派喽啰下山探听消息，如何预先得知济州府的官兵前来围剿，又如何能够预先做好准备。所以说，晁盖时期，梁山公司会计信息的获得，已经由被动获得，前进到了主动获得，由坐等消息，进步到外出探听消息。这一时期，是梁山公司的成长期。

到了宋江手上，梁山公司的会计信息来源更加及时充分。我们先看梁山公司在排座次后的分工中，安排搜集会计信息的部门及人员。四处打探声息，邀接来宾头领八员：孙新、顾大嫂、张青、孙二娘、朱贵、杜兴、李立、王定六；总探声息头领一员：戴宗；军中走报机密步军头领四员：乐和、时迁、段景住、白胜。可以看出，梁山公司在外部的信息来源上，分别安排了东西南北四个酒店八位头领，另外又安排了总探声息的负责人戴宗，还给他派了四个手下。从人员总数上看，外部信息系统控制就用了十三名好汉，占一百单八将的百分之十二。特别是总头领戴宗及手下的四个走报机密头领，他们四处探听，已经将梁山会计信息的主动取得，从王伦与晁盖时代店商形式发展到了网络形式。其获取信息的范围与半径已经远远超出了梁山泊本身的范围，其触角已经扩展到了四面八方，甚至上达京城。

这些还是固定的获取信息的部门，还有非专职的获取信息的部门及人员，也可以说是兼职的。"泊子里好汉，但闲便下山，或带人马，或只是数个头领各自取路去，途次中若是客商车辆人马，任从经过，若是上任官员，箱里搜出金银来时，全家不留，所得之物，解送山寨，纳库公用，其余些小，就便分了。折莫便是百十里，三二百里，若有钱粮广积害民的大户，便引人去公然搬取上山，谁敢阻挡。但打听得有那欺压良善暴富小人，积攒得些家私，不论远近，令人便去尽数收拾上山。"既做了业务,又获取了信息,其效果相当于搂草打兔子。

除了外部信息外,还有内部会计信息。宋江在梁山公司内部安插了众多的信息探头和监控器。这里分别有其老父亲宋太公、亲兄弟宋清、干妹子扈三娘、干妹夫王英,还有他在郓城县出事后,至少有三家请他去避难,分别是柴大官人、孔家庄上的两兄弟孔明和孔亮、清风寨的花荣,以及江州的戴宗、李逵等等。这些人都是他的亲信,都会随时向他汇报梁山的内部情况。以便梁山的董事长兼总经理宋江及时了解公司的内部会计信息,及时防范风险。

综上所述,不管是内部还是外部,梁山公司都织起了一张强大的会计信息网,可见梁山公司到了宋江手上,他真正做到了足不出户而知梁山内外事务。这一时期,是梁山公司的成熟期。

梁山公司被朝廷招安之后,便进入了衰退期。其会计信息系统也发生了根本性的变化。招安前,梁山公司在根据地水泊梁山,一切地形地貌、河湖沟汊、山头关隘,梁山公司都是了如指掌,外来围剿官军,早已打探清楚:谁领队,都有哪些专业人才,有多大能力,道行有多深,本领有多大,带的人马有多少,从陆路来,还是走水路来,等等,一概清清楚楚。而招安后,前去之地,人生地不熟,相反是被攻击的对方,对地形、地貌熟悉,对前来围攻的梁山公司熟悉,可以有针对性地形成防范。也就是说,人在暗,梁山公司在明,这样的战争,梁山公司已经先期失去了自己的信息优势,俗话说知己知彼,百战百胜,不知彼的梁山公司自然讨不了什么好。所以最后损兵折将,即使取得了胜利,也付出了惨重的代价。虽然梁山公司步入衰退期并最终消亡有多方面的原因,但不可否认,其失去了会计信息化的优势,也是其中的一个原因。

4. 盘点梁山公司的资产

梁山公司经过王伦、晁盖、宋江三任领导的持续经营，不断发展壮大，形成了实力雄厚的民营集团公司。其实力雄厚，主要体现在其资产规模庞大。梁山公司在招安前，由民营企业转化为国有企业，其以前民营企业的资产必须处置。到底梁山公司形成了多少资产，让我们来一一进行盘点。

首先盘点流动资产。在第八十二回"梁山泊分金大买市，宋公明全伙受招安"中，详细叙述了梁山公司的资产处置问题。

宋江令萧让写了告示，差人四散去贴，晓示临近州郡乡镇村坊，各各通知，仍请诸人到山买市十日。其告示曰：

梁山泊义士宋江等，谨以大义布告四方：向因聚众山林，多扰四方百姓，今日幸蒙天子宽仁厚德，特降诏敕，赦免本罪，招安归降，朝暮朝觐。无以酬谢，就本身买市十日。倘蒙不外，贲价前来，一一报答，并无虚谬。特此告知，远近居民，勿疑辞避，惠然光临，不胜万幸。

宣和四年三月　日　梁山泊义士宋江等谨请

"萧让写毕告示，差人去附近州郡及四散村坊，尽行贴遍。发库内金珠、宝贝、彩缎、绫罗、纱绢等项，分散各头领并军校人员；另选一分，为上国朝奉；其余堆集山寨，尽行招人买市十日，于三月初三日为始，至十三日止。宰下牛羊，酝造酒醴，但到山寨里买市的人，尽以酒食管待，犒劳从人。"

也就是说，宋江将山寨中所有的低值易耗品、库存物资存货等流动资产做了三项处理。一部分，分给了公司的员工，也就是各头领及军校人员；第二部分，准备上国朝奉；其余的全部销售，以换取现金。因为梁山公司此时不再是民营企业,已经改头换面,成了国有企业,这些库存物资带不走,也不方便带走,只能就地处理。

我们来看一看梁山公司处理流动资产时的盛况。"至期,四方居民,担囊负笈,雾集云屯,俱至山寨。宋江传令,以一举十,俱各欢喜,拜谢下山。一连十日,每日如此。十日已外,住罢买市。"而且这次处理,是大降价,以一举十。四方居民,肯定俱各欢喜了。梁山买市,不能体现真正意义上的公允价值,只是一种退出价格的外在表现,是现实的现金流入与流出的计量。因为此时期,是一个特殊的时期,虽然梁山公司不是破产企业,不是因为破产而进行的清算,但公司因为重大转型,改变公司性质,而进行解散清算。虽然不是陷入债务困境,但由于企业改制的时间紧迫,公司也急于出售资产以便套现,此时已不是有序的交易,不存在惯常的交易市场,企业必须充分让利,才能及时得到自己想要得到的脱手价格。宋江对此心知肚明,所以以一举十。至于宋江十日买市,到底得了多少现金,书中没有明写,我们不得而知。但我想这肯定也是一笔不小的资金。

其次盘点固定资产。梁山公司的总部梁山泊,实际已经形成了一个庞大的城镇综合体:里面有酒店、房屋、山寨、水寨、马厩、作坊等等,一应俱全;还有大小战船、众多的火炮等等重兵器,只是这些固定资产,都是带不走搬不动的,当初形成固定资产时,梁山公司花费了大量的资金,现在却一文不值,全部作废了。既然是对资产进行处置,除了对流动资产进行处置外,对固定资产肯定也要进行处置。但进行固定资产清理时,最多可以卖掉些房屋的木头之类,收些残值。而战船、火炮之类,朝廷肯定不会让其销售,肯定要就地销毁,这就连残值都收不到了。

再次盘点生物资产。梁山公司虽然不是农业公司,但也有生物资产。而且其生物资产,至少可以分为二类:一类是生产性生物资产,一类是消耗性生物资产。先看生产性生物资产。力畜、役畜、产畜都是生物资产中的生产性生物资产,如呼延灼的连环马,皇帝御赐的宝马,梁山集团的战马等;再看消耗性的生物资产,如水泊里出的新鲜莲藕和鲜鱼;山南树上,自有时新的桃、杏、梅、李、枇杷、山枣、柿、栗之类;自养的鸡、猪、鹅、鸭等品物。有没有公益性的生物资产？笔者愚笨,暂未发现。生物资产的处置,消耗性的生物资产,肯定是能卖的就卖了;生产性的生物资产,如战马之类,肯定是不能卖的,还要继续使用,所以继续由梁山公司留用。

最后盘点无形资产。梁山公司最大的无形资产便是人。梁山好汉,个个都有其独特的本领。在企业,可以看成是独特的生产工艺或独特的生产配方、专利技术、专利权等等,如善于水战的张横、张顺、三阮、李俊、童威、童猛等;擅长山地作战的解珍、解宝等;擅长排兵布阵的吴用、朱武;能呼风唤雨,神鬼莫测的公孙胜;可妙手回春的安道全;能相马又能当兽医的皇甫端;能造火炮的凌振;能飞檐走壁的时迁;相扑天下第一的燕青;擅长钩镰枪法的金枪将徐宁;能摆布连环马的呼延灼,等等。梁山好汉,每一个都是无形资产。这些无形资产组成的团队,形成了一个更大的品牌,这就是梁山品牌,是商誉,也是梁山最大的无形资产。可惜此无形资产是不能处置的,已经由公司的前董事长兼总经理宋江一起卖给了宋朝这一大国营企业,梁山公司成了大公司下的子公司。此时,即使有无形资产,也是宋朝公司的无形资产,而不是梁山公司的无形资产了。说得再简单一点,一百单八人,已经不是自己的人,而是国家的人,是宋朝大公司的人。

梁山公司的资产,不是一朝一夕形成的,是经过若干次的资产大挪移,抢劫与掠夺而形成的,而此次的处置,是一次性地挪出。至于资产的处置费用,很简单:宰下牛羊,酝造酒醴,但到山寨里买市的人,尽以酒食管待,犒劳从人。处置资产的运输费用,完全可以不考虑,都是买市的人自己运回去了。

这是梁山公司最鼎盛时期的资产状况。而且没有负债,全部是净资产,规模庞大,结构良好,流动性强,未来能为企业带来无限的经济效益。可惜这家实力强劲的民营企业被宋朝收购了,成了国有企业。梁山公司处置了自有资产,离开根据地后,公司失去了原有的根基、朝气与活力,最终一步一步地走向了衰败与灭亡。

5. 风险评估、规避与战略转移

在《水浒传》中，王进、林冲、杨志三个人，分别与高俅形成了直接或间接的冲突，三人都是高俅的手下或有求于高俅，或者受制于高俅。面对高俅，他们采取了不同的方式方法，其结局大不相同。

首先来看王进。书中有一回是王教头私走延安府。他的结局是最好的。首先他看到了风险，并积极主动地采取了措施，规避风险。高俅，高太尉是直接管他的顶头上司，县官不如现管。而且王进很清楚，自己曾经得罪过高俅，这个已经形成的既成事实是无法改变的，即使自己努力，他也会怀恨在心。如此，只要高俅在位一天，自己便处于风险之中一天。从现实情况分析，王进不可能超越高太尉，也不可能调离到其他部门、其他岗位，脱离不了高太尉的控制。既然如此，惹不起，躲得起。三十六计，走为上计。躲到一个高太尉不知道的地方，隐居起来。王进经过精心策划，成功从高太尉的严密监视中逃脱，是否真的是去延安府了呢？书中没有明说，我们也不得而知。当然各种可能都存在。至少有一点可以肯定，王进在进行了风险评估后，主动采取的风险规避，取得了很好的效果，成功地实现了战略转移。

再来看林冲。书中有一回是林教头雪夜上梁山。林冲看到风险没有？肯定看到了。第一次在庙中敬香时，高太尉的儿子调戏林冲的娘子，林冲便要打高衙内，但看到是上司的儿子后，手便软了。如果他看到了风险，对风险认真进行评估，就不会有后来的高衙内通过陆谦使调虎离山之计，将他支开，去调戏他的娘子。更不会有后来的买刀，误入白虎堂，刺配沧州，火烧草料场，雪夜上梁山等一系列的事情了。

从内部控制中的风险评估看，林冲的应变能力与王进形成了鲜明的对比。王进之所以能够急流勇退，与他正确地进行了风险评估有莫大的关系。民间俗语：晴带雨伞，饱带饥粮。说的就是时刻要有风险意识，做好风险防范。在风险规避上，王进比林冲做得好得多。应对风险，王进是主动的，林冲是被动的。林冲不仅被动应对风险，而且还一门心思想重新回到他以前的生活中去。他落草梁山前在朱贵的酒店里写下了一首诗："仗义是林冲，为人最朴忠。江湖驰誉望，京国显英雄。身世悲浮梗，功名类转蓬。他年若得志，威镇泰山东。"从"功名类转蓬"中可以看出，他还是想回到以前的环境中去，只不过不要再有高太尉就好了。岂不知没有高太尉，会有"低太尉"。他设想的威镇泰山东，也只能是一厢情愿的美好愿望罢了，林冲一生，也没能威镇泰山东。

最后来看杨志。杨志在高太尉处不得志，才卖刀杀了泼皮牛二，刺配到大名府梁中书处。如果他第一次对高太尉进行风险评估，认为风险大，不去他那里，直接到梁中书府上，会是一个什么样的情况？这就是战略转移的问题。先期梁山之主王伦想留下杨志，以制衡林冲，他未同意，后来失陷了生辰纲，想到梁山上去，心里好生不然，真是牵着不走赶着走，敬酒不吃，吃罚酒。所以他进行了战略转移，到二龙山，没想到最后三山聚义打青州，众虎同心归水泊，他还是回到了梁山。兜了一个大圈子，还是逃脱不了落草梁山的宿命。

王进主动成功地实施了战略转移，而林冲、杨志都是被动地进行战略转移的。三个人，同时应对的风险都来自高太尉，三个人的处理方式不同，得到的结局自然也不同。林冲骨子里留恋官场，自己是官人，不想落草，在柴大官人庄上，还想柴大官人收留，只是最后官府收捕太紧了，没办法，才答应去梁山落草。杨志就更不同了，自己是将门之后。根本不想落草，怎么都要再回官场，博个出身。所以他还是要回到那个场中去的，不管是高太尉，还是李太尉、王太尉。如果高太尉对自己不好，再选择李太尉或者王太尉等。反正他是不会进行战略转移的，他是铁了心，要在这个游戏圈中永远待下去的。其实他的这种想法和林冲的想法是一致的，林冲也是这样想的，只不过林冲没有杨志以前失陷花石纲的经历，杨志是几次撞墙，也不回头的人物。林冲是一次就让他陷入了几乎是万劫不复的境地，他只想简单地求生存，如果给他机会，他也许和杨志一样,还是会飞蛾扑火一样,再次投入到那个官场之中。从宋江提出招安来看,杨志、林冲都没有反驳,相反,他们从内心应该还是拥护的,说不定内心窃喜,终于可以结束这种刀口舔血的日子,去了头上一个造反的罪名,还了自己一个名誉上的清白,让自己过上了一种朝廷认可的安稳日子。

即使林冲和杨志重新回到了他们所想要的官场之中,他们能有一个好的结局吗?没有。二人随着招安后的梁山团队东征西讨,南征北战,虽然有赫赫战功,立下了汗马功劳,但仍然逃脱不了高俅的控制,还是没有脱离风险。虽然他们的结局比宋江等人要好一点,他二人是病故的。但也好不到哪里去。如果他们能像王进一样进行战略转移,有一个安定的环境,不受颠沛流离之苦,不需战场上真刀真枪拼搏,也不需时刻提防高太尉的陷害与打压,过着轻松愉快的生活,他们钢打铁铸一般的好汉,肯定不会这样轻易病故。

6. 看水浒杨志,论财务用人

杨志,在《水浒传》中第一次出场,是林冲雪夜上梁山后,王伦妒忌其才能,想为难林冲,让林冲交上见面礼后,方允许林冲上山,林冲打劫的第一个客人便是杨志。杨志本为制使,因押运花纲石,遇了风浪,出了事,回去无法交差,而逃避在江湖,搜罗了一些金银财宝,想到东京去活动活动,重谋官职。

看杨志的历史,我们知道他运送的是国家物资或政府物资花纲石,遇到了不可抗力风浪,导致了国家资产的损失。虽然他有责任,但也应该情有可原,可杨志逃避责任,并没有向上级如实汇报情况,也没有承担自己应该承担的责任,而是一走了之。但在对待个人资产上,林冲要打劫他时,他竭尽全力反抗,在梁山脚下与林冲斗得天昏地暗。这和对待国家物资或政府物资的态度截然不同,形成了鲜明的对比。由此我们可以看出,杨志有能力,但他对国家资产的态度和对待个人资产的态度是完全不同的,这一禀性,决定了他以后的道路。

杨志到东京后,高俅明知他是忠良之后,武功超群,但他还是怒斥杨志对待政府资产不负责任的态度:"既是你等十个制使去运花石纲,九个回京师交纳了,偏你这厮把花石纲失陷了。又不来首告,倒又在逃,许多时捉拿不着。今日再要勾当,虽早经赦宥所犯罪名,难以委用。"把文书一笔都批倒了,将杨志赶出殿帅府来。杨志用完了自己身上的钱财,不得已开始处置自己的个人资产——祖传宝刀。无赖牛二要来抢夺宝刀时,杨志在对待个人资产时的态度又显示得淋漓尽致,他杀死了牛二。杨志又一次步入了人生的低谷,但转机也随之来临,梁中书怜其英武,是个人才,听杨志把高太尉不容复职,自己使尽钱财,货卖宝刀杀死牛二的情况说了之后,梁中书大喜,当厅就开了枷,留在前厅听用,后来又在校场比武中委他以官职,最后还将重大事项托付于他,让他押送十万贯生辰纲到东京蔡太师府上。这相当于梁中书是所有者,将经营权交由杨志,如果他经营得当,安全将生辰纲送达到蔡太师府上后,梁中书肯定会论功行赏,杨志肯定也会被加官晋爵。可是在黄泥冈被晁盖等人劫夺后,杨志在对待所有者财产的问题上,又一次逃避责任,一走了之。

会计行业是个特别讲究职业道德的行业,会计人员每天都与金钱打交道。会计职业道德的第二条便是诚实守信。人言为信,言能成诺方为诚,诚信相连,更有加重语气的作用。人无信不立,不讲诚信只能是做一锤子的买卖,绝不会长久。类似杨志有才者不可胜数,但类似杨志不守诚信、不讲职业道德者也很多,所以行业呼唤着诚信。我们国家先后出现了"长城机电事件""琼民源事件""郑百文事件"等不诚信事例,国外也不例外,远的有英国的查尔斯审计的"南海事件",近的有美国的安达信会计师事务所和"安然事件"。

我们来看高俅和梁中书在用人上截然不同的态度。梁中书爱慕杨志才能,超常规的起用杨志,却忽视了杨志最初丢掉官职就是因为对国家资产不负责任,这样的人有才,要用也可以,但不可以将资产交付给他经营押送,如果一旦失事,杨志很可能会旧态复萌,依然不会承担责任,梁中书忘了前车之鉴,黄泥冈失劫生辰纲后,杨志果然逃避责任,再次亡命江湖。在杨志经营团队中行使监察责任的老虞候,和杨志一样,在生辰纲失劫后,照样也面临着被处罚的命运,可他却没有逃避,而是勇敢地面对,对所有者的资产承担了他应尽的责任,与杨志形成了鲜明的对比。从最终杨志的逃避来看,梁中书用人失察了,他在梁中书那里也只能做一锤子的买卖。

高俅也知道杨志祖上曾为国立功,是有名的杨家将后裔,但他敏锐地发现了杨志不能承担责任的本性,不仅没有任用他,而且将他痛斥了一顿,驱赶了出去。可见高俅在用人上,还是有他的原则的,他容不得不讲诚信的杨志。从高俅和梁中书对待杨志的用人之道,我们也可以得到一些启示:"立信,乃会计之本;没有信用,也就没有会计。"诚实守信是会计立命之本。在对待财务人员的选拔任用上,我们不仅仅要看其才能,更重要的是考察其道德及诚信度,选拔的是德才兼备的人员,一旦财务用人不当,委以杨志这样有才无德、不讲诚信者以财务重任,那将会给我们的事业带来相当大的危害。

7. 品读蔡京的经济人生

蔡京（1047—1126年），北宋权相，字元常。兴化仙游（今属福建省）人。在《水浒传》中，施耐庵将其隐写，始终在幕后，如"花石纲""生辰纲"，他都是端坐源头的那个人，决定着许多人的命运。世人多不知蔡京是北宋有名的书法家，当时天下并称的书法四大家为"米黄苏蔡"，其中的蔡就是蔡京，只不过有人认为他是奸臣，所以在四大家中将蔡京改为了他的同乡，同是北宋政治家、书法家的蔡襄。

蔡京是北宋时期有名的政治家，历神宗、哲宗、徽宗、钦宗四朝，四度为相，是新法的坚定支持者和拥护者，是王安石的新法继承人。变法顺利推行后，青苗法、募役法、方田均税法、农田水利法、保甲法等一一面世，解决了北宋面临的种种危机。新法推行后，社会矛盾得到缓和，政府收入有所增加；同时还促进了农业生产，全国各地兴修水利工程多达一万多处。其中木兰陂是中国现存较完整的古代大型水利工程之一，至今仍保存完整并发挥其水利效用，也是北宋政权实行变法图强所获得的一件重要历史见证。木兰陂的筑成与蔡京的个人作用有着极大的关联。

除此以外，更少有人知道蔡京还是有名的经济学家，他在经济方面也有突出的贡献。在北宋神宗时代之前，宋王朝积贫积弱的国势，至此愈益衰敝。"澶渊之盟"，宋朝每年给辽绢二十万匹、银十万两；宋仁宗时，财政"所出无多"；宋英宗时，收不抵支，出现赤字。更不堪的是，朝廷政府每年必须"赐"给西夏五万两银、十三万匹绢、两万斤茶叶，还不包括节日期间要"赠"番邦的银、茶、帛、衣等沉重负担。外患如此，还有内忧，方腊、宋江等领导的农民起义，也要耗费宋朝大量的人力、物力和财力。面对当时社会积弊，那些原有改革者如王安石、范仲淹、晏殊、文彦博、欧阳修、司马光都夭折失败。他们有的去世,有的流放,有的被罢黜,有的遭谪贬。保守派一味强调"祖宗之法不可变",视新法为洪水猛兽,在内忧外患下,新法的改革步履艰难。面对当时的财政经济危机,蔡京延续了王安石一系列有力的开源措施。在王安石看来,当时国家财政困难的症结不是开支多了,而是生产、收入少了。如果生产多了,钱财便会源源而来,这样财政便不会存在问题。他推行的"方田均税法""募役法""均输法"以及"市易法"等都是围绕开源这个理论展开的。由于蔡京坚定地推行王安石的新法,在一定程度上取得了收效,充实了北宋的财源。

蔡京在秉承王安石开源的财计理论时,在实务中还有创新,这就是改革了当时为杂税的税法,其中最主要的是盐税。他对商人要贩卖官盐的,给之以"引",出卖贩盐的许可证。这可能是我国最早的工商许可证的雏形。随后他又推出了茶引、酒引等,因其盐茶之法,颇为简易,所以很快得以推行。这种方法既加强了盐、茶、酒的专卖,又为盐、茶、酒的流通疏通了较为通畅的渠道,为当时积弱的北宋财政打了一剂强心针。

蔡京的另一项创新措施是推行钱引,即改革货币以及加速货币的流通与兑换。北宋年间已有纸币,即交子,神宗熙宁间,因河东苦铁钱,朝廷置交子务于潞州,后又行之于陕西。徽宗崇宁时,蔡京又推行于各处。后改名为钱引。这时的钱引已改变了纯为纸币的功效,还有兑换的性质,可以兑换现钱,比较有信用。这对我国后世钱庄业的发展有深远的影响。

吕思勉先生在《中国文化史》中说:"宋朝的灭亡,可以说是我国民族的文化一时未能急剧转变,以适应于竞争之故。"这是深有道理的,这既是王安石变法的缘故,也是蔡京为相十七年,一直坚定地实行王安石新法的缘故。但这即将倾覆的北宋并不是蔡京之力所能支撑的。历史上有许多人认为蔡京是误国的奸臣,就是认为蔡京当了这么多年的宰相,极度贪婪,他一死,北宋就灭亡了,北宋灭亡和他当宰相把持朝政有必然的联系等。我们看明清的贪官奸臣,诸如魏忠贤、和珅等,他们被惩治时,都搜出了巨额资产,而蔡京,史料一直未记载有关他的巨额资产。他到底是不是贪官呢?《水浒传》中梁中书每年为他做寿都要准备金珠宝贝十万贯,还不说全国各地的官员送礼。那么多的钱财,他转移到了什么地方,或是用到了什么地方?历史的真相,我们无法还原,但是品读蔡京的经济人生,我们发现,蔡京对我国北宋经济以及财计理论的发展还是有贡献的,特别是盐引、酒引、茶引、钱引的推广,对后世的工商发展也起到了一定的作用。

8. 丹书铁券，会是永远的护身符吗

小旋风柴大官人柴进，是《水浒传》中的一个重要人物，在水泊梁山掌管财政经济大权。他在未上梁山之前，便和梁山有很深的渊源。先是资助了梁山的第一代领导人白衣秀士王伦，然后又书荐林冲雪夜上梁山，武松曾在他府中避难，宋江也曾到他府中避祸，朱仝也曾逃在他的庄上。柴进门招天下客，除了有雄厚的资金实力外，最主要的还是他手中的丹书铁券。

那么丹书铁券到底是什么东西呢？《水浒传》中通过柴家庄附近一个酒家的口中说出。"他是大周柴世宗子孙，自陈桥让位，太祖武德皇帝敕赐与他誓书铁券在家，谁敢欺负他？"也就是说，他是皇帝下旨要保护的一个特殊群体，享有特殊待遇。丹书铁券相当于保护他的一项无形资产。在普通民众眼中，他无异于当今受到保护的国有企业，享受着特殊待遇，拥有一定的特权。

有了这个无形资产当护身符，柴大官人自然可以高枕无忧，为所欲为了。他三番两次帮助后来成为梁山领导人的王伦和宋江；他书荐林冲落草为寇，投奔武装割据的梁山据点；他的柴家庄成了杀人犯的避难所，林冲、武松、朱仝先后到他的庄上避难。但这丹书铁券毕竟不是万能的，柴家庄也只是一时的避难所，而不是一世的避难所，他也只能短暂地收留难民，并不能永久地提供政治庇护；他对王伦和宋江的帮助都只能是暗里的，不敢明目张胆；他对林冲、武松、朱仝的帮助，也要掩人耳目。否则就是和朝廷公开作对，是公然反对统治者的利益，挑战统治者的权威，统治者肯定不会答应。

丹书铁券对普通老百姓起作用，但在权贵面前就失灵了。柴进有个叔叔柴皇城，在高唐州居住。高唐州新任知府高廉，是东京高太尉的叔伯兄弟,他的妻舅殷天锡,倚仗高廉的权势,要强占柴皇城的花园水亭。柴皇城即使搬出有先朝丹书铁券在门,诸人不许欺负,可殷天锡根本不吃这一套,不买这个账,依然要强行霸占。这个时候的丹书铁券,作为无形资产,其效用便大打折扣了。柴进还在那里天真无邪地想,京师须有大似他的,放着明明的条例和他打官司。殊不知即使柴皇城气死,白天气死是白死的,夜里气死是黑死的。殷天锡在柴进为叔叔吊丧期间还要来强夺。你的那个什么证、什么书、什么券,就是废纸一张,我说有用就有用,我说没用就没用。我说照顾你就照顾你,我要搞暗箱操作、内幕交易,甚至公开抢夺,你奈我何?就将你陷在高唐州的大牢里,你还能翻起三尺浪来?最终还是宋江带领梁山好汉来救了柴进,而根本不是什么丹书铁券。

  现实生活中,也有这样的丹书铁券,只不过表现形式不同而已。我们的一些大型国有企业,曾经在改革发展的过程中担任了重要的角色,但靠着丹书铁券也享受着优厚的待遇。现在改革已经步入了深水区,进入了攻坚阶段,不进则退,丹书铁券应该废除。对外资企业,我们也曾在一段时间给予了他们丹书铁券的保护。为了招商引资,鼓励外商投资企业进来,我们曾经实行了优惠的企业所得税法,经过一段时间的发展,为了公平税负、平等竞争,后来将内外资企业所得税法进行了统一。

  还有另外一种丹书铁券,那就是特权。现在反映强烈的城管问题,就是城管手上握着丹书铁券;还有开发商强拆的问题,也是开发商将手中的钱换成了丹书铁券,他们挥舞着丹书铁券,为所欲为。或是特殊阶层,如官二代、富二代等,他们手中也握着丹书铁券,行常人所不能行之事,游离于法律的约束之外。我国自古以来就有王子犯法,与庶民同罪的律条,对付这种丹书铁券,最好的办法是铁面无私地开动包拯的三把铡刀。

  老百姓手中也握有丹书铁券,比如妇女和儿童权益保护法、劳动法、残疾证、低保证,以及各级政府为了改善民生,保障民生而采取的一些措施或方针政策等。虽然这些丹书铁券目前的效用还很低,但毕竟已经起到了一定的作用。虽然有的当权者如殷天锡一样视此等丹书铁券如废纸,但老百姓已经知道如何运用这些丹书铁券来保护自己了。

丹书铁券,是功还是过,是善还是恶,是废除还是保留,真是说也说不清楚。其实丹书铁券本无善恶是非之分,关键看运用的人,以及对待它的人。

9. 孽债：西门庆和潘金莲在《水浒传》中的会计记录

话说潘金莲有天看武大郎将次归来，先向门前来叉那帘子，手里拿叉竿不牢，失手滑将倒去，不端不正，正好打在路过的西门庆的头巾上，西门庆正待发作，看是个生得妖娆的妇人，先自酥了半边，怒气直钻过爪洼国去了，变作笑吟吟的脸儿。自见了潘金莲这一面之后，西门庆是茶饭不思，一门心思在潘金莲隔壁的王婆茶坊里套问有关潘金莲的情况，又央求王婆无论如何也要做成他的好事。

我们知道，任何一家公司都有它的会计目标。西门庆的会计目标便是做成与潘金莲的好事，要实现这个会计目标，先要有会计主体。俗话说一个巴掌拍不响，西门庆一个人是成不了会计主体的，虽然他开的生药铺里面有会计主体，但他和潘金莲相好的事，缺少了潘金莲，便成不了会计主体，便没有以后的会计记录。为了让潘金莲成为会计主体之一，王婆是这个会计主体的组织者，她不仅为西门庆提供了信息，还为西门庆出谋划策，先要有资本金，即潘、驴、邓、小、闲五项，这些西门庆都有，然后王婆又进行了若干会计假设，为西门庆决策提供依据，西门庆一一照办，结果以前只是西门庆一个人的单相思，只有借方，没有贷方，不能形成复式借贷，现在两人做成了一堆，便是有借也有贷，成了借贷均有的复式记账了，从此开始了他们的会计记录。

他们的会计记录如果只是一次，便也不会发生以后的事情，他们的财务报表就会是静态的，不会是动态的。只是西门庆为了达到他与潘金莲长期相好的会计目的，让王婆出来要挟潘金莲，一日不来，便对武大郎去说。潘金莲贪图风情，自当日为始，每日踅过王婆家里来，和西门庆做一处，恩情似漆，心意如胶。这样便形成了口头契约，开始了持续经营，其会计记录便得以延续，如现金流水账一般，得以系统地进行记录，只不过他们做的是一本内账，记录的是不能公开对外的孽债。

自古道："好事不出门，恶事传千里。"不到半月之间，街坊邻居都知道了。于是有了郓哥不忿闹茶肆，武大郎茶坊来捉奸。武大郎的捉奸就相当于今天的突击审计了。结果武大郎捉奸不成，反被西门庆一脚踢中心窝，口里吐血，受了重伤。可见西门庆与潘金莲这个会计主体舞弊的本领和胆色不小。武大郎一病五日，不能够起。更兼要汤不见，要水不见，每日叫那妇人不应。又见她浓妆艳抹了出去，归来时便面颜红色。可见他们的孽债还在继续记录，只不过以武大郎审计为一个阶段，实行了会计分期而已，他们实行的不是货币计量，而是情感计量，恩情似漆，心意如胶。

不想武大郎一日说出，我的兄弟武二，你须得知他性格。倘或早晚归来，他肯干休？这是威胁潘金莲，还有更高一级的审计，你们不要得意忘形。潘金莲知道这个叔叔是景阳冈上的打虎英雄，没办法，只得告诉了西门庆。王婆这个组织者为了既得利益，帮西门庆和潘金莲掩饰内账，又出谋划策，毒死武大郎。这相当于毁灭原始凭证。但是，要想人不知，除非己莫为。西门庆和潘金莲毒死武大郎后，随即火化死尸，团头何九叔自是个精细人，在火化现场偷了武大郎的骨殖回来，这也算是保全了原始凭证。

自从西门庆和潘金莲毒死武大郎后，潘金莲每日和西门庆在楼上任意取乐，却不比先前在王婆房里，只是偷鸡盗狗之欢，如今家中又没人碍眼，任意停眠整宿。自然这又是他们的一个会计期间了，而且这一会计期间，他们的孽债记录也从以前的遮遮掩掩，发展到了公开的地步，"这条街上远近人家，无有一人不知此事。"

我们知道，任何经济事项的发生和记录，不管你隐藏得多么巧妙，总有蛛丝马迹可循。俗话说：冤有头，债有主。既然西门庆和潘金莲详细地对他们的这笔孽债进行了会计记录，自然要为此付出代价。正所谓恶有恶报，善有善报，不是不报，时辰未到。武松回来之后，对他们的孽债记录进行了详细的审计，收集了一大批原始证据，也就是会计中的原始凭证,最终在武大郎灵前,杀了潘金莲,割了她的人头,后又于狮子楼中,杀了西门庆,将二人人头供于武大郎灵前祭奠。最后武松在东平府市心里,看王婆吃了一剐,才算为西门庆和潘金莲在《水浒传》里所记录的这笔孽债画上了一个巨大的感叹号。

10. 混江龙李俊的会计创新历程

梁山一百单八好汉，以宋江为首，虽然前期有打破旧制度、旧束缚之举措，大有对宋朝既有的会计秩序进行改造革新之架势，但最终还是回归到了先期打破的那个旧制度与旧束缚之中，而将会计秩序革新进行到底的只有混江龙李俊一众人等。

《水浒传》第三十六回"梁山泊吴用举戴宗，揭阳岭宋江逢李俊"中，写了李俊在《水浒传》中的第一次出场。姓李名俊，祖贯庐州人氏，专在扬子江中撑船艄公为生，能识水性，人都呼做混江龙李俊，但他并不是做正经生意的人。催命判官李立，是做私商的，还有两个兄弟，投奔他李俊安身，是做私盐生意的，大江中伏得水，驾得船，一个唤做出洞蛟童威，一个叫做翻江蜃童猛。他们是一伙。后面宋江被船火儿张横捉住后，李俊前来解救时，告诉宋江，他们这里有三霸：揭阳岭上岭下，是李俊与李立；揭阳镇上，是穆弘、穆春；浔阳江边做私商的，是张横、张顺。从李俊给宋江的介绍中可以看出，他们这三霸，都是不守规矩的，没有遵从宋朝既定的规则，已经游离于制度之外，不受制度的管辖与束缚，只不过是暗地里的，没有打出旗帜明目张胆地宣扬而已。也就是说，从一开始，李俊便进行着改变规则的创新，只不过是小打小闹而已。

接下来白龙庙小聚义，李俊就不是主要人物了，揭阳岭上岭下，我的地盘我做主，完全可以是他说了算，由他制定规则。白龙庙小聚义是在江州劫了法场之后进行的，梁山好汉来了十七人，李俊、张顺等九人，加宋江、戴宗、李逵三人，共二十九人，大闹江州，智取无为军，已经公开与宋朝的制度说了拜拜，最后还一起上了梁山。当然上了梁山，李俊更不是主要人物了，他只不过是一百单八将中的一位，虽然位列天罡星第二十六位，但他离制定梁山规则的距离太远了，制定梁山规则的基本就是宋江和吴用二人,即使李俊想参与制定规则,宋江与吴用也不会同意,连排在第二位的卢俊义也没有参与其中,何况排在第二十六位的李俊呢?

所以在梁山集团,李俊即使有创新之心,却没有创新的实施地,他只能跟随梁山集团,亦步亦趋。梁山集团先期革新,打出"替天行道"的旗帜,挂上"忠义"的匾,便也是他的革新;梁山集团后期守旧,走招安的路线,便也是他的守旧。在集团之中,逐步迷失了自我。

幸好在征方腊之时,李俊在太湖之中与费保等结义,助水军破了苏州后,宋江想留费保等,但费保等不肯,李俊将其送到榆柳庄时,费保对李俊说:"小弟虽是个愚卤匹夫,曾闻聪明人道:'世事有成必有败,为人有兴必有衰。'哥哥在梁山泊,勋业到今,已经数十馀载,更兼百战百胜,去破辽国时,不曾损折了一个兄弟。今番收方腊,眼见挫动锐气,天数不久。为何小弟不愿为官?为因世情不好。有日太平之后,一个个必然来侵害你性命。自古道:'太平本是将军定,不许将军见太平。'此言极妙!今我四人既已结义了,哥哥三人何不趁此气数未尽之时,寻个了身达命之处,对付些钱财,打了一只大船,聚集几人水手,江海内寻个净办处安身,以终天年,岂不美哉!"

费保这番话,一是指出了李俊守着旧制度的结局:太平本是将军定,不许将军见太平!真是一语道破,点醒了梦中李俊。二是为李俊指点了一条新的途径:江海内寻个净办处安身,也就是说没有这些旧制度、旧束缚的地方,我们重新去创立制度。

李俊听罢,倒地便拜,说道:"仁兄,重蒙教导,指引愚迷,十分全美。只是方腊未曾剿得,宋公明恩义难抛,行此一步未得。今日便随贤弟去了,全不见平生相聚的义气。若是众位肯姑待李俊,容待收伏方腊之后,李俊引两个兄弟,径来相投,万望带挈。是必贤弟们先准备下这条门路。若负今日之言,天实厌之,非为男子也!"

原本在梁山集团公司迷失了的李俊,听此番言语,立即醒悟,与费保等人相约,只等收伏了方腊后,便去开创他们的新天地。此时李俊在梁山公司之中,已是身在曹营心在汉,遵从的是宋朝的旧制度、旧束缚,但思考与设计的是未来新公司的会计秩序与规则。方腊一收伏,李俊便假装风疾,倒在床上,请求宋江留下童威、童猛两兄弟照料。等宋江一走,便到榆柳庄上寻费保四人,七人从太仓港出发,自投化外国去了。

重建秩序,新筑乐土。李俊从此有了自己革新创造的实施之地,将在梁山公司之中思考与谋划的革新一一实施,最终成为暹罗国之主。童威、费保等都做了化外官职,自取其乐,另霸海滨。这与回归到了旧制度、旧束缚中的宋江等人形成了鲜明的对比。

当今社会,正是万民创业,万众创新的好时期,如果我们不像李俊一样把握机遇,乘势而为,那么我们便会步回归到旧制度与旧束缚中的宋江的后尘,最终被历史所淘汰。

11. 李逵，不做假账的梁山好汉

李逵，是梁山好汉中性情最率真，不做假账的真汉子。

宋江与李逵初次在江州见面，戴宗让他拜见宋江，他说若是真宋江时，他便拜，若不是时，他拜个鸟！等宋江亲自说了自己身份时，李逵扑翻身便拜。这是一实；戴宗叫他坐下吃酒时，他说："不耐烦小盏吃，换个大碗来筛。"这是二实；宋江见他是个忠直汉子，借他十两银子，戴宗说他虽然耿直，只是贪酒好赌，这十两银子肯定拿去赌去了。戴宗果然没说错，李逵是拿去赌了，但他想的却是宋江初次见面，不曾与他深交，便肯借他十两银子，果然仗义疏财。自己如果赢了，也好请他一请。这是三实。等到李逵抢了别人的银子，宋江与戴宗赶来时，李逵惶恐满面："铁牛闲常只是赌直，今日不想输了哥哥的银子，又没得些钱来请哥哥，猴急了，时下作出这些不直来。"这是四实。三人一起吃酒时，宋江一时想吃鲜鱼，李逵去讨时，与浪里白条张顺好一番较量，两人各有胜负，服就服，不服就不服，李逵道："你路上休撞着我。"张顺道："我只在水里等你便了。"这是五实。李逵第一次出场，便多处看出他的真性情，是个不做假账的真汉子。

自此李逵跟随宋江，成了宋江的铁跟班，在众人眼中，李逵是宋江最亲信的亲信。每当宋江要将头把交椅让与别人时，李逵便圆睁了双眼，闹将起来。最后宋江要让卢俊义时，他又大叫道："我在江州舍命拼命，跟将你来，众人都饶让你一步。我自天也不怕！你只管让来让去，做甚鸟！我便杀将起来，各自散伙！"有他这等为宋江拼命的人，谁还敢去坐那第一把交椅。

却不知就是李逵这样维护宋江，也见不得宋江做下坏事。他和燕青在刘太公庄上住宿，听得刘太公说宋江抢了他的女儿，便跟燕青说：

"俺哥哥原来口是心非,不是好人了也!"心中大怒,回到梁山,睁圆怪眼,拔出大斧,先砍倒了杏黄旗,把"替天行道"四个字扯得粉碎,众人都吃了惊。等宋江听燕青说了原委,愿意和李逵前去刘太公庄上对质时,李逵提着板斧立在侧边,只等刘老儿叫声是,李逵便要下手。可见即使是自己的领导,犯了错误,李逵也绝对不会手下留情。如今我们有的财务人士,见了领导犯错,根本不敢吱声,生怕领导给小鞋穿。有的甚至同流合污,如小金库,虽然多为领导授意,但大多都有财务人员参与其中,不然还要领导自己来管钱,管账?如果大家都像李逵一样,敢于指出领导的错误,不做假账,我想小金库早已绝迹了。

在大原则方面,李逵也是真性情,不做假账的。他和武松、鲁智深等一样,看穿了世道的黑恶,不愿招安。第七十一回"忠义堂石碣受天文,梁山泊英雄排座次"中,宋江正听乐和唱"望天王降诏,早招安",武松叫道:"今日也要招安,明日也要招安去,冷了弟兄们的心!"黑旋风便睁圆了怪眼,大叫道:"招安,招安,招甚鸟安!"只一脚,把桌子踢起,撷做粉碎。第七十五回"活阎罗倒船偷御酒,黑旋风扯诏骂钦差"中,李逵扯了诏书,说:"你的皇帝姓宋,我的哥哥也姓宋,你做得皇帝,偏我哥哥做不得皇帝!"这些都是李逵真性情的表现,虽是李逵一人所说,却代表了一部分人强烈的愿望,如鲁智深、武松等,只是这些人没说,李逵帮他们说出了内心的真心话而已。

宋江屡次受李逵的惊扰,很是不满,常常是将这厮拖出去斩了!心里却又舍不得真斩,斩了他,就没有人像他一样,真心维护自己的一把手位置了。众人中自然有知晓宋江心思的人,这时便来替李逵说好话,让宋江暂且饶过李逵。宋江也好借坡下驴,一句寄下你项上一刀,再犯必不轻饶!可是李逵总有再犯的时候,宋江一直没有对他怎样。但招安之后,宋江总是担心李逵会再次造反,凭他的真性情,不做假账的率真性格,肯定做得出来,所以当宋江得知中了奸计,饮了毒酒时,叹道:"今日天子轻听谗佞,赐我药酒,得罪何辜!我死不争,只有李逵现在润州都统制,他若闻知朝廷行此奸弊,必然再去哨聚山林,把我等一世清名忠义之事坏了。"连夜使人往润州唤取李逵星夜到楚州,说有商议。

李逵听得宋江差人来请,想来宋江必有事情。到了宋江处,宋江却让李逵一起喝了毒酒,然后才告诉李逵,朝廷赐了毒酒来了。果然李逵说反了!宋江这才将实情告诉李逵,正是因为怕你反了,所以才让你来一起喝了毒酒!

李逵至此,才垂泪道:"罢,罢,罢!生时服侍哥哥,死了也只是哥哥部下一个小鬼!"这三个罢字,道出了李逵心中多少不甘!这个不做假账的梁山好汉,就屈死在自己愚忠的大哥手上,和他的愚忠大哥宋江一起,埋葬在了蓼儿洼中,任凭后人评说。

12. 燕青,彰显个性的财务典范

会计这一职业,在许多人眼中,是最难创新的,也很难彰显个性。其实不然。我国新安理学的著名人物朱熹提出了"理一分殊"的道理,他用"月印万川"的比喻来进行说明:天上的月亮只有一个,倒映在江湖河川里的千万个月亮各不相同,但都不是这个月亮的部分,而是这个月亮的全部。正如不管是哪个行业的会计制度,其原理都是一样的。我们会计人一样也可以"理一分殊",成为万川中不同之月亮。会计人员也可以彰显个性。我们从梁山好汉燕青的故事中,看会计人员如何彰显个性。

第一,从燕青救主中看他彰显自己的个性。卢俊义原本在大名府过得好好的。宋江要找个有名望的头领上山,来平衡投降来的官军派与收伏来的山寨派,也好粉饰梁山报表,于是他成了梁山的目标。卢俊义是个被会计报表表象迷惑的汉子,连管家李固与他妻子有一腿都不知道,哪里会防着吴用在他家中所写的诗"芦花荡里一扁舟,俊杰那能此地游。义士手提三尺剑,反时须斩逆臣头"。是藏头诗,包含着"卢俊义反"四字。而燕青便看得比卢俊义清楚,他抽丝剥茧,看清楚了会计报表表象后面的实质,正是有了他的违拗,李固才将他赶出府来,他也才能提前给卢俊义报信,可惜卢俊义对燕青提供的会计信息全不相信,自投罗网,被李固及妻子报官后,他才如梦初醒,此时已是悔之晚矣。

第二,从燕青与宋江的合作看他彰显自己的个性。卢俊义上梁山之后,坐第二把交椅。燕青和卢俊义是主仆关系,梁山的主仆关系中,身为仆人而能在天罡星中列位的,就只有燕青一人,还是排在末位,第三十六位。但这排位,也不完全看卢俊义的面子,确实有燕青自己的功劳在里面,是他靠自己的实力争取得来的。宋江为了将他从卢俊义身边调开,长期将他带在自己身边,指使他干这干那。对工作,燕青任劳任怨,兢兢业业。无论是随宋江到京城去会李师师,打通招安之路,还是要他管专捅娄子的李逵,他都一一遵从。会李师师,他彰显的是亲情,李师师看上了他,但他却待李师师为姐妹,以免坏了大事。管李逵时,李逵服的是鼓眼将军,欺的是笑迷罗汉,所以他出手便不留情,只打得李逵服服帖帖。从财务的角度来看,他对不同的经济业务采取的是不同的处理方式,彰显的是不同的个性。而且他始终以大局为重,没有迷失自我。试想连皇帝都爱的女人,爱上了自己,还能保持清醒的人,能是一般的人吗?他深知在与宋江的合作中,自己稍有不慎,便会影响到自己的主人卢俊义,所以他在梁山的处境,其实是最艰难的,每日都是如履薄冰,处处都有地雷和风险,他时刻都要保持财务的高度职业敏感性,即使如此,他仍然在这悬走的钢丝之中,牢固地树立了自己的地位。

第三,从燕青与任原的相扑中看他彰显自己的个性。宋江听说燕青要去与任原相扑,说道:"贤弟,闻知那人身长一丈,貌若金刚,约有千百斤气力。你这般瘦小身材,纵有本事,怎地近傍得他?"燕青道:"不怕他长大身材,只恐他不着圈套。常言道:'相扑的有力使力,无力斗智。'非是燕青说口,临机应变,看景生情,不倒的输与他那呆汉。"燕青见多识广,心灵机巧,不按一般套路,果然将任原直撺下献台。从财务的角度来看,他彰显的不是死搬硬套,而是灵活多变。

第四,从燕青与李逵相处中看他彰显自己的个性。李逵是宋江的铁跟班,最忠实的追随者,宋江时刻要他出来为自己说话,但这人又太不守规矩,宋江很是头疼,经常让燕青管着他。李逵是天不怕地不怕的黑旋风,却怕燕青,为什么?只说李逵元夜闹东京后,宋江等先走了,让燕青在后面等李逵,燕青见李逵到了城门边,抱住腰胯,只一交,撅个脚朝天。原来燕青小厮扑天下第一,李逵若不随他,燕青小厮扑,手到一交。李逵多曾看他手脚,以此怕他。燕青去与任原相扑时,天不怕地不怕的李逵也要跟着去玩,燕青一想,这是宋老大的人,不好硬得罪,不答应是不行的,但答应也得有条件,所以他给李逵约法三章。梁山除了宋江外，谁人都不敢管的李逵，倒让他管得服服帖帖。这就充分彰显了燕青的个性：你以为你是领导的亲信，便不敢管你了吗？只要违反了规则和制度，照样管你，但我也会拿出管的真本事来！

第五，从燕青最终的归宿选择中看他彰显自己的个性。梁山公司平定了方腊，功成名就，望京城进发时，燕青私自来劝主人卢俊义道："小乙自幼随侍主人，蒙恩感德，一言难尽。今既大事已毕，欲同主人纳还原受官诰，私去隐迹埋名，寻个僻静去处，以终天年。未知主人意下如何？"

此时的燕青早已将功成名就之表象看破，从经济现象的表象看到了经济现象的实质。一如鲁智深说，有如他的直裰，都染作皂了，怎生洗得白净，所以他坐化了；武松受其影响，也出家了。

而被表象迷惑的卢俊义"正要衣锦还乡，图个封妻荫子，你却如何寻这等没结果？"听得燕青笑道："主人差矣！小乙此去，正有结果，只恐主人此去无结果耳。"

卢俊义还在那里心存幻想："燕青，我不曾存半点异心，朝廷如何负我？"他却不知混江龙李俊在太湖结义的费保说了一句经典："太平本是将军定，将军不得见太平！"一语道破天机。

燕青早就将此看破了，所以来劝卢俊义，看他执迷不悟，只得独自一人去了。给宋江留下的书中写道："雁序分飞自可惊，纳还官诰不求荣。身边自有君王赦，洒脱风尘过此生。"卢俊义等的理想很丰满，现实很骨感，其结局被燕青言中；而天机星浪子燕青，从此成了名副其实的浪子。我想以其机巧心灵，多见广识，能够充分彰显自己个性的他，一定会有一个美满的结局。